長編時代小説

闇の陣羽織

鈴木英治

祥伝社文庫

目次

第一章　惨殺

一

日に日に元気になってゆくのが、我慢ならない。

あんな薄汚れた物に、まさかそんな効き目があるなど、夢にも思わなかった。

いや、薄汚れているからこそ、そういう力が宿るのか。

古い物だからこそ、霊力のようなものが入りこみやすいのだろう。

だとすると、あれは本物なのか。

いつどこで耳にし、どうやって手に入れたのか。

小馬鹿にしたように笑うだけで、一切教えてくれなかった。このあたりは、いつものことながら用心深い。

どうせ、まともな手立てで手に入れたものではあるまい。

いったいなにを生業《なりわい》にしているのか、これもたずねたことがある。

菓子屋をしているんだ、とにやりといい放った。

そのために本当のところはなにをしているのか、いまだにさっぱりだ。裏街道を歩いている男であるのは、まずまちがいない。怒らせた者の命を奪うことなど、蚊を潰《つぶ》すのとさして変わらないと考えている。

菓子屋だというのは冗談だろうが、実際に、しっかりと包まれた菓子を持ってくる日がある。いくつかを口にしたが、いずれも美味だった。

舌が肥えているのは本当のようだ。歳《とし》も歳だから、これまでいろいろな菓子を食べてきたのは、確かなのだろう。

いや、菓子のことなどどうでもいい。今はどうするべきなのか、それだけを考えるときだ。

日を重ねるごとに、年寄りらしからぬ生気がよみがえってきている。

やはり、例の物は本物なのだ。なんとかしなければいけない。

このままでは将来はない。歳を取って朽《く》ちてゆくのは、自分のほうだろう。

だから、盗んだ。

手にした途端、ぞくりとする寒けが背筋を走り、薄気味が悪くなった。すぐにでも焼き捨ててしまうつもりだったが、怖さが先に立った。そんなことをして、ばちが当たりはしないのか。

この気味の悪さからして、祟《たた》ることはいかにもありそうだ。どこかに埋めようかと思ったが、焼き捨てるのとたいして変わりはないだろう。夢枕に立たれそうだ。

考えに考えた末、ちがう手立てを選ぶことにした。

例の物がなくなっていることに気づいて、男はひたすら狼狽《ろうばい》していた。屋敷中を必死に探していたが、見つかるはずがない。

むろん、こちらも探す手伝いはした。半端《はんぱ》にやると疑われるから、本当に屋敷にあるのではないか、という思いで、汗水垂《た》らした。

例の物はどうやっても見つからず、この世の終わりのように男は嘆《なげ》き、骨が抜け落ちたように肩を落とした。

いい気味だったが、その思いを面《おもて》にだすような愚は犯さなかった。気の毒がっている表情を保つのは、ひじょうにきつかった。

例の物は盗まれたと断じられ、徹底して犯人探しが行われた。怖《こわ》かった。

身近にいるから一番に疑われた。それでも、知らぬ、存ぜぬで通した。疑いが晴れたかどうかわからないが、詮議《せんぎ》はぱたりとなくなった。

しかし、例の物がなくなってからも男は元気がよかった。探しだすことに執念《しゅうねん》を燃やすことで、命の炎をさらに猛《たけ》らせていた。

完全に目論見《もくろみ》ちがいだ。

なにか別の手を考えなければいけない。

どうすればいいか。

いや、とうに考えはついている。あとはうつつのものにできるかどうか、それだけのことにすぎない。

やめておいたほうがいい、と強くいわれた。

やめてくれ、と懇願《こんがん》された。

頼むからやめろ、やめてくれと土下座もされた。

しかし、納得できない。どうしてとめるのか。そんなに怖いのか。

怖いのだろう。着物に色づけするように、恐怖が体に染みこんでしまっているのだ。

ひるがえってみれば、自分だって怖い。

もしやり損なったら、いったいどうなるのか。背筋が凍《こご》え、身震いがとまらなくなる。

しかし、このままでいいのか。

いいはずがない。

やらなければならない。

その思いは、息を吹きかけられた鬼灯《ほおずき》のように日に日にふくらんでゆく。新しい一日がはじまるたびに、より強いものになってゆく。

火にかけられた水が沸《わ》くように、この思いもこらえきれなくなって、一気に弾け飛ぶ日がやってくるのだろうか。

今日はその日ではないのか。

自らに問うてみた。

どうやら、ちがうようだ。

やりたくてならないのに、うじうじとまだ決断できない。

自分がかわいくてならないのだ。蓑虫《みのむし》のように、心がふらふらと揺れている。
しかし、必ずやり遂げるという決意に変わりはない。
やり遂げられたら、きっと光り輝くような未来が待っている。そのことを想像する
だけで、気持ちが弾んでくる。
そうだ、笑顔を常にかわし合う、心躍《おど》る暮らしがこれからはじまるのだ。
そのためには、ためらってなどいられない。

のんびりしすぎたか、決行の日は一向にやってこない。
一日が終わるたびに、悔いばかりが残る。
本当にやるつもりなのか、と今日もきかれた。
気は変わらないのか。
変わるはずがない。
力を貸してほしい。そうこちらから懇願したいくらいだ。一人ではやはり心細い。
しかし、腕をかたく組んで押し黙り、うん、とは決していわない。
あてにできないのならば、自分一人でやり遂げるまでだ。
本当にやるのか。上目遣《うわめづか》いに、またきいてきた。

もう答えなかった。考えてみれば、目の前の男の正体すらもよく知らない。これまで不安で、きけなかった。正体を知るのが怖かった。

まさか、今日、やるんじゃないだろうな。

さあ。

お願いだからやめてくれ。

がばっと畳に手をついた。

しかし、そんな必死な姿を見せられても、むしろ興ざめだ。

自分一人の力でやり遂げて、目を覚ましてやるしか、ほかに道はない。

今日こそがその日だ。

どきどきする。締めつけられるように胸が痛い。

やめてしまおうか。

いや、やるしかない。

今日だ、今日しかない。

やる。今、やる。

幸い、男はぐっすり寝ている。隅《すみ》に行灯《あんどん》がつけられている。消すことを、男は決して許さない。

「どこに行くんだ」

ぐっすりと眠りこんでいると思っていた男に、不意にきかれた。

ぎくりとしながらも、厠《かわや》へ、と冷静にいって外に出た。男はむにゃむにゃとなにか寝言をいった。

さて、どうする。

腰高障子《こしだかしょうじ》をあけ、庭に面した廊下に出て、あたりを静かに見まわす。

よく手入れされた庭が、灯籠《とうろう》の灯にほんのりと照らされている。木々が深い。向こう側の塀にたどりつくまで、半町以上、歩かないとならない。

梅雨《つゆ》間近の頃だが、すでに今年は真夏のように暑い日が多い。大気はじめじめしているが、雨はほとんど降っていない。江戸の町は風が吹くたびに土埃《つちぼこり》が舞いあがり、他出したあとはすぐに行水しないと、気持ち悪くてならない。

夜空には、光の砂をぶちまけたようにおびただしい星が輝いている。雲らしいものはどこにもない。月の姿も見えないが、青白い光が庭に降り注いでいることから、屋根に邪魔されているだけにすぎない。

視線を動かして、まわりを見渡す。

あたりに人けはない。この広い屋敷には、ほとんど人はいない。数名の男が別の部屋を与えられ、たむろしているだけだ。

廊下を歩きだす。すぐ左に曲がる。風が吹き渡り、梢《こずえ》を鳴らす。心がざわめく。胸を押さえ、歩き続ける。厠が見えてきた。

沓脱《くつぬぎ》の上の下駄を履《は》き、庭に出る。厠の扉をあけようとした。誰かに見られているような感じがし、うしろを振り向く。

しかし、かすかに吹き通るじめっとした風が、分厚い闇の壁に散らされているだけだ。

妙だ。

思ったが、そのまま厠に入り、用を足す。小便はほとんど出なかったが、気持ちは落ち着いた。

厠を出て、あたりを見渡す。もう視線は感じない。風も吹きやみ、静かになっている。

沓脱に戻り、しゃがみこんで縁の下に手を伸ばした。

しかし、手に触れるものはない。

ここではなかったか。いや、まちがいなくここのはず。

のぞきこんだが、暗すぎてわからない。

あわてて手探りする。指が土にまみれた。

——あった。

ほっとしてつかみだしたのは、鉈《なた》だ。

ずっしりとしているが、その重みがむしろ安心の思いを与えてくれる。

鉈を手に、廊下を歩きだした。部屋に近づくにつれ、胸の痛みが増してゆく。

腰高障子の前に立ち、深く息をした。何度も繰り返す。

落ち着きさえすれば、できないものはない。

腰高障子の引手に手を当てる。油を垂らしたように音は立たずにあいた。

男は向こうを向いて寝ている。また寝言をいった。

そろそろと畳の上を歩いて、男の枕元に向かう。畳がうぐいす張りのようにきしみ、心の臓が鷲づかみにされた。

熟睡しているのか、男は目覚めない。

ここまで来て、ためらいはいらない。

右手に持った鉈を高々と掲げた。

二

棺桶の前に机が置かれ、その上に箸《はし》のささった飯茶碗がある。先ほどまではすすり泣きがさざ波のように部屋を浸していたが、今は号泣が覆《おお》い尽くしている。

どうしてだ。

できれば、胸ぐらをつかみ、揺さぶりたいくらいだ。

しかし、相手は死人である。

沢宮官兵衛《さわみやかんべえ》は全身にぐっと力を入れ、その思いをこらえた。

八太《はちた》、どうして死んだ。

官兵衛は棺桶を見つめた。おびただしい線香に火が灯され、部屋のなかは霧がかかったように霞《かす》んでいる。

まだ僧侶は姿を見せない。読経《どきよう》は、いつはじまるとも知れなかった。

「突然だったな」

官兵衛に声をかけて、静かに正座した者がいる。

「これは、新田《にった》さま」

官兵衛は姿勢をあらため、頭を下げた。

「そんなことをせずともよい」

新田貞蔵《ていぞう》が慈《いつく》しみの色を、糸のように細い目に浮かべていう。

「官兵衛、顔をあげろ」

はっ、と官兵衛はその言葉に素直にしたがった。

貞蔵が大きな顔を寄せてきた。丸い鼻に分厚い唇、がっしりとした顎《あご》など、一つ一つを取りあげてゆくと、とてもいい男とはいえないが、うまく調和が取れているというのか、渋い顔つきといっていい。女にもてるという評判だ。

「おとといの晩、飲み屋でいきなり倒れたそうだな。一緒だったのか」

官兵衛は静かにかぶりを振った。

「いえ、一緒ではありませんでした。昨日が非番だったので、八太は親しい仲間数名と、行きつけの煮売り酒屋で楽しく飲んでいたようです」

「そうか」

「酒を数杯飲んだあと、厠に立ったそうです。厠を出た直後に倒れ、医者に担ぎこまれましたが……」

そのまま二度と目を覚まさなかったのだ。

「医師の見立ては」

「卒中とのことです」

「卒中か、怖いな」

貞蔵が苦いものを飲みくだしたような表情でいった。

「確か、新田さまのお父上も」

「そうだ、卒中だった。亡くなったのは、五年前の今頃だ」

葬儀には、官兵衛も参列している。たくさんの人が列座し、人望がすばらしく厚かったことを、官兵衛はあらためて知ったものだ。

貞蔵も父によく似ており、多くの人に信頼を寄せられている。

貞蔵がかたい声でいった。

「八太はまだ働き盛りだったな」

「はい、四十です」

「おぬしより十五も上といっても、四十といえば、人生はこれからだものな。大店《おおだな》の番頭も長かった奉公を終えて隠居し、大金を手に郷里に帰って嫁取りをしようかという歳《とし》だ。同心づきの中間《ちゅうげん》として、脂《あぶら》がのりきっていたときだろう」

貞蔵が官兵衛をじっと見る。

「八太は独《ひと》り身だったな」

「はい」

「好きな女はいたのか」

「いたかもしれません」

「はっきりとは知らぬのか」

「はい。仕事ではむろん毎日会っていましたし、仕事終わりに一緒に飲むということもたびたびでしたが、非番の日は滅多《めった》に会うことはありませんでしたから、八太に女がいたのかどうかというのは、それがしにはわかりません」

そうか、といって貞蔵がむせび泣いている女たちに目を向ける。

「あの者たちは、八太の家族や血縁か」

「それもわかりません。知った顔がほとんどではあるのですが……」

「知らぬ顔というと」

官兵衛は三人の女を小さく指さした。

「ふむ、どれも年増だな。飲み屋の女将《おかみ》といった風情《ふぜい》か」

その通りだと官兵衛も思う。

「あのなかに、八太の女がいるのかな」

そうかもしれないが、官兵衛は黙っていた。

「すまぬな」

貞蔵がいきなり謝った。

「どうされました」

官兵衛は驚いてきいた。

「おぬしの気持ちも考えず、ちと調子に乗ってしまったようだ。おなごのことなど、どうでもよいことであった」

「いえ、そのようなことは決して……」

貞蔵が官兵衛に視線を当ててきた。

「官兵衛、おぬし、八太にはだいぶ助けられたか」

「毎日、助けられていました。なにしろ経験が豊富でしたから、心より頼りにしていました」

「おぬし、この家に入り浸っていたそうだな」

「はい、非番の日に寄ることはありませんでしたが、仕事帰りにはよく。とにかく居心地がいいものですから」

ここは、八太の家である。定廻り同心づきの中間となると、町奉行所内の中間長屋に住む者が多いが、八太は一軒家に住んでいた。

八太に金があったというわけではなく、ここが祖父の遺《のこ》してくれた家ということにすぎない。火事の多い江戸にもかかわらず、運よく一度も火事に遭《あ》うことはなかった。

八太の祖父は、遠州《えんしゅう》浜松《はままつ》近くの村の百姓の三男坊にすぎなかったが、単身江戸に出てきて小間物売りをはじめて成功し、この家を買ったのだ。

八太の父も小間物売りだったが、品物を八丁堀《はっちょうぼり》の同心屋敷に売りこむことがきっかけとなって、人物を官兵衛の父に認められ、下っ引ではなく、中間として用いられることになったのだ。

息子の八太も官兵衛の父にずっと仕え、父の隠居後、官兵衛の中間として働くことになったのである。経験豊富なのも当然だった。

「ふむ、この家も空き家となってしまうか」

貞蔵が鼻の下の汗を指先でぬぐった。いつもは剃り残しのひげが必ずあるのに、今宵に限っては、すべてきっちりと剃りあげているのに官兵衛は気づいた。

「官兵衛、八太とともに探索していたのは江久世《えくせ》屋の件だったたな」

話題を変えるようにいった。

「はい、例の押しこみです」

「あれは、どのくらい前になる」

貞蔵が覚えていないはずはないが、抱えている事件が多すぎて、しっかりと確かめたいとの気持ちが強いのだろう。

「三ヶ月ほど前になります」

「そうだったな。暦は春といってもまだ名ばかりで、寒い日が多かった」

江戸に桜が咲き誇っていたのは二ヶ月ばかり前のことで、事件があったのは、前日に風花が舞ったほど寒いときだった。

貞蔵がかたく腕組みする。

「ひどい事件だったな」

「おっしゃる通りです」

なにしろ家族七人、奉公人五人、合わせて十二人が殺され、二千両もの大金が奪われたのだから。

殺された家族のなかには、まだ幼い男の子が三人も含まれていた。九歳、八歳、二歳の兄弟である。

賊は顔を見られたのかもしれないが、二歳の子を生かしておいたからといって、どうなるものでもないはずだ。

ほかの家族は皆死んだのに、一人、残しても不幸になるだけだろう、という身勝手な理屈で殺したのか。

三ヶ月たった今でも、江久世屋の悲惨な光景は、脳裏に刻《きざ》みこまれている。

九歳と八歳の年子の二人は血の海のなか、両親の隣の部屋で息絶えていた。二人とも胸を一突きにされていた。両親と一緒に寝ていたらしい二歳の子も同様に、母親のかたわらでものいわぬ死骸となっていた。

明らかに手慣れた者の仕業で、おそらく苦しまなかったことだけが、官兵衛の心を慰めたが、犯人を必ず挙げ、獄門台に送るという決意がそれで鈍ることは決してなかった。

八太は必ず引っとらえるという思いを全身にみなぎらせ、一緒にいると熱さを感じたものだ。体の奥に、怒りの炎を燃えたぎらせていた。

江久世屋は味噌《みそ》、醬油《しょうゆ》問屋だった。子供のほかに殺されたのは、のちの調べで持病持ちであるのがわかった当主や女房、先代とその女房、腕利きの番頭が一人に、三人の手代、丁稚《でっち》が一人だった。女は当主と先代の女房だけで、この二人は店の奥の仕事に専念していたようだ。女たちに手込めにされたような痕跡はなかった。

当然のことながら店は立ちゆかなくなり、江久世屋は廃業ということになった。今、空き家になっているが、惨劇のあった家ということで、買い手はなかなかつかない。

江久世屋に押しこんだ者は、店に残された足跡から、六、七人ということがわかっている。

事件が起きた直後、月番だった北町奉行所は、考えられる限りの総勢で探索に当たった。

しかし手がかりがまったくないことで、今、江久世屋の事件の探索にかかっているのは、官兵衛と八太だけとなっていた。

「官兵衛、わしはおぬしたちに大きな期待をかけていた」

貞蔵が真摯《しんし》な口調でいった。

「経験豊かな八太がおぬしの支えとなり、きっと江久世屋の事件を解決に導いてくれると思っていた」

「……はい」

貞蔵が官兵衛の肩を叩《たた》く。

「なんだ、その腑抜けのような態度は。いいか、官兵衛、これからも頼むぞ。八太がいなくなってしまったからといって、江久世屋の探索が終わりということはないのだぞ」

それはよくわかっている。わかってはいるが、八太がいなくては、探索がうまく進むはずがない。自分の力で解決するという気概に燃えてはいるが、それは八太がいてくれてこそ、という気持ちがどこかにあった。

俺だけでは無理だ。

「新しい中間を探さねばならぬな」

貞蔵が、ぽつりとつぶやくように口にした。

官兵衛は顔をあげた。

「しかし、それがしには八太以外の者は考えられませぬ」

貞蔵が顔をしかめ、にらみつけてきた。

「官兵衛、おぬし、町方同心をやめるつもりでいるのか」

「いえ」

「だったら――」

貞蔵が大声をだしかけ、今どういう場にいるかを思いだして、声を低めた。

「そのようなことをいうでない」

「しかし新田さま。新しい中間が、すぐに見つかりましょうか。しかも八太の代わりとなるような者が」

「八太の代わりとなる者は、さすがにむずかしかろう」

だが、とすぐに言葉を続けた。

「おまえに忠実な中間はきっと見つける。なり手はいくらでもおるゆえな」

「つまり、新しい者をそれがしにつけるということですか」

「そういうことになろうな」

それはまずい、と官兵衛は思った。自分には同心として、どうしようもない弱みがある。もしこのことがばれたら、お役御免になるかもしれない。

八太には打ち明けていたから、つつがなくつとめができていたが、もし新しい中間にばれたらどうなるか。

「どうした、官兵衛。青い顔をして」

「いえ、八太のことを思いだしまして……」

「そうか」

貞蔵が首を曲げ、棺桶に目を向ける。

「しかし坊さんはまだなのか。ずいぶんとはじまるのが遅いな」

貞蔵の言葉を合図にしたかのように、右手の戸があき、町役人にいざなわれて一人の僧侶が入ってきた。

それを見た女たちの泣き声がいっそう大きくなった。

「どれ、官兵衛。ちと前に行くか」

貞蔵にうながされ、官兵衛は僧侶のすぐ近くに座った。八太の面影を眼前に引き寄せ、静かに両手を合わせる。

悲しみが新たになり、堤を破るようにおびただしい涙が流れはじめた。

三

波紋が生じた。

沢宮官兵衛は杯を持つ手をとめ、酒をじっと見た。

なんだろう。

しかし、考えるまでもなかった。涙のしずくがしたたり落ちたのだ。

八太がもうこの世にいない。

できることなら、嘘であってほしい。夢だったら、どんなにいいだろう。

官兵衛はため息をついた。捕物の最中に、というのが望みだったはずだ。

「卒中だなんて、そんな死に方は八太らしくない。

「どうせあっしは夜具の上では死ねねえ。死ぬのなら、賊に刺し殺されるのが似合いなんですけどね。

半分、真顔でそんなことをいっていた。

その顔が酒に揺れながら映る。どこか悔《くや》しげに見えた。

夜具の上でなかったのは確かだが、自分でも、らしくない死に方だったと思っているのではないか。

官兵衛は杯を口に近づけた。

顔をしかめた。杯の酒は、家事を頼んでいる通いのおたかばあさんが好きな絹《きぬ》ノ露《つゆ》という銘柄だ。

くだり物ではなく、おたかばあさんによると、下野《しもつけ》あたりの酒らしい。甘みは強いが、さらりとした飲み口で、官兵衛も気に入っている。

だが、今日は苦いばかりだ。杯を重ねても本来の甘みは感じられず、舌を刺すような荒さが増してゆく。

官兵衛は無理に杯を干した。徳利《とっくり》に手を伸ばす。だが、空だった。振ったが、しずくが二、三滴、畳に飛んだだけだ。

官兵衛は徳利を転がした。別の徳利に当たり、軽い音を立てた。

畳に横になっている徳利は五本。まだ飲み足りないが、立って台所に行くのも大儀だ。

官兵衛は畳の上に仰向けになった。うっすらと天井が見える。行灯《あんどん》に照らされて、木目などは薄ぼんやりとしており、どこか霧がかかったような風情《ふぜい》だ。

枕がほしいが、そばにはない。腕枕をしたが、すぐにそれにも飽き、手近の徳利を引き寄せて頭の下に敷いた。

頭のうしろにもつぼがあるのか、けっこう気持ちよい。

そういえば、と官兵衛は思いだした。八太は按摩《あんま》によくかかっていた。どこか具合が悪いとか、凝《こ》ってならないというより、揉《も》んでもらうこと自体が好きだったようだ。

馴染《なじ》みの按摩がいて、しばしば家に来てもらっていた。しかし、その按摩が八太の家の敷居をまたぐことは、もう二度とない。

天井がにじんできた。また涙が出てきた。八太の葬儀が終わって、半日がたったにすぎない。

僧侶の読経《どきょう》が終わったあと、夜、提灯《ちょうちん》を先頭にした葬列を組んで、八太の野辺送りをした。そのあと官兵衛は八丁堀の屋敷に戻り、一人、酒を飲みはじめたのだ。そうすれば少しは悲しみが癒《い》えるかと思ったのだが、むしろ悲しみはより深くなった。

行灯のろうそくが、虫の羽音のような音を発した。

それを機に、官兵衛は目を閉じた。最後に目にしたのは、天井に向かって這《は》いあがってゆく、一筋の黒い煙だった。

死骸は、路地の板壁に寄り添うようにうつぶせに倒れていた。

強烈な痛みに襲われたからか、それともこんな小便くさい路地で生を終えるのが無念だったのか、大きく見ひらいた目が、かたわらに転がる小石をじっと見つめている。

斜《なな》めに射しこんだ夏の日が、死骸をじんわりと焼きはじめていた。

朝からこんな調子では、と官兵衛はちらりと空に視線を転じた。今日もまたうんざりするほど暑くなりそうだ。

青い空はすでに太陽に圧倒されだしていて、見ているのもまぶしいくらい、白い輝きを帯びていた。

官兵衛は目を死骸に戻した。途端に、頬《ほお》を流れ落ちた汗が、死骸の顔のそばにぽたりと落ちた。

「旦那、いけませんよ」

中間の八太に注意される。

「ちゃんと汗はふいてくだせえ」

「すまぬ」

官兵衛は腰にぶら下げた手ぬぐいで、顔をふいた。

あらためて死骸に目をやる。

死骸は男で、髷《まげ》の形や身なりからして町人であるのは疑いない。歳は四十をいくつかまわったくらいか。

背中を鋭利な刃物で刺されたらしく、おびただしい血が流れ出て、地面の色を変え、さらに鼻をつく鉄気《かなけ》くささがあたりを覆《おお》い尽くしていた。暑さもあり、死骸はすでににおいはじめている。

「ひどい傷だな」

目の前の仏に対して失礼との思いから、顔をしかめるような真似《まね》はしなかったが、心ではため息をつきたいくらいだった。それほど無惨な死骸だ。

「ええ、まったくですよ」

しゃがみこんだ官兵衛のうしろで、八太が同意する。

「滅多刺しにされていますね」

着物の背に食いちぎられたような切り口がいくつもあり、赤黒く盛りあがった傷が見えている。

「旦那も定廻り同心を拝命してはじめての事件がこういう仏さんというのは、ついていませんね」

「ついているさ」

官兵衛は振り向いていった。

八太がにやりと笑う。

「最初に扱う事件は大きいほうがいいってことですかい」

そうだ、と官兵衛は認めた。

「この仏には悪いが、このくらいのほうがやり甲斐《がい》がある」

八太が、見習から正式な同心になってまだ数ヶ月の官兵衛を、頼もしそうに見つめる。実際、つまらない窃盗やかっぱらい、けちな掏摸《すり》などはあったが、官兵衛が活躍するほどのことはなかった。八太とともにききこみをしてゆくと、あっけないほどにたやすく賊の居どころが知れるのである。

今度もそうなのだろうか。

だが、これはちがうのではないか。そんな気がしてならない。

「さようですね。あっしも旦那の手柄になるように、一所懸命にがんばりますよ」

「手柄など、俺のものにしなくていい。解決できれば、それでいいんだ。ほかに望むものはない」

八太が、感心したという眼差《まなざ》しを向けてきた。

「旦那、いうことがだいぶちがくなってきましたね。見直しましたよ」

「見直したか。やはり甘っちょろいやつだと見ていたのか」

「そんなことはありませんよ。今のはちょっとした言葉の綾《あや》です。あっしは、旦那はすばらしい町方同心になるって、見こんでいますからね」

「すばらしいか」

少し照れた官兵衛は、軽く咳《せき》払いしてから死骸に目を落とした。

「うらみかな」

「そうかもしれませんねえ」

「なんだい、賛同しかねるって口調じゃないか」

「そんなことありませんよ」

八太がやんわりという。

「八太、かまわぬから、自分の考えをいってくれ」

この数ヶ月、ずっとそうしてきた。

「うらみの筋というのは、あっしも否定しませんよ」

「うん」

なにか感じることが見えてこないかとの思いから、死骸から目を離さずに官兵衛は先をうながした。

「でも、うらみだけではない、なにかちがうものがあるような気がして、ならないんですよ」

「どういうことだ」

「それはあっしにもよくわからなくて、説明しがたいんですけど」

「つまり、八太が長年培《つちか》ってきた勘《かん》というやつだな」

八太が少し前に出て、死骸に真剣な視線を当てた。官兵衛は体をずらし、八太が見やすいようにした。

「一つはっきりしていることは、この仏さんを手にかけた者は、決して慣れた者じゃないってことでしょう」

「それは、殺しをもっぱらにする者の仕業ではない、ということか」

「さようです」

八太が深くうなずく。

「確かに、殺しに慣れた者なら、一突きでやれるだろう。この仏は、ここで立ち小便をしようとしていたんだろうな。背中は隙《すき》だらけだったはずだ」

「さようでしょうね」

「つけ狙《ねら》っていたのかな」

「十分に考えられますね。ずっとつけており、この仏さんが立ち小便しようとしたところを狙って、背中をぶすりとやった」

「だが、やり慣れていないから、何度も刺す羽目になった」

「そういうふうに考えるのが、自然のようですね。旦那、なにからはじめますかい」

本当なら検死を待たねばならないところだが、検死医師の順垂《じゅんすい》がいまだに姿を見せない。

しかし、検死を待つ必要はこの仏に限ってはなさそうだ。死骸のかたまり具合から殺されたのは、昨夜の五つ半（午後九時）から八つ半（午前三時）頃ではないかというのがわかっているし、死因もはっきりしている。

官兵衛と八太はまず、死骸の身許を明らかにすることからはじめた。

ただし、こちらは拍子抜けするほどたやすく判明した。死骸の見つかった場所は赤坂新町《あかさかしんまち》二丁目の路地だったが、四丁目に住んでいる商家の番頭だった。名は京一《きょういち》といい、歳は四十四だった。

三年前に妻帯し、それを機にそれまで住みこんでいた商家を出て、一軒家での暮らしをはじめていた。

京一は昨夜、馴染みの煮売り酒屋である砂倉《すなくら》からの帰りに、惨劇に遭《あ》ったようだ。

赤坂新町一丁目にある砂倉を京一が出たのは、四つ（午後十時）頃だという。京一が暖簾《のれん》を外に払って少ししてから、四つの鐘をきいたからまちがいありませんよ、と砂倉の親父が断言した。

京一をつけているような怪しい者には、気づかなかったとのことだ。京一は、奉公先の店が終わった五つ（午後八時）すぎに一人でやってきたという。

そのときには、別におかしなところや妙な雰囲気はありませんでしたよ、と親父はいった。いつもと同じように、静かに飲んでいたのだった。

京一が寄り添うように身を横たえていた塀の家の、若いせがれが、深夜、厠《かわや》に立ったとき、人の叫び声らしいものをきいていた。

叫び声は二度ばかりしただけで、その後はなにもきこえなくなり、せがれは酒が入っていたこともあって、別に深く考えることなく、夜具に戻ったという。

あれは多分四つ頃だったと思います、とせがれは答えた。

次に、官兵衛たちは女房のもとを訪れた。悲しみのどん底にいる者に話をきくのはつらいことこの上ないが、官兵衛はなんとか京一のことを語ってもらった。

女房によると、京一はもともと上総《かずさ》の町人の出で、十二の歳に江戸にやってきたという。人の紹介で油問屋の来田村《きたむら》屋に丁稚《でっち》として奉公をはじめ、必死に働いて、ついに番頭にまで登りつめたのだ。

小さな小間物屋の次女が京一の女房となったのは、その小間物屋にふらりと入った京一が見初《みそ》めたからだ。あいだを取り持ってくれる人がおり、話はとんとん拍子に進んで、京一が小間物屋を訪ねてから、半年後には一緒になっていた。

やさしい人でした、と女房は涙ながらにいった。あの人が殺されただなんて、今でも信じられません。

京一にうらみを持っている者に心当たりはないか、と官兵衛がきいたとき、あるはずがないじゃないですか、と食ってかかる勢いでいったものだ。

京一の暮らしぶりにも、それまでと変わったようなところは感じられなかった。おびえたり、そわそわしたりというそぶりを見せたこともなかった。

来田村屋というのはなかなかの大店で、奉公人も五十人をくだらないはずだ。そういう店の番頭がどうして砂倉という、いくら近所とはいえ、どこにでもありそうな煮売り酒屋を贔屓《ひいき》にしていたのか、官兵衛には疑問だった。

女房の答えは、砂倉には京一の故郷の酒である鶴尾正宗《つるおまさむね》が置いてあるからだった。主人の故郷は京一の故郷に近い町だった。

次に、京一が十二歳から奉公をはじめた油問屋の来田村屋に行き、店主や他の番頭、手代、丁稚に至るまで話をきいた。

来田村屋の奉公人の数は、やはり五十人を優に超えていた。そのなかで番頭になった京一は抜きん出た商才を持つ男で、店主に最も頼りにされている番頭の一人だった。

他の番頭にも一目置かれており、さらに他の店の者にも、京一抜きでは来田村屋は店がまわらないのではないか、と噂《うわさ》されているほどだった。

店のなかで京一にうらみを持つ者はいないと思われたが、一人、しくじりがもとで得意先を一軒、失ってしまった手代がいた。その手代は、しくじりを京一に激しく叱《しっ》責《せき》されたという。

手代は吾平《ごへい》といい、京一に叱《しか》りつけられたのは認めたが、うらみになど思っていませんときっぱりと告げた。

吾平の犯したしくじりというのは、とある料理屋に入れる油の量をまちがえたことだった。それだけならさして珍しくはないのだが、吾平のまずさは、自分はまちがえていません、といい張ったことだ。

そのことで話がこじれ、その料理屋は来田村屋との取引を打ち切ったのである。

その料理屋は、手代だったときの京一が何度も足を運び、ようやく取引がかなった店だった。

「そんなくだらぬ意地を張って、いったいどういうつもりだ」

京一のあまりの激昂《げっこう》ぶりに、「申しわけなく存じます」と吾平は平謝りに謝った。だが、謝ってすむことではないぞ、と京一の怒りはおさまらなかった。得意先を失ったことで店がこうむった損失金を払えとまでいったのだ。

店主の取りなしで、そこまでやることはなくことはおさまったが、その後、京一は吾平に冷たく当たりだした。

「でも、手前は番頭さんを憎むとか、そういう気持ちを抱いたことは、一切ございません」

吾平はいいきった。

しかし、官兵衛には吾平のことが怪しく感じられた。話をしている最中、常に目が泳いでいたのだ。

そのことについて、八太も同感ですよ、といった。

だが、勘だけで吾平を引っぱるわけにはいかなかった。証拠を見つけなければならない。

吾平は来田村屋に住みこみで、京一が殺された晩、四つすぎまで仕事をし、九つ(午前零時)すぎに就寝したのがわかった。

店に住みこんでいる奉公人というのは、外出は決して自由にならない。店主の許しが必要だ。

京一が殺されたのは、おそらく四つすぎ。砂倉という煮売り酒屋を出た直後であるのはすでにわかっている。

となると、吾平は京一殺しの犯人ではないのか。

だが、それはじかに手をくだしていないということにすぎないのではないか。

誰かに頼んだにちがいない。官兵衛と八太はそういう疑いを持った。

その場合、殺しに慣れていない者に依頼したことになる。

そこがしっくりこない。金で人を殺す者を見つけるのならば、もう少しましな者を選ぶのではなかろうか。

もう少し吾平のことについて調べを進めてみようかというとき、今度は当の吾平が殺されてしまった。

官兵衛は驚いた。まさに、寝耳に水の出来事だった。

吾平は、得意先にご用ききをしている最中、殺された。一休みに入った茶店の厠のなかで死骸となっていた。

背中を一突きにされていたのだ。

茶店は麻布谷町《あざぶたにまち》にあり、とある寺の前だった。この茶店には、吾平はよく立ち寄っては団子を食べていたという。ひじょうにはやっている茶店だが、そのときはたまたま客は吾平しかいなかった。

厠は茶店の裏にあるが、外からも利用できるようになっていた。ただ、それはこの茶店に入ったことがある者だけが知り得ることのように、官兵衛には思えた。

となれば、茶店の馴染み客を当たっていけば、いいのではないかと思えたが、一見《いちげん》の客でも厠をつかった者はいくらでもおり、一度つかえば、厠がどういう造りになっているかわかる以上、官兵衛たちが当たらなければならない者は、それこそ数え切れないほどいることになる。

しかし一見の客については調べようがなく、茶店の客については馴染み客だけに絞り込むしか、手はなかった。

京一に続いて吾平が殺されたとなると、京一と吾平の二人にうらみを持つ者が犯人ではないか、と考えるのが最も自然であると官兵衛は思った。殺された二人が来田村屋という油問屋に奉公していた以上、来田村屋の内情や、取引先とのあいだでなにか諍《いさか》いや揉め事がなかったか、そういうことを調べる必要もあった。

そのあとに、吾平がどんな男だったのか、どういう者とつき合っていたのか、とことん調べる必要があると感じた。そうすれば、きっと望ましい結果につながるような気がした。

官兵衛たちはまず、来田村屋に関して探索をはじめた。

しかし、この油問屋の大店については、まったくおかしいところは出てこなかった。諍いなどは、吾平が起こした例の取引先以外、まったくなく、評判はすこぶるよい。

支払いは順調だし、傾きかけているというような噂《うわさ》も一切なかった。

あるじの喜右衛門《きえもん》は赤坂新町では世話役として名が通り、町のさまざまな行事の際には必ずまとまった金を寄贈することが通例になっているし、家族も町の者から慕《した》われており、来田村屋のことを悪くいう人は一人もいなかった。

もともと来田村屋は油問屋の老舗《しにせ》として知られ、界隈《かいわい》の人たちから、油はあそこでなくちゃと、親しまれている店だった。

だから、来田村屋の番頭、手代が立て続けに殺されたこの事件は、店を少しでも知っている者にとって、大きな衝撃となっていた。

来田村屋からはなにも出そうにないと見切りをつけて、官兵衛たちは吾平の同僚、友人、取引先の者たちなどを徹底して当たり、吾平のことを調べた。

酒は好きだが、あまり飲む機会はなかったようだ。将来を誓い合ったような女はおらず、たまの休みに同僚とともに岡場所に繰りだすのがせいぜいだった。

商売上のへまも、京一に叱責された一件くらいで、ほかにはなかった。吾平が隠していることがあるのではないか、と官兵衛はにらんで取引先すべてを探ってみたが、そういう事実は出てこなかった。

岡場所に馴染みの女はおらず、いつもちがう女を相手にしていた。岡場所で揉め事を起こしたようなこともなかった。

博打はやらず、賭場に出入りしたことは一切なかった。もともと吾平はまじめ一方な男で、仕事には熱心だった。

吾平の故郷は甲斐《かい》の甲府《こうふ》近くの村で、そこから一緒に江戸に出てきた友人がいた。その友人も商家に奉公しているのだが、得意先まわりをしているある日、同じように得意先をめぐっている吾平とばったりと会った。

そのときはお互いにそう忙しくはなかったために、近くの茶店に入り、長話をした。

吾平は村の友人ということで気を許したようで、店の番頭を殺したいほどうらみに思っているといったという。

たった一度のしくじりで、人じゃないような扱いを受けている。得意先まわりも、丁稚を取りあげられて、こうして一人だ。あの人にこのままいられたら、俺の将来はない。

来田村屋ほどの大店になれば、出世の競り合いは激しく、番頭のために将来をなくしかねないという不安は自らに大きくのしかかってくるものであるのはわかったが、友人は、馬鹿な真似《まね》はよせと強く忠告したという。だが、吾平の目には、よどんだ光が満ちていたという。

そのとき、吾平は番頭の名を告げなかったが、あとで吾平の店の番頭が殺されたときいて、まさかあいつがやったのではないだろうな、と友人は心配でならなかった。確かめに行きたかったが、仕事の忙しさにかまけてずるずる先延ばしにしていたら、今度は吾平が殺されてしまった。

この友人の話に出てきた番頭というのが京一であるのは、まずまちがいないだろう。

この同郷の友人の言葉によって、吾平が京一に殺意を抱いていたことがはっきりした。

だからといって、本当に殺すかどうか、話は別だ。

ただ、官兵衛と八太は、将来を悲観した吾平が京一を殺そうと考えており、実際に決行したのではないか、その後、吾平までが殺されてしまったのは、また別の理由があるのではないかという考えに沿って、これからの探索を行うことで意見が一致した。

さらに他の友人に何人か会い、そのうちの一人から興味深い話をきいた。

その友人は吾平の得意先の料理屋に奉公していた。最初は別の料理屋にいたのだが、吾平から奉公人を求めているという話をきいて、移ったのである。

話をしたのは、吾平がご用ききで料理屋にやってきたときだ。ついさっき、財布を落とした商家の手代がいて、拾って声をかけたらたいそう感謝されてしまったよ、と笑っていたという。

そこまではいいが、その手代から吾平は、二両もらったというのだ。

ふつうでは考えられない。その手代が持っていた金は、店の金ではなく、自分のものだったということか。しかし、一介の手代が二両もの金をぽんとだせるものだろうか。

この手代にはなにかあるのではないか。うしろ暗いことをしているのではないか。そのことを知ってしまい、それがゆえに吾平は命を絶たれたのではないか。

官兵衛たちは考え、二両を吾平によこした手代にしぼって調べを進めた。

だが、なにも手がかりはつかめなかった。手代が誰かも判明しなかった。

「こういうときは、大本に戻りましょう」

八太がいい、官兵衛たちは吾平の殺された茶店に戻った。

茶店はひらいていた。客も惨劇のあったことなど知らない顔で、茶を楽しみ、団子をほおばっていた。

官兵衛たちも長床几《しょうぎ》に座り、茶をもらった。

茶を持ってきてくれた看板娘に吾平のことをきいてみた。よく来ていたこともあって、看板娘ははっきりと吾平のことを覚えていた。

この茶店の馴染み客については、臨時廻り同心が調べていたが、吾平を殺すような理由を持つ者は見つかっておらず、手がかりは皆無といえた。

「吾平さん、一度、すごく暗い顔をして見えたことがあったんです。いつもは笑みを絶やさずにいる人なので、ちょっとびっくりしたことがありました」

時期をきくと、京一に厳しく叱責された直後であるのがわかった。

「ほかになにか気づいたことはないかい」

官兵衛は、責め立てるような口調にならないように注意してきいた。

そうですね、と看板娘が考えこむ。

店先で町方役人にいろいろたずねられている娘に、心配そうな視線を投げかけている客が多いことに、官兵衛は気づいた。

そう思って看板娘にあらためて目をやると、なかなかの器量よしであるのが知れた。探索に必死で、これまで心に余裕がなかったことを、官兵衛は知った。

「おいしい茶だな」

看板娘に声をかけた。

「はい、ありがとうございます」

「それに、おまえさんのおかげで繁盛してなによりだ」

「私のおかげだなんて」

看板娘がはっとする。

「その半月くらいあとだったと思うんですけど、吾平さん、はじめてのお客といらしたんです」

「男だね」

「はい、吾平さんより少しばかり上じゃないかと思える人です」

「身なりは」

「吾平さんと同じでした」

「商家の手代然としていたんだね」

「はい。ただ、吾平さんより少し乱れているような感じが、その人にはあったような気がします」

さすがに茶店の看板娘だけに、そのあたりはよく見ている。顔や身なりを覚えるのも、仕事の一つだ。

もしかしてその手代らしい男というのは、と官兵衛は思った。財布を落とした際、二両を吾平に渡した男ではないか。

八太に目を向けると、すぐさまうなずき返してきた。やはり同じことを考えている。

「ここに来て、二人はどうしていた」

「それなんですけど、奥に座りこんで長いこと、顔を寄せ合うようにして、話しこんでいたんです。厠に立ったりしてほかの人が近づくと、話をやめてしまっていました」

きなくさい話をしていたのは、まずまちがいない。どんな内容の話だったのか、看板娘にもわからなかった。

町奉行所から人相書の達者を呼ぶまでもなく、看板娘が奥から絵筆と紙を持ってきて、すらすらとその手代らしい男の顔を描いてくれた。幼い頃から絵が得意で、お客さんの顔を忘れないよう、今もときおり描くようにしているとのことだ。最初はさすがに思いだすのに苦労していたようだが、一度描きはじめてからは、筆が滞《とどこお》るようなことはほとんどなかった。

「八太のいう通りだったなあ」

その人相書を手に歩きはじめて、官兵衛はいった。

「大本に戻るというのは、こんなに大事なことなんだな」

八太がうれしそうに白い歯を見せる。

「あっしは困ったときや、手づまりになったとき、必ずこうするようにしています。今回もいい結果につながって、とてもよかったですよ」

看板娘の描いた人相書の威力は絶大なものがあり、ほんの一日で、この男なら知っていますよという者に出会えた。

人相書の男は琵琶吉《びわきち》といい、長田屋《おさだや》という呉服屋の大店の手代というのが知れた。

ここも来田村屋と同様、奉公人は五十人をくだらない。

琵琶吉のことを内密に調べてみると、吾平と同じように仕事のしくじりで、一人の番頭から干されているらしいのがわかった。

ちがうのは、京一は殺されてしまったが、長田屋の番頭は生きているということだ。

しかし、琵琶吉もこの番頭をなんとかしないと、おのれの出世はない、と考えているらしいのが、長田屋近くの煮売り酒屋の女将《おかみ》の話から知れた。

本来、手代や番頭などは商用以外の外出は厳しく禁じられ、飲み屋に行くことはほとんどないのだが、長田屋の奉公人たちは、上の者の目を盗んでちょくちょく来ているようだ。煮売り酒屋の者も、売り上げがあがるからという理由で、長田屋の主人には知られないようにしていたという。

そこで琵琶吉は女将に、番頭のことをこぼしたのだという。

弥二助《やじすけ》をなんとかしなきゃ、俺は駄目になっちまう。

もともと琵琶吉と弥二助は反りが合わず、店のなかで琵琶吉は常につらく当たられていた。番頭にきらわれているのでは、出世など望むべくもない。琵琶吉はひどく焦っていたとのことだ。

「旦那、こいつはきっと――」

煮売り酒屋を出て八太がいった。

「京一さんを殺したのも、吾平を殺したのも、まずまちがいなく琵琶吉ですぜ」

そのときには、どういうからくりなのか官兵衛も解していた。

「吾平と琵琶吉は、それぞれの番頭を殺すことを約束したんだな」

「そうでしょう。その約束に沿って、琵琶吉は京一を殺した。しかし吾平は殺さなかった。怒った琵琶吉は、吾平も手にかけた」

「そこまでやったとなると――」

「ええ、長田屋の番頭も危ないでしょうね。二人殺すも三人殺すのも同じと考えるでしょうから」

番頭の弥二助はすでに所帯を持っており、町なかに家を構えていた。つとめからの帰り、実際に襲われたが、官兵衛たちが弥二助に知らせることなく警護していたこともあり、傷一つ負わなかった。

襲ったのは、やはり琵琶吉だった。官兵衛が琵琶吉をとらえ、八太が縄を打った。琵琶吉はすべてを白状し、その後、獄門になった。店から少なからぬ金を、腹いせに横領してもいた。

二人を続けざまに殺した犯人を捕縛し、官兵衛の株は奉行所内で一気にあがった。だが、それも八太の働きや助言があったからこそだ。

官兵衛は目を覚ました。いつしか眠りこんでいた。

八太、なぜ死んだ。

目の前の面影に語りかける。

天井がまたもうっすらとにじんできた。

四

廊下が鳴った。

忍びやかな足音がきこえてきた。

自分でも意外なほどすばやく右腕が伸びて、畳の上を探った。

官兵衛はうつぶせたまま、腕で畳を掃《は》いた。

鞘《さや》に指が触れた。下げ緒《お》をつかむや、刀を引き寄せた。

胸の下に滑りこませ、目をあける。薄暗さが目に入った。

同時に、錐《きり》でもさしこまれたような鋭い痛みが鬢《びん》から額《ひたい》にかけて走り、いててて、と体を丸めた官兵衛は頭を抱えた。刀のこじりが、しずくを垂らして転がっている徳《と》利《くり》とぶつかって、小さな音を立てた。

足音は官兵衛の部屋の前でとまった。腰高障子《こしだか》の向こうに、こちらをうかがう者の気配がある。

ふつか酔いの痛みをこらえ、横向きに寝そべって官兵衛は再び刀を手にした。鯉口をそっと切る。

蠟《ろう》でも塗ったかのように音もなく襖《ふすま》が横に滑り、一尺ばかりするするとあいた。

気配が敷居を越え、足音もなく近づいてきた。思っていた以上のすばやさだった。

冷たいものが首筋に当てられる。

なにっ。

飲みすぎてぼうっとしていることもあり、さらにもともと剣術はさして得意ではないとはいえ、さすがに刀を抜く暇《ひま》を与えられないとは思わなかった。

「沢宮の旦那、金をだしな」

しわがれた声が耳に届く。

「何者だ」

静かにいったが、それだけでまた痛みが頭を襲ってきた。

「誰なのか、もうわかっているはずじゃないのかい」

「俺が町奉行所の者であるのはわかっているんだな」

「わかりすぎるほどわかっているさ」

そういってしわがれ声が薄く笑う。

「こんな真似《まね》をして、後悔するぞ」

「後悔などしない」

官兵衛は息をついた。

「いくらほしいんだ」

「そうさね、一両、いただこうか」

「そんなものでいいのか」

「そんなものって」

冷たいものが、頬の上でぴたぴたと鳴った。

「ここに小判があるとでもいうのかい」

「探せばあるだろう」

「あるわけがない」

「探してもみずにそんなことをいうのか」

「この家のことはよく知っている」

「だったらどうして押し入ってきた」

「押し入るのが好きだからさ」

顔をのぞきこんできた。官兵衛は腕を伸ばし、相手の腋《わき》の下に手を差しこんだ。すかさず投げを打つ。

あっ。悔《くや》しさをあらわにした声をだし、相手があらがおうとする。

しかし、捕物術を自分のものにしている官兵衛のほうが上だった。

手練《てだれ》の掏摸《すり》のような指の動きで刃物を奪うや、相手を畳の上に転がし、馬乗りになった。筋張った体が足の下にある。

「どうだ、身動きできまい」

官兵衛は見おろしていった。

「く、苦しい、旦那、やめておくれよ」

「おたか、負けを認めるんだな」

「冗談じゃないよ。このくらいで負けるもんか」

おたかと呼ばれた女はしわ深い顔に縦じわを刻んで身もだえし、必死に足の下から逃れようとする。

「相変わらず強情だ」

官兵衛は少しだけ力をこめた。それだけでおたかの動きは、瀕死《ひんし》の重病人のように弱々しくなった。

おたかがぐったりし、首を落として息を引き取ったような表情になる。一度、これをやられ、やりすぎたか、と官兵衛は大あわてしたことがある。

「おたか、二度は引っかからぬぞ」

おたかが、貝の口があくように目をひらいた。

「負けた、負けたよ、旦那。今日はあたしの負けさ」

「やっと認めたか」

にっと笑って官兵衛は放した。おたかが這《は》いずって官兵衛の体の下を抜ける。

それがどういう弾みか、いきなり畳をごろごろと転がっていった。漆喰《しっくい》の壁に頭をぶつけそうになる。

「年寄りになんて手荒なこと、するのさ」

壁に右手をついて立ちあがり、官兵衛を怒鳴《どな》りつける。

「俺はなにもしておらぬ」

「足を引っかけたじゃないさ」

「そんなことはしておらぬ。おたかが勝手に転がっていっただけだ。畳に足が引っかかったんだろう」

まだ納得のいっていない顔だが、どことなく合点がいったようにも見える。

「確かに、あたしゃ、なにもないところで素っ転ぶことがあるんだよねえ。ありゃ、いったいなんなのかしらね」

「剣の達人といえども、ときにそういうこともあるさ。しかしおたか、それだけ元気ならまだなんの心配もいらぬな」

「丈夫さだけがあたしの取り柄だからねえ。それにしても旦那、剣の達人だなんて、うれしいこと、いってくれるねえ」

「まことのことだからな」

官兵衛は手元に目を落とした。

おたかから奪ったのが包丁と知って、肝を冷やした。

もし本物の賊《ぞく》が入りこんできていたら、と官兵衛は思った。俺は首を切られていたかもしれんのか。

胸をなでおろして、官兵衛は包丁をおたかに手渡した。

包丁を握って、おたかが薄笑いを見せる。やせ細っていることもあり、まるで柳の下の幽霊だ。

「旦那の首筋の感触てさ、男らしくてかたいけど、少しやわらかなところもあって、いい感じだったよ。あのまますぱりと切っていたら、真《ま》っ赤《か》な血が噴きあがっていたんだろうね」

舌なめずりをする猫のような顔をした。大袈裟《げさ》でなく、背筋を凍えさせる風が部屋を抜けていった。

「旦那、今日は負けちまったけど、次はこうはいかないからね。きっと旦那に負けたっていってもらうよ」

「やれるものならな」

「その大口、必ず黙らせてあげるからね」

「ああ」

官兵衛はうなずき、畳の上に仰向けになった。大きく伸びをする。まだ酒が抜けていないせいで、こうするとひじょうに気持ちよい。頭の痛みは消えつつあった。

「しかし、おたか、おまえの足さばきは七十近い年寄りとはとても思えんな」

「歳《とし》のことを平気で口にするなんて、旦那は乙女心《おとめ》を相変わらず解してないわねえ。でも、あたしの足さばきについては、当たり前のことだよ」

包丁の峰を肩にのせて、おたかが昂然と胸を張る。官兵衛からはおたかの頭と足が逆に見えている。

あっ。

次の瞬間、官兵衛は声をあげていた。はらりと着物の前がはだけ、おたかのしなびたなすびのような乳房が見えた。

官兵衛は悲鳴をあげたかった。代わりに、目を閉じた。両手で目をふさぎたいくらいだった。

「旦那、見たわね」

地の底からだしているような声が耳に届く。

「見ておらぬ」

実際、そういうことにしたかった。だが、脳裏にかたく刻《きざ》みこまれてしまってい
る。

薄目をあけて見てみると、おたかが襟元《えりもと》をかき合わせ、帯を締め直しているところ
だった。

「旦那、なんてことするのよ」

吠《ほ》えるようにいう。

「どういう意味だ。俺がなにかしたというのか」

「乙女の柔肌を盗み見るなんて、大の大人がすることじゃない」

「盗み見などしておらぬ。目に飛びこんできただけだ」

「やっぱり見たんじゃないの」

身繕《みづくろ》いを終えたおたかが畳をすり足で近づいてきた。手のひらを差しだしてくる。

「一両いただきます」

「なんの話だ」

「とぼけないで」

「まさか胸を見たから、なんていうんじゃないだろうな」

「そのまさかよ」

「冗談じゃない。金を払ってもらいたいのはこっちのほうだ。目の毒だ」

「目の毒だって。まったく、相変わらず口の減らない男だねえ」

おたかが大股で踏みだしてきた。

官兵衛は顔を踏んづけられないように、寝返りを打って逃れた。以前、おたかに顔に乗られて往生したことがある。侍として、家事を頼んでいるばあさんにそんなことをされること自体、恥でしかないのだが、あのときも今日と同じでふつか酔いだった。

「あら、うまくよけたねえ」

「当たり前だ。そう何度もやられてたまるか。それよりもおたか、さっきいいかけた続きはなんだ」

おたかの足さばきについてだ。これまで幾度もきいてきたから、おたかがなんというのかわかっていたが、官兵衛はたずねた。

「あたしの亭主は、なんといっても千秋余左衛門《ちあきよざえもん》なんだからね」

千秋道場という一刀流《いっとうりゅう》の道場主だった。官兵衛も千秋道場で鍛《きた》えられた。しかし、筋がさほどよくないせいで、伸びなかった。余左衛門も官兵衛を評して、悪くはないがさほど期待できるほどでもないな、とはっきりいっていた。

断言してもらったことであきらめがつき、官兵衛は捕物術を我が物にすることに精をだしたのだ。

「おたかの技は、お師匠譲りだものな」

「そうよ。剣術の筋は、旦那よりいいくらいだからね」

もともとおたかは貧乏御家人の末娘だったのだが、剣術が習いたくて、女だてらに千秋道場に入門したのだ。束脩《そくしゅう》が払えないので、家事を条件に入門させてもらったようだ。それがいつしか余左衛門の気に入りとなり、妻となったのである。

「ああ、くさいねえ」

唐突に気づいたように鼻をつまみ、おたかが顔の前で大仰《おおぎょう》に手を振った。

「あたしゃ、お酒は大好きだけど、部屋にこもったこの安酒のにおいだけは、たまらなくきらいだねえ」

「安酒って、おたかが買ってくれる絹ノ露だぞ」

おたかが首をひねる。

「名酒だってのに、こんな妙なにおいだったかしら」

顔をじっとのぞきこんできた。しわ深さがさすがに際立つが、官兵衛は、すっかり白くなっている眉《まゆ》のなかに、黒いものがあるのを見つけた。

「おたか、こんなところにほくろがあるぞ」

指さすと、おたかがうなずく。

「右の眉でしょ。若い頃からあったのか、歳取ってできたのかわからないけれど、ほくろってものは、どこにでもできるものなのよねえ」

そんなことより、とおたかが強い調子でいった。

「旦那、昨夜は苦いだけのお酒だったんでしょ。お酒に敬意を払わず、ただ杯を重ねただけなんだね。だから、こんな悪いにおいを発しているんだわ。絹ノ露が悪いんじゃなくて、旦那の体から出てきた悪いものがこの部屋には一杯に満ちているのよ」

おたかのいうことには、一理あるような気がした。

いつしかおたかが柔和《にゅうわ》な笑みを浮かべていた。笑みには徳を積んだ尼を思わせるものがあり、ああ、きれいだなあ、と官兵衛は胸を打たれた。この笑顔は、おたかがまっすぐ生きてきたなによりの証《あかし》だろう。

「でも旦那、飲んでだいぶすっきりしたみたいだね」

「ああ、おかげでな」

おたかが安心した顔つきになる。

「ほんとによかったよ。八太さんが亡くなってこっち、旦那のほうが魂の抜け出たようになっちまっていたからねえ」

「心配をかけた」

おたかがほほえむ。

「旦那は、そういう顔をしているほうがやっぱりいいわねえ。より精悍《せいかん》さがにじみ出てくるもの。ああ、やっぱりいい男だねえ。あたしがあと十年若かったら、放っておかないんだけどね」

おたかが骨張った体を、盛りのついた猫のようにくねらせる。

十年だと、と官兵衛は思った。それが二十年でも願い下げだ。

おたかのつくった朝餉《あさげ》は、いつものようにうまくなかった。

飯は水が少なすぎて、かたいことこの上なく、顎《あご》を鍛《きた》えるのには格好だった。味噌汁もろくにだしをとっていないのか、間が抜けたような味だが、味噌自体はひじょうに濃く、そのまま飯のおかずにできそうなくらいに辛《から》かった。

つけ加えれば、掃除も下手だ。廊下や座敷の隅に、箒《ほうき》ではいたはずなのに、埃《ほこり》がたまっているときがある。あれは、角になっているところがうまく掃けないのだ。

だからといって、官兵衛が顔をしかめたり、眉をひそめたりするようなことはない。おたかがいてくれるのは、やはりちがう。

それでも、ときに、ちがう女を頼めるのではないか、と思わないこともない。官兵衛自身、やはり歳が近い女のほうが話も合うのではないか、と思うこともある。

しかしすぐに思い直す。やはりおたかが一番だ、と。

若い女がいいのなら、さっさと妻を迎えればいいのだ。二十五にもなって、独り身《ひと》というのがどうかしているのである。同い年の友垣で独り身を通している者は、もうほとんどいない。

どうしておたかに家事を頼んでいるかというと、道場主の千秋余左衛門に妻をよろしく頼む、と託されたからというのが最も大きいのだが、ほかにも洗濯と洗い張りだけは抜群にうまいという理由もある。

どういうこつがあるのか、着物や下帯など、おたかは実にきれいに洗いあげてくれるのである。定廻り同心であることを、一目で江戸の者にわからせてくれる黒羽織もまるで仕立てたばかりのようにしてくれる。

思えば、余左衛門もいつもぴしりとした着物を身につけていた。だからこそ料理や掃除が下手でも、余左衛門はおたかを重宝していたのだ。

それに、おたかの笑い顔。七十近いばあさんの笑顔に癒《いや》されるというのはどうかと思うが、おたかが笑うと、心が落ち着くのだ。

「いってらっしゃいませ」

式台に両手をそろえて、おたかが満面の笑みで見送ってくれる。そのあたりは実家のしつけが厳しかったのか、それとも余左衛門の教えがよかったのか、さまになっている。

「うむ、行ってまいる」

しかめ面《つら》をつくって官兵衛は門を出た。途端に強い陽射しが目をくらませる。

「暑い」

いっても詮《せん》ないことだが、知らず口をついて出た。すでに額から汗が流れはじめ、頬に滑り落ちてきた。

昨日、見た夢を官兵衛は思いだした。死骸の顔のそばにしたたり落ちた汗を、八太に注意された。

八太の面影がまたよみがえってきたが、胸は痛まなかった。

まさかもう八太の死に慣れてしまったのではなかろうな。

寂《さび》しいことだったが、いつまでも八太のことを考えていても仕方ない。

人というものはきっとそういうふうにできているのだろう。

同じように町奉行所に向かう者が多い。ほとんどが顔見知りだ。挨拶《あいさつ》をし合って、早足で進む。

今月は官兵衛たちの北町奉行所が月番である。数寄屋橋《すきやばし》のそばにある南町奉行所は大門を閉じているが、だからといって休んでいるわけではない。

新しい事件を受けつけないだけで、町奉行をはじめ、与力、同心たちはつとめに出て、月番の際に受け持った事件などを調べ続けている。

官兵衛は呉服橋《ごふくばし》を渡った。

呉服橋門を抜けると、左側に北町奉行所がある。右手は、呉服橋門につめる番士の詰所が建っている。

官兵衛は堀を左手に見ながら、一町ばかりを歩いた。

大門がある。夜明けとともにひらかれる門で、敷石の向こうに奉行所の建物が眺められる。

大門は長屋門になっている。門を入った官兵衛は、長屋のなかへと通ずる入口に身をくぐらせた。そのまま奥に進む。

同心詰所に入る。

誰もいない。どこか昨日のにおいが残っているような気がする。定廻りのなかでは最も若いから、官兵衛は常に一番乗りを目指していた。

自分の文机《ふづくえ》の前に腰をおろした。日誌をひらく。

昨日は非番ではなかったが、休みをもらった。さきおとといまでなにをしていたか、思いだすのには、日誌をめくるのが最もよい手立てだろう。

すぐに官兵衛は思いだした。三ヶ月ほど前に起きた、味噌、醬油問屋の江久世屋の者たちを皆殺しにした押しこみの探索に八太とともに当たっていたのだ。

次々に先輩同心たちが姿をあらわし、詰所には活気が出てきた。昨日の空気はきれいに取り払われて、今日という日がはじまるのだという気持ちが官兵衛のなかで強くなってゆく。

「官兵衛、どうだ」

いつものように伸びやかな声でいってきたのは、先輩の柘植《つげ》弥之蔵《やのぞう》である。官兵衛の横に静かに正座する。大岩を思わせる巨体のために、畳が少し沈んだ。

「少しは落ち着いたか」

「はい、おかげさまで」

官兵衛は頭を下げた。

弥之蔵がぐっと顔を近づけてきた。鋭い視線を官兵衛の目に当てている。

「ふむ、口だけではないようだな」

にっと笑う。途端に瞳から厳しさが消え、人のよい笑顔になった。

「それでよい。官兵衛もわかっているだろうが、いつまでもくよくよしていても、八太も喜ぶまいよ」

弥之蔵も、八太の葬儀に参列してくれている。

「はい」

弥之蔵が体を揺するようにして、足を崩した。あぐらをかく。

「ふう、暑い」

手ふきでしきりに顔をぬぐいはじめた。いつしか顔が水に浸《つ》かったように濡れており、ぬぐいきれなかった汗が顎からしたたり落ちそうになっている。

「わしのような者にとって、この時季は地獄よ」

弥之蔵は、目方が三十貫（百十二キロ）近くあるのではないか。冬はほとんど寒さを感じず、冷たい木枯《こが》らしが吹きつける日こそ極楽、といってはばからない。肥えているからといって体の動きが鈍いということはなく、走るのはかなりはやい。少なくとも、犯人を捕縛する際に太っていることが障《さわ》りになったことは一度もない。

肥えていると膝《ひざ》が悪くなるために正座できなくなることが多いが、弥之蔵はそんなことはない。

泉のように噴きだしてくる汗を、あぐらをかいてぬぐっている姿は、どこかほほえましい。そのあたりは弥之蔵の人柄を映《うつ》しているのだろう。

「新しい中間は、どうなっているんだ」

仕上げとばかりに首筋をさっとひとふきして、弥之蔵がきいてきた。

「新田さまが、それがしに忠実な中間は必ず見つける、とおっしゃってくださいました」

「新田さまのお言葉なら、まちがいないな」

弥之蔵の視線が小さく動き、入口のほうを向いた。

「来たようだぞ」

官兵衛は、弥之蔵が指さしている方向を振り向いて見た。

入口に与力の新田貞蔵づきの小者がいる。官兵衛と目が合うと、辞儀をした。敷居を越え、詰所に入ってくる。

「沢宮さま」

官兵衛のかたわらに正座した。

「新田さまがお呼びにございます」

「承知した。今、まいる」

官兵衛は弥之蔵にうなずきかけてから、立ちあがった。小者のあとについて、詰所を出た。

大門から磨きあげられた敷石を踏んで、奉行所の建物に近づく。なかにあがると、右側に向かって廊下を歩いた。

「新田さま。沢宮さまをお連れしました」

足をとめた小者が襖越しに声をかける。

「入れ」

小者が失礼いたします、と襖をあけた。

正面に大きな文机があり、腰をおろしている貞蔵の姿があった。

「入れ」

貞蔵があらためて官兵衛を手招く。

「失礼いたします」

官兵衛は一礼し、足を踏み入れた。

清潔さが漂う八畳間だ。ただし、文机の上には、おびただしい書類がのっている。一見、乱雑そうに見えるが、貞蔵はすべて把握しているはずだ。

背後で小者が襖を閉めた。

官兵衛は貞蔵の前に正座した。

「ふむ、少しは落ち着いたようだな」

貞蔵が頬《ほお》を柔和にゆるませる。

「さっそくだが、引き合わせたい者がいる。おぬしの新しい中間だ」

「はい」

八太の代わりとなる中間がいないことは確信しているが、一人で定廻り同心は動けない。市中見廻りや探索に、手助けをしてくれる者が必要だ。

しかし、と官兵衛は思った。俺には同心としてどうしようもない弱みがある。

「どうした、官兵衛。顔色がよくないぞ」

「暑さのせいかもしれません」

貞蔵が首をひねる。

「おぬしは暑さに強いはずだ。夏は最も得意な季節ではないか。どうした、具合でも悪いのか」

「いえ、さようなことは」

「八太の葬儀の席でも顔色が悪かったな。あのときも、新しい中間について話をしていた。官兵衛、なにかわしに隠していることがあるのではないか」

顔を寄せ、にらみつけてきた。さすがに迫力があり、すべてを白状したくなるような気持ちにさせられる。

官兵衛は頭をもたげてくるその気持ちを、無理に抑《おさ》えこんだ。

「滅相《めっそう》もない」

「偽《いつわ》りを申しているのではあるまいな」

吟味《ぎんみ》方与力のように、貞蔵が畳みこんでくる。

「申しておりませぬ」

官兵衛は貞蔵に敬意を抱き、厚い信頼を寄せている。その貞蔵に対して嘘をつくのは心苦しかったが、定廻り同心を正式に拝命して五年、守り続けてきた秘密を今さら、口にするわけにはいかなかった。

「そうか」

どことなく寂《さび》しげにいって、貞蔵が柏手をするように手のひらを打ち合わせた。心地よい音が耳に吸いこまれる。

襖があいて、小者が顔を見せる。

「呼んでくれ」

「承知いたしました」

襖を閉めた小者が、廊下を歩き去る足音が伝わる。すぐに戻ってきた。足音は二つだ。

「失礼いたします」

襖があき、小者が若い男に入るようにいった。

この男が新しい中間なのか、と官兵衛は思った。いったいどういう男なのだろう、とじっと見る。

思った以上に若い。まだ二十はいっていないだろう。

「来い」

貞蔵にいわれ、若い男は奥づとめの女中のようにしずしずと進んだ。

「座れ」

若い男は貞蔵にいわれた通り、文机の脇にちょこんと座った。

背筋を伸ばして端座するその姿には、どこか育ちのよさを感じさせるものがある。色が白く、夏だというのにまるで日に焼けていない。

いったいどこでどういう暮らしをしてきたんだ、と官兵衛はいぶかった。まさか本当に奥づとめをしているわけではあるまい。

「官兵衛」

貞蔵に呼ばれ、官兵衛は顔を向けた。

「この男がおぬしの新しい中間となる。名は福之助《ふくのすけ》という。——福之助、沢宮官兵衛だ。挨拶しなさい」

貞蔵の態度には、父親を思わせる穏やかさがある。

なんだろう、この雰囲気は。

官兵衛は思った。まさか新田さまの隠し子ではなかろうな。

「はい」

福之助が答える。やや甲高《かんだか》いが、気に障るような声ではない。むしろ、すんなりと頭に入ってくる心地よさがある。そのあたりにも、よくしつけられているのではないか、と思わせるものがあった。

出はいったいなんだろう、と官兵衛は考えた。もしかしたら、武家だろうか。それとも町人か。

中間として奉公の経験はあるのだろうか。だが、そういうふうには見えない。

両手に畳をついた福之助が、官兵衛に向かって深々と頭を下げる。

「福之助と申します。未熟者でご迷惑をおかけするかもしれませんが、どうぞ、よろしくお願いいたします」

そうか、これはもう決まったことなのだ、と官兵衛は思った。この福之助という優《やさ》男《おとこ》が俺の中間として働くのだ。

ここは、新田貞蔵の命にしたがうしか、道はなさそうだ。

不安だらけだが、官兵衛は腹をくくることにした。

気がかりなど一切ないのか、人のよさそうな笑みを頰《ほお》に浮かべ、福之助はひたすらにこにこしている。

五

「よし、顔合わせはこのくらいでよかろう」

新田貞蔵が、官兵衛と福之助を交互に見ていった。

はっ、と官兵衛は答え、畳に両手をそろえた。この優男に八太の代わりがつとまるはずがないのははっきりしている。

だが、決定がもはやくつがえることがない以上、地面に深く打ちこまれた杭《くい》のように、官兵衛に覚悟は定まっていた。

福之助は、相変わらず穏やかな笑みを頰にたたえたまま、はきはきとした口調で、はい、といった。

「よし、福之助、しっかりと仕事をしてまいれよ」

「はい、仰《おお》せの通りにいたします」

福之助がうやうやしく頭を下げる。

「うむ、よい返事だ」

「新田さま、では行ってまいります」

それを横目で眺めて、官兵衛は貞蔵にいった。再び福之助に視線を戻す。福之助が餌《えさ》をもらう寸前の犬のように、期待に満ちた目で見返してきた。

「まいろう」

静かにうながすと、福之助は素直に立ちあがった。

失礼いたします、といって貞蔵の部屋を官兵衛は出た。うしろに続いた福之助が、同じ言葉を繰り返してそっと襖を閉じる。

官兵衛は、薄暗い廊下をずんずんと歩きはじめた。

福之助は早足でついてくる。

官兵衛はちらりと振り返った。

「福之助」

呼び捨てにする。当たり前のことにすぎないが、なんとなく面映《おもは》ゆいものがあった。

はい、と福之助が顔を突きだすようにしていった。うれしそうにしている。

「歳《とし》はいくつだ」

「十八にございます」

いくつに見えますか、などとしたり顔でききかえしてきたら、怒鳴りつけてやるつもりでいたが、福之助はあっさりと答えた。官兵衛は若干、拍子抜けした。

「どうかされましたか」

「いや、なんでもない。生まれは」

首を福之助にまわしたまま、官兵衛はさらにたずねた。

「あの」

「なんだ。さっさといえ」

「でも、通りすぎてしまいます」

「なに」

官兵衛は、すでに玄関に着いていることを知った。明るい陽射しが一杯に入りこんではね返っており、まぶしいくらいだ。

なに食わぬ顔で雪駄《せった》を履《は》く。隣にいかにも高価そうな雪駄がそろえてあり、官兵衛は目をみはった。

こんなもの、番所の誰が履くんだ。御奉行くらいではないのか。

だが、町奉行の履物が玄関に置きっぱなしにされているはずがない。

心中で首をひねりつつ、官兵衛は玄関を出た。

官兵衛に続いて福之助が履物を履いた。それが先ほどの雪駄だったから、官兵衛はびっくりした。

「おい、そいつは本当におまえのなのか」

足下を指さしてきいた。

「はい、さようにございます」

当然ですといいたげな顔で、福之助が深く顎を引く。

「おめえ、ちゃんと金をだして買ったんだろうな」

「はい、もちろん」

それ以外に商品を手にできる手立てなど、知らないという表情だ。

「どこで買った」

眉根《まゆね》を寄せて、福之助は必死に思いだそうとしている。

「あれは、日本橋《にほんばし》だったと思うのですが」

敷石を踏み、大門までやってきた。そこで足をとめ、官兵衛は詰所の入口に目を向けた。

人の出入りはまったくない。同僚たちはすでに江戸の町に散っていったのだろう。

自分も遅れるわけにはいかない。官兵衛は門をくぐり、道へと足を踏みだした。

うしろにやわらかな足音が続く。

「思いだせねえか」

「申しわけないのですが、手前はよく覚えておりません」

ははーん、こいつは田舎者《いなかもの》なんだな、と官兵衛は思った。江戸には詳しくねえんだ。

「さっきもきいたが、おめえ、いったいどこの出だ」

「品川《しながわ》にございます」

やはりそうか、と官兵衛は納得した。品川は朱引《しゅび》き内で、一応、町奉行所の縄張内にあるが、公儀が代官を置いている町でもあり、二者の支配が重なり合っているところである。

なにより代官が置かれているという事実で、すでに江戸とはいいがたい場所であるのは確かだった。

江戸に住む者も、品川は別の町であると見なしている。

福之助から視線をはずし、官兵衛は背筋を伸ばして空を仰《あお》ぎ見た。

天気はよく、江戸の上空に雲はまったくない。夏を思わせるお日さまの登場を際立たせるために、わざと消えているかのようだ。町屋の屋根をかすめるようにして陽が射しこんできていた。

首をまわすと、雲は南のほうにわだかまっているだけで、雨になりそうな気配など、どこを探してもなかった。

今日は一日、いい天気にちがいなかった。梅雨《つゆ》が間近い時候というのに、妙な感じだ。

ときおり吹く風が、見えない手でざざっとすくったかのように土埃《つちぼこり》を巻きあげてゆく。間近から投げつけられたように顔に激しく当たり、痛いことこの上ない。土埃が目に入ると、涙がとまらなくなる。

職場に向かう者や商売に出る者などが行きかっているが、誰もが顔を伏せて歩いている。

「実家はなにをしているんだ」

「宿屋です」

風が吹きやんだときを見計らって、官兵衛は福之助にたずねた。

福之助は土埃が目に飛びこんだらしく、しきりに目をこすっている。

「大丈夫か」

「はい、平気です」

官兵衛は袂《たもと》から手ぬぐいを取りだし、これでふきな、と手渡そうとした。

「いえ、けっこうです」

官兵衛の手ぬぐいを目にした福之助は、驚きの色を顔にあらわした。あわてたように手を振る。

「汚いか」

「いえ、そのようなことはありませんが」

おたかばあさんには、洗濯物は忘れずにだしてくださいよ、といわれているのだが、いつものように失念してしまった。この手ぬぐいは、袂におさまって、いったい何日を官兵衛とともにすごしたのだろうか。

官兵衛は手ぬぐいを丸め、右の袂に落としこんだ。

「さわりたくない、と顔にしっかり書いてあるぞ」

「いえ、そのようなことはございません」

福之助はいい張った。

官兵衛は、力んでいるそんな姿がなんとなくいじらしくなった。

道は木挽町《こびきちょう》に入った。自身番の者に、異常ないかをきいてゆく。

「ありがとうございます、今はなにもございません」

自身番からは、そんな声が返ってくる。

その言葉を耳にしただけで、官兵衛はずんずんと前に進む。

——な、ないっ。

いきなりそんな声が耳に飛びこんできた。切羽《せっぱ》つまった響きが、その声にはあった。

官兵衛が鋭く顔を振り向けると、店《たな》の奉公人らしい男が着物のいたるところにあわただしく手を触れているのが見えた。

「どうかしたんですか」

福之助がのんびりといったから、官兵衛は目をむいた。

「きこえなかったのか」

「えっ、なにかありましたか」

福之助のほうがびっくりしている。

「あれだ」

官兵衛は奉公人らしい男に向かって指さすや、土を蹴って駆けだした。舞いあがった土埃が風にさらわれてゆく。

「待ってください」

福之助が走りだす。

「いったいなにがあったんですか」

「多分、掏摸《すり》だろう」

「えっ、掏摸ですか。誰が盗《と》られたんですか」

官兵衛は答えず、一町をあっという間に走り抜けた。これだけ離れているのなら、福之助がきこえなかったのも無理はない。

「おい、どうした」

官兵衛は、奉公人らしい男に声をかけた。男は四十をすぎているか。鬢《びん》のあたりに白髪がちらほらまじっている。身なりから店の奉公人であるのが、はっきりした。それもかなりの大店《おおだな》ではないか。

「あっ、お役人」

奉公人が助かったという声をだす。

「取引先から預かってきたお金を入れた財布が見当たらないんです。代わりに、こんな布包みが入っていて」

官兵衛は包みを受け取り、なかに目をやった。石ころがいくつも入っていた。

「やはり掏摸だな」

「ええっ、掏摸ですか」

考えもしなかったという声を、奉公人は発した。まわりをきょろきょろする。しかし掏摸らしい者はどこにも見えない。

「金はたんまりとあったんだな」

「はい、八両です」

「それだけの金ならば、代わりになにか入れとかなきゃ、重みですぐに掏《す》り取ったことを覚《さと》られちまう。――誰かぶつかってきた者や、よろけたように近づいてきた者はいなかったか」

奉公人はさして考えなかった。

「ああ、そういえば、先ほど色っぽい女の人が手前に近づいてきました。この暑さにやられたかのようにふらついて手前にさわりましたよ」

奉公人が、でもおかしいな、といって首をひねる。

「でもあの女、手前の肩に触れただけでしたよ」

「そういうふうに見せかけられたんだ。それだけ手練ということさ」

官兵衛の脳裏には、一人の女の顔が浮かんでいる。

「あの、その八両、ないと困るんですか」

至極《しごく》当たり前のことを福之助が不思議そうにきいたから、官兵衛は面食《めんく》らった。奉公人は、この人はなにをいっているんだという顔つきになった。

「当然だ」

官兵衛は、奉公人に名を名乗らせ、店がなんというのか、きいた。

「そこの自身番で待っておれ。必ず取り返してくるゆえ」

「はい、よろしくお願いいたします」

井玉《いたま》屋という縮緬《ちりめん》問屋の芳之助《よしのすけ》という奉公人は、重しをつけられたかのように深々と頭を下げてみせた。

「まかせておけ。――福之助、行くぞ」

官兵衛は体をひるがえすや、再び土を蹴った。

福之助が今度は戸惑うことなく、すばやくうしろについた。慣れを感じさせる、いい動きだ。飲みこみがはやいのだ。勘《かん》がいいのだろう。

官兵衛にとって、うれしい誤算といえた。

これなら、意外にはやく使いものになる日がやってくるかもしれない。

いや、と思い直す。いくら勘がよくても、八太の代わりになる男がこの世にいるはずがない。

しばらく駆け続けたが、やがて官兵衛はあっ、と心で悲鳴をあげた。足が自然にとまってしまった。

「どうかしたんですか」

いきなり立ちどまった官兵衛に福之助がぶつかりそうになったが、かろうじてよけている。

官兵衛は落ち着きのない鳥のように、きょときょととあたりを見まわした。

軽く息をつく。道をまちがえてはいない。

「どうかしたんですか」

福之助が重ねてたずねてくる。

「なんでもない」

官兵衛は再び駆けだした。ここは運を天にまかせるしかないな、と自らにいいきかせる。

四半刻（約三十分）ばかり走ると、宏壮《こうそう》な構えの家が見えてきた。

格子戸のついた門に、はっきりと見覚えがある。

心にぽっと明かりがともったような気がしたが、いつもいつもこんな幸運が続くはずがないことは、わかりきっている。

背後から、櫓《ろ》がきしむような音がきこえてきた。

なんだ、と見ると、福之助が走り寄ってきたところだった。櫓のような音は、福之助の息づかいだ。

「大丈夫か」

官兵衛は気遣って声をかけた。走るのはいつでも疲れるが、自分は慣れたもので、これほどまでに息をあえがせるようなことは、もはやない。

「へ、平気です」

顔色が青い。顎が力なく前に突き出ている。肩が激しく波打っていた。大雨のなかを通りすぎてきたかのように、おびただしい汗が全身を濡らしている。

とても平気といえる状態ではないが、本人がそういっているのだから、官兵衛は気にしないことにした。

体は鍛《きた》えれば変わってゆく。福之助は若い。これからいくらでも強くなってゆく。一年後には、見ちがえるほどたくましくなっているはずだ。

「この家にもしや掏摸がいるんですか。ずいぶんと広い家ですね」

官兵衛はじっと福之助を見た。もう息はもとに戻りつつある。汗もかなり引いたようで、顎からしたたり落ちるしずくも見当たらない。

「この家は、掏摸で稼いだんですか」

「ついてこい」

官兵衛は格子戸の前に立ち、なかをのぞきこんだ。

母屋《おもや》に続く敷石が見えているだけで、人けはない。母屋の向こう側に広がる庭には、離れが設けられている。

官兵衛は格子戸に手をかけた。訪《おとな》いを入れることなく、腕に力をこめる。子供のおもちゃを思わせるような軽やかな音を立てて、格子戸が横に滑ってゆく。

官兵衛は敷石を踏んで、母屋に近づいた。福之助がごくりと盛大な音をさせて息をのんだ。

そんなに緊張せずともよい、といいたかったが、奉公初日に掏摸と相まみえるかもしれず、かたくなるなというほうが無理だろう。

「いるか」

戸口の前で、なかに向けて大声を放った。

「はい、なんでしょうか」

待つこともなく応えがあり、戸がするりとあいた。しわ深いばあさんが顔を見せる。

「あら、これは八丁堀の旦那。いかがしましたか」

おたかと歳は似たようなものだろうが、こちらはたっぷりと餌《えさ》を食らった猪《いのしし》のように肥えている。小さい目が意外に澄《す》んで、小娘のような愛嬌《あいきょう》がある。

「おい、おかね」

鋭く呼んだ。

「なんですか」

のんびりときき返してきた。

「お安佐《あさ》はいるか」

「娘ですか。いえ、娘は朝、出たきり帰ってきていませんよ」

「なかに入らせてもらってもいいか」

「はい、どうぞ」

官兵衛は踏みだしかけた足をとめた。おかねがこんなふうに余裕を見せるときは、本当のことの場合がほとんどだ。今、お安佐はこの家にはいない。

「おかね、お安佐によくいっておけ。金さえ返せば、こたびのことは不問に付してやる。期限は半刻後だ。それをすぎたら、とらえに来る。これは脅《おど》しではないぞ。よいか、金は木挽町三丁目の自身番に届けろ」

それだけを告げて、官兵衛はおかねの前を去った。

「あれでよかったんですか」

福之助が、遠ざかってゆく家を振り返り振り返りしつつ、きく。

「ああ」

官兵衛はうなずいた。理由をききたがっているのが福之助の顔にはっきりと書いてあるので、教えることにした。

「おかねとお安佐という女掏摸は実の親子ではない。どういう縁かは知らぬが、お安佐がおかねを雇っているようなものだ。あの家はお安佐の父親が遺したものだ。父親はまっとうな商家のあるじだった」

「へえ、そうなんですか」

「お安佐とおかねは、あの家で親のない子供を育てているんだ。親と死別したり、親に捨てられたり、迷子になってしまったりした子供が二十人近くいる。雛《ひな》が巣立つように出てゆく子も多いが、入ってくる子もまた多い。そのために、いつも人数はさして変わらん。今、静かなのは近くの手習所にほとんどの子供が行っているからだろう」

「へえ、掏摸が子供を育てているんですか。手立てはともかく、いいことをしているんですねえ」

「大きな声じゃいえねえが、本来なら公儀がやらなきゃいけねえ仕事だ。しかし小役人どもは、面倒くさがって一切手をつけようとしねえ」

「女掏摸を見逃す理由はわかりました。でも、ほかの人にばれて、沢宮さまが罪に問われるなんてことは、ないんですか」

官兵衛はにっと笑った。

「ほかの人も、似たようなことをしているはずだ」

「ああ、そうなんですか。それをきいて、ほっとしました」

福之助がまた振り返った。官兵衛もつられたが、もうお安佐の家は見えなかった。

「お安佐さん、返しに来ますか」

「大丈夫だ。あの家で暮らしている子供の誰かが、道で拾ったと届けるさ」

官兵衛たちは再び木挽町に戻ってきた。木挽町界隈が今の官兵衛の縄張の一つである。

官兵衛はじき金が戻ってくることを芳之助に告げた。芳之助は半信半疑のようだったが、官兵衛が必ずだ、と強くいうと、さすがに安心した。

「旅籠《はたご》かい」

官兵衛は木挽町三丁目の自身番を出て、やさしい口調で福之助にきいた。

なにを問われたのか、だいぶときがたっていることもあって、一瞬、福之助は戸惑ったようだ。

「ああ、品川の実家ですね。はい、泉水《いずみ》屋といいます」

きいたことねえな、と官兵衛は思った。もっとも、品川などろくに足を運んだことがないから、旅籠の名など、ほとんど知りようがなかった。

「客の入りは。はやっているのか」

「ええ、まずまずだと思います」

裕福なんだろうな、と官兵衛は福之助の雪駄に目を落として思った。着ている物も高級そうだ。

「跡取りじゃねえんだな」

「はい、三男坊です」

「上の二人は」

「長男は別のところで修業中です。次男は泉水屋で働いています」

「ほう、そうか。跡取りの身なのによその釜の飯を食おうなんて、いい心がけじゃねえか」

「はい、ありがとうございます。――あの、沢宮さま」

福之助が控えめに呼びかけてきた。

「沢宮さまのことは、なんとお呼びすればよろしいのでしょう」

官兵衛は足をとめた。

「なんだ、そんなことも知らねえのか。中間は同心のことを旦那と呼ぶんだ」

「旦那ですね」

「そうだ。それと、もちっと砕《くだ》けたほうがいい。今のなら、旦那ですね、ではなく、旦那ですかい、だな」

「旦那ですかい、ですか」

福之助は居心地が悪そうな表情をしている。

「すぐに慣れるさ」

「はい、わかりました」

「それも、合点承知《がってんしょうち》のほうがいいな」

「えっ、合点承知ですか。いえ、合点承知ですかい」

「こいつも使ったことねえか。本当にいい育ちをしてきたんだな」

「はあ」

「それで、はやっている旅籠のせがれが、どうしてわざわざ中間になろうなんて志を抱いたんだ」

「はい、幼い時分から出入りの岡っ引の親分の話をきいて、捕物に憬《あこが》れを抱いていました。それと、戯作《げさく》本にも捕物について書かれたものがあって、それを読んではらはらどきどきしていました」

「捕物に憬れがあるのはわかった。だが、どうして岡っ引になろうと思わなかった」

福之助が恥ずかしそうに下を向く。

「親分には跡取りがいないものですから、手前は望まれたんですが、親が許してくれませんでした」

無理もない。岡っ引など人のくずがなるものと、ほとんどの者は思っている。

「そういうことかい。しかし福之助、その手前というのもやめたほうがいいな。あっし、にしな」

「はい、合点承知」

「はい、も駄目だ。へい、だ」

「へい、合点承知」

「それでいい」

官兵衛がほほえむと、福之助がまぶしそうにした。

なんだ、こいつ。まさかその気《け》があるんじゃないだろうな。

官兵衛はいぶかしんだ。男でなければ駄目という男は少なくないし、女もいけるという、いわゆる両刀遣いも珍しくない。

「おめえ、男が好きなのか」

あまり期待を持たれても困るので、官兵衛はずばりきいた。

「とんでもない」

あわてた福之助が、顔の前で激しく手を振る。

「手前は、いえ、あっしはそのような気はございません」

「女のほうがいいんだな」

「へい、そりゃもう」

「女は知っているのか」

福之助がまたうつむいた。

「なんだ、まだかい」

官兵衛は往来に立ったまま、かたく腕組みした。

「そのうち、遊びに連れていってやる」

福之助が頭を思い切りはたかれたように、勢いよく顔をあげた。

「本当ですか。いえ、本当ですかい」

「ああ、本当だ」

顔が生き生きしている。

「おめえ、まじめくさった顔しているが、本当は好き者なんだな」

「好き者とは思いませんが、友垣の話をきくと、とても楽しそうなところなので」

「友垣がいるのなら、一緒に行ったらいいじゃねえか」

「それが……」

福之助が言葉を濁す。

「なるほど、そいつも親が許してくれねえんだな」

「へい、そういうことです」

「それも、そういうこってす、だ」

「そういうこってす」

「楽しみにしておきな。俺が行くといったら、そんなにときを置くことはねえ。――それで、おめえ、どこに住んでいるんだ。番所内の中間長屋か」

福之助が、いいえ、とかぶりを振る。

「家を借りています」

「どこに」

「八丁堀です」

「ほう、俺たちと同じか」

「いえ、組屋敷ではなく、八丁堀の近くに家を借りています」

「家か。長屋ではなく」

「へい」

「いい身分だな」

「そうかもしれません」

福之助が言葉少なに答えた。

官兵衛はこれ以上、そのことに触れるつもりはなかった。追々、そのあたりははっきりしてくるだろう。福之助は泉水屋という品川の宿屋のせがれということだが、それ以外にもなにかありそうな雰囲気がぷんぷんしている。

このあたりは同心の勘としかいいようがないが、はずれてはいまい、という思いが胸に根を張っている。


本当なら、押し込みに入られた江久世屋の件を調べたかったが、初日の福之助をいきなり探索には使えまいと判断して、官兵衛は町々の見廻りに精をだし、福之助を紹介していった。

夕暮れ前に奉行所に戻ると、木挽町三丁目の自身番から、掏られた金は無事に届いたという知らせが入っていた。

よかった、とさすがに官兵衛は安心した。これで、お安佐をお縄にする必要がなくなった。子らも行き場を失うようなことにはならなかったわけだ。

福之助も、安堵した顔つきをしている。

「疲れたろう、今日はこれで終わりだ。家に帰って、ゆっくりと休め」

「へい、ありがとうございました。失礼いたします」

福之助を見送った官兵衛は同心詰所には入らず、与力の新田貞蔵のもとに行った。

福之助が意外に使えそうなこと、つつがなく初日のつとめを果たしたことを伝えた。

よかった、としみじみいって貞蔵は吐息を漏らした。

同心詰所に戻りながら、二人はいったいどういう関係なのだろう、と再び官兵衛は考えた。

やはり親子なのだろうか。しかし二人は似ていない。

そういえば、と官兵衛は思いだした。どういういきさつで奉行所につとめることになったか、福之助にただすのを忘れた。貞蔵にきいたところで、話してくれるとは思えない。

明日、きけばよかろう。

詰所に入った官兵衛は文机の前に腰を下ろし、日誌をしたためはじめた。

それを終えると、詰所を出て、帰途についた。

八丁堀に戻ってきた。組屋敷はもうすぐそこだ。

福之助は、いったいどこに住んでいるんだろう。

これも明日、きいてみるか。

屋敷には明かりがともっていた。おたかばあさんがまだいるのだ。明かりには、心をほっとさせるものがある。

おたかは、夕餉《ゆうげ》を用意して待ってくれていた。二人で食べた。おたかは近くの長屋に住んでいるが、一人暮らしだ。帰っても待つ者はいない。

夕餉を終えると、夜に追われるようにおたかが帰っていった。あまり遅くまでいて手込めにされちゃあかなわないからね、と憎まれ口を叩いて出ていった。

揺れる提灯《ちょうちん》が見えなくなるまで見送ってから、官兵衛は人けの消えた屋敷に戻った。

官兵衛が一人、酒を酌んでいると、来客があった。すでに夜の四つ（午後十時）近い。ふだんならとうに眠っている刻限だが、どうしてか今宵は寝つけなかった。

玄関に出てみると、やってきたのは、懇意《こんい》にしている町医者の小者だった。名は達《たつ》吉《きち》。

「急患が担ぎこまれたんですが、旦那、一緒にいらしてくれませんか」

「お安いご用だ」

達吉に同道して、診療所に向かった。

診療所は、浜松町《はままつ》にある。

診療所の外の柱に大提灯がともり、満月ほどの明るさであたりをやんわりと照らしていた。

「沢宮さまをお連れしました」

小者が声をかける。

「入ってもらってください」

女ながら、武芸者を思わせるような凛《りん》とした声が耳に吸いこまれる。

土間に足を踏み入れた官兵衛は、ごめんよといって上がり框《がまち》から入った。

最初の六畳間には誰もおらず、隣の八畳間に医者の綾乃《あやの》がいた。

背の高さが目につく。しかし、官兵衛の視線は顔に吸い寄せられた。

くっきりとした切れ長の目に高い鼻、桃色の唇、形のよい耳。

それだけを見ていると、とても腕のいい町医者とは思えない。官兵衛は、殺された者の検死をときおり綾乃に頼んでいる。

「なにがあった」

「こちらを」

綾乃の前には布団が敷かれており、男が横たわっていた。掛布団はかけられていない。

「仏さんか」

布団をはさんで、綾乃の向かいに官兵衛は座りこんだ。

「ちがうな。まだ生きている」

だが、いまだに息があるのが不思議なほどだった。

男は素っ裸だ。下帯もつけていない。一物が切り取られ、そこは赤黒くなっていた。

顔や体をこっぴどく殴《なぐ》りつけられたり、蹴られたりしたのか、男は土にまみれた握り飯のようにぼろぼろにされていた。

顔も腫《は》れ上がっている。頬骨が陥没し、歯もすべておられているようだ。口をきくどころではなかった。

「どうしたんだ、この男は」

「わかりません」

綾乃が力なく首を振る。

「往診の帰り、見つけたんです。そこの大晋寺《だいしんじ》の前です」

大晋寺はほんの二町ばかり西へ行ったところに建つ小さな寺だ。

「あの寺の前に捨てられたのを、拾ったのか。そのとき、怪しい人影は」

「見ていません」

「そうかい」

官兵衛は男をじっと見た。どうやらまだ若いらしいのがわかったが、それだけで、身元が明らかになるようなものはなにも所持していなかった。

ほかに知れたのは、手に刃物でやられたような古傷があることだった。これは、殴られたためにできたものではない。身元を調べる場合、手操るための手がかりとなるかもしれない。

官兵衛は綾乃の診療所で、男の意識が戻るのをじっと待ったが、結局、それはかなわなかった。

夜明けを待つかのように、男はひゅうと喉を鳴らして息を引き取ったのだ。殺しかい。

官兵衛は死骸を見つめて思った。

おまえさんをこんな目に遭わせた者は、必ず引っ捕らえてやる。だから、きっと成仏してくれ。

官兵衛はしっかりと手のひらを合わせた。

仇《かたき》は討ってやるからな。

六

官兵衛は目をあけた。

目の前に横たわる仏に、仇討の思いが伝わったかどうか定かではないが、通じたと信じてこれから動くつもりでいる。

「どうされます」

仏の顔に白い手ぬぐいをそっと置いて、綾乃が官兵衛にきく。

「この仏さんのことか」

官兵衛はただした。

「ええ」

官兵衛は軽く腕組みをした。

「まずは検死をしてもらえるかい」

「ええ、もちろんかまいません。検死することで、新しい事実が出てくるかもしれませんし」

しかし、その見込みが薄いのはわかりきっている。この男の死因は、何者かによって思い切り殴られたり、蹴られたりしたためだ。ほかに考えようがない。検死はこの仏の場合、形だけのものにすぎない。

官兵衛が知りたいのは、犯人がどうしてここまでしたか、ということだ。

やはりうらみだろうか。

「そのあと、ここの自身番の者が引き取りに来ることになろうな」

官兵衛は綾乃にいった。

「身元はわかりましょうか」

「わかってくれることを祈るが」

官兵衛はむずかしい顔をつくった。

「果たしてどうだろうかな。行方《ゆくえ》知れずということで番所に届けが出ているかもしれぬし、ききこみで意外にあっさりと判明するかもしれぬ。とにかくがんばってみるとしか、今のところ、いいようがないな」

さようでしょうね、と綾乃が相づちを打った。

「沢宮さまはこれからどうされます」

官兵衛は自らの格好を見おろした。夜、寝る前に屋敷で一人、酒を飲んでいて呼びだされたこともあり、掻巻《かいまき》とまではいわないが、寝巻に近い姿だ。この格好で、勤めに出るわけにはいかない。

「いったん、屋敷に戻る。着替えをしてから出仕し、この男についての届けをだすことにしよう。その上で、人相書の達者を連れてくる」

「承知いたしました」

綾乃が形のよい顎《あご》をこくりとさせる。官兵衛は目を奪われそうになった。

「では、それまでに検死を終えておくことにいたします」

綾乃がここまでいいきるときは、そのときにはすでに留書もできあがっているということだ。目の前の遺骸の死因がはっきりしているということもあるが、それ以上にこの女医者は仕事がはやいのだ。

「よろしく頼む」

官兵衛はすっくと立ちあがった。綾乃を見おろす。

綾乃がまぶしそうな表情になる。官兵衛は気づかないふりをした。

「すぐに戻ってまいる」

「お待ちしています」

綾乃が頭を下げる。雪のように白いうなじが見え、官兵衛はどきりとした。あわてて咳払《せきばら》いをし、ではこれでな、といって診療所をあとにした。

ふう、危ねえな。

自分が綾乃に惚《ほ》れているとは思えないが、大柄な女の割に挙措《きょそ》の一つ一つに色気があり、官兵衛としてはいつもたじろがざるを得ない。

まったく、俺としたことがどうかしているぜ。

歩きつつ、官兵衛は首筋に浮き出た汗を手のひらでぬぐった。

綾乃はいい女だ。それは紛《まぎ》れもない。それに、どうやら自分のことを憎からず想ってくれている様子だ。

あれだけの女に想いを寄せられて、気分がよくないはずがない。だからといって、官兵衛に綾乃を妻にしようという気は起きなかった。

どうしてなのか。綾乃が市井《しせい》の者だからか。

いや、そんなのは関係ない。武家の出でない者と一緒になる侍は多いし、官兵衛にも偏見はない。

なんとなくだが、綾乃に会うたびに、かなわぬなあ、という思いが心にじんわり染みだしてくるような感じになるのだ。

綾乃が、仕事ができすぎることが関係しているのかもしれない。できる女というのが、官兵衛はなんとなく苦手だった。

あるいはそんな思いはまったく関わりがないのかもしれない。ただ単に、相性が合わない、それだけのことかもしれなかった。

官兵衛は急ぎ足で歩いた。

東の空は明るくなっている。もう日はのぼり、低い雲の上に顔をだしつつあるが、まだ町屋の屋根を越える位置までにはあがってきておらず、建物のあいだから陽射しが伸びてきている。

日なたは明るいが、日が射していない建物の陰はずいぶんと暗く感じられ、そのちがいが官兵衛に季節というものを覚えさせた。

梅雨の時季だというのに、雨の気配はろくに感じられない。陽射しにはもう夏本番の勢いがあり、地面を焼いている。行く手に見える屋根には陽炎《かげろう》が揺れ、道には逃げ水がゆらゆらと見えていた。

湿気があるのか、少し蒸すようだ。これは雨が近いことを教えているのか。風はろくにないが、ときおりどこからか霧のように流れてきては襟元《えりもと》に忍びこんだり、裾に絡みついたりした。

南の空には白と灰色の混じった雲が折り重なるように浮かんでおり、わずかにあいた隙間《すきま》から青い空が眺められた。その青には夏を思わせる鮮やかさがあった。

きれいだな。

そんなことを思いつつ、官兵衛は歩を進めた。もともと夏は幼い頃から大好きで、いやになるほどの暑さを待ち焦《こ》がれる気持ちがどこかにある。なにより薄着でいられるのがいい。

はやくこないものか。しかし、その前に梅雨がきてくれぬことには話にならない。

空梅雨というのは滅多《めった》にないが、皆無ではない。今年がそうなのかもしれないが、やはり季節というものは順番通りにめぐってくれないと、気持ちが悪い。なにより百姓衆が難儀するだろう。夏の日照りは飢饉《ききん》をもたらすことがある。

飢饉になって、いいことなど一つもない。例年通り、梅雨らしい雨が降ってくれることを官兵衛としては祈りたかった。空の青さに心を打たれている場合ではなさそうだ。

八丁堀の屋敷に戻った。

「旦那、どこに行ってらしたんです」

玄関を入ると、おたかが廊下を飛んできていきなりいった。言葉を顔にぶつけてくるような勢いがある。

「まさか悪所じゃないでしょうね」

官兵衛は苦笑した。

「俺はああいうところはきらいだ」

おたかが納得した顔になる。

「そうでしたね。旦那は変に潔癖なところがありますからねえ」

「変に、というのは余計だ」

おたかが官兵衛をまじまじと見る。

「目が赤いですけど、徹夜でもされたんですか」

ああ、といって官兵衛はなにがあったかを語った。

「そんなことがあったんですか」

そういいながら、おたかが瞳をきらりと光らせる。七十近いばあさんといえども、歳に合わぬ若さと剣術の才を秘めていることを感じさせる。

「じゃあ、あの女医者のところに泊まったんですね」

「泊まったというほど大袈裟なものではないぞ。それにおたか、おまえ、いつもあの女医者と呼ぶが、綾乃どのという立派な名があるのを知っているだろう」

「その綾乃さんと、旦那、二人きりだったんでしょ」

「残念ながら、達吉が一緒だった」

「達吉さん。ああ、あの小者の兄さんか。旦那、残念なんていうところを見ると、あの女医者に気があるんじゃないんですか」

「きれいだからな、いいなあと思うことはしばしばだ」

「やっぱり。でも、どちらかといえば、あの女医者のほうが旦那に惚れているようなところがありますからねえ。旦那、あの女医者に引っかかっちゃあ、いけませんよ」

「どうしてだ」

「あの女医者、なにか暗い過去があるんじゃないんですか」

なんだと、と官兵衛はおたかを見つめて思った。

「そいつは初耳だな。どうしてそんなふうに思うんだ」

「このあいだ、あの女医者、こちらに来たじゃありませんか」

「ああ、近くまで往診に来たからと寄ってくれたな。菓子折を持ってきてくれた」

「干菓子でしたわね。あれはおいしゅうございました」

おたかがしわ深い顔をほころばせる。唇の両脇にも、くっきりとしたしわが刻まれた。あんなところにしわがあったか、と官兵衛は知らず凝視した。

「なにか」

おたかがいぶかしげにする。

「いや、なんでもない」

「さようですか。――でも干菓子のことをほめているときじゃありませんね。あのときだって本当に往診だったのかどうか。妙に身なりがよかったし、達吉さんを連れていなかったし。ただ旦那に会いたかっただけじゃないんですか」

「そうかな」

「そうですよ。あたしが暗い過去があると思うのは、ただの女の勘ですよ」

まだ綾乃のことをいい募《つの》りそうだったので、官兵衛はすぐに出かける旨《むね》をおたかに伝えた。

「それでしたら、朝餉《あさげ》は召しあがっていきませんか」

「できているのか」

「まだですけど、旦那が召しあがるのならすぐに支度いたしますよ」

どうするか、官兵衛は考えた。おたかは包丁の腕はよくない。かたい飯か、お粥《かゆ》のようにやわらかすぎるのを食べさせられるのが落ちだろう。

「いや、いい。今日は、どこかで食べることにする。一刻もはやく出仕したほうがよかろう」

「仕方ありませんね、人が殺されたんですものね」

官兵衛は庭に出て井戸に歩み寄った。釣瓶《つるべ》の綱を引き、水を汲んだ。顔をざぶざぶと洗う。おたかが手ぬぐいを渡してくれる。

「気が利くな」

「このくらい、当たり前でございますよ」

すっきりした気分で自室に入り、官兵衛は着替えをした。おたかがやってきて、手伝ってくれた。

それはありがたかったが、下帯を通じてとはいえ、官兵衛の一物に触れようとするのには閉口した。

「おたか、おまえは着替えの邪魔をしているのか」

「とんでもない。あたしは手伝いをしているんですよ」

「だったら、その手はよせ」

「あら、あたしはなにもしていませんよ」

とぼけるなといいたかったが、官兵衛は我慢した。注意した甲斐はあったようで、おたかはさわるのをとりあえずやめたのである。

黒羽織をはおった官兵衛は、十手を小風呂敷に包んで懐《ふところ》にしまいこんだ。忘れ物がないか、確かめてみる。

「大丈夫のようですよ」

おたかが太鼓判を押すようにいう。

「うむ、そのようだな」

官兵衛は腰高障子をあけ、廊下を歩きはじめた。刀架から刃引きの長脇差を取ったおたかがついてくる。

官兵衛は玄関におり、雪駄《せった》を履《は》いた。おたかが長脇差を手渡してくる。

「ありがとう」

官兵衛は、この言葉が好きで、どんなときでも必ずいうことにしている。人というのは、感謝を忘れてはいけないものだ。そのことは常に肝に銘じている。なにごとにも感謝し続けてさえいれば、悪いことは起きぬ、むしろいいことばかりが身のまわりに起きるのではないか、となんとなく思っている。

「行ってらっしゃいませ」

式台の上でおたかが指をつく。

「うむ、行ってまいる」

重々しくいって、官兵衛は敷石に足を踏みだした。

「旦那、手柄を立ててくださいね」

官兵衛は振り向き、笑った。胸を拳《こぶし》でどんと叩く。

「まかせておけ」

町奉行所に出仕し、長屋門になっている大門内にある同心詰所に入った。まだ朝がはやいこともあり、同僚で出勤している者はいない。詰所内は、湿った大気がどんよりと詰めこまれていた。

官兵衛は自分の文机《ふづくえ》の上を見た。誰かにつなぎを取るように、というような類《たぐい》の紙片は置かれていなかった。

官兵衛は昨夜の出来事を留書として、紙にしたためた。できあがると官兵衛は詰所を出て、奉行所の建物に向かった。

玄関を入り、小者の一人を呼びとめて与力の新田貞蔵の部屋に先導させた。

貞蔵はすでに出仕していた。さすがに与力だけのことはあり、文机の上に一杯の書類がのっている。

官兵衛は挨拶《あいさつ》をていねいにしたあと、昨夜の出来事を語り、作成したばかりの留書を提出した。

貞蔵が留書を熱心に読む。

「ふむ、ひどく殴られたり、蹴られたりした若い男の仏か。さっそくそいつを調べてみるつもりなんだな」

「はっ」

「江久世屋の一件はどうする気だ」

「そちらの調べも同時に進めるつもりでおります」

「二兎《にと》を追う者は一兎をも得ず、ということにはならぬか」

「確かにその懸念はございますが」

貞蔵がにやりと笑う。

「そのあたりはまかせておけ、という顔つきだな」

「いえ、そのようなことはございませぬ」

「まあ、よい。福之助にいろいろと教えこんでやってくれ」

官兵衛は、貞蔵と福之助の関係をききたかった。その思いを胸にしまいこんで、貞蔵の部屋を出た。

大門に赴《おもむ》く。詰所への通路には入らず、そのまま門の下まで来た。

福之助が待っていた。いい心がけだ、と官兵衛は思った。これがずっと続けばいいが、果たしてどうだろうか。気の張っている今だけということにならなければよいが。

だが、福之助の裏表のない性格からして、そのあたりは大丈夫ではないかという気がする。

「はやいな」

官兵衛が声をかけると、にこやかな笑みを浮かべて福之助はおはようございます、と深々と頭を下げてきた。このあたりの姿勢にも好感が持てた。やはり育ちがいいのか、嫌みがない。

「あの、旦那」

遠慮がちに福之助がいった。

「目が赤いのですが、どうかされたのですか。いえ、どうかされたんですかい」

「これか」

右目を指さして官兵衛は、貞蔵にしたのと同じように昨夜なにがあったか、語ってきかせた。

「ええっ、そのようなことがあったんですかい」

福之助が目を大きく見ひらく。その表情を見て、官兵衛は話して得をしたような気分を味わった。

「では、今日はその事件を調べるんでございますかい」

「そういうことだ。俺の縄張内で起きた事件だからな」

福之助が、やった、という顔をした。人殺しがいいものであるはずがないが、探索する者にとって最も力が入る事件であるのは紛《まぎ》れもない。

この十八の若者の気持ちはよくわかる。気負《きお》うなというほうが無理だろう。

「行くぞ」

官兵衛は地を蹴るようにして歩きだした。うしろにすぐさま福之助がつく。

五歩も行かないところで、官兵衛は立ちどまった。奉行所に向かって必死に駆けてくる男の姿が見えたからだ。遠目でも顔は真っ赤で、着ている物が汗ぐっしょりになっているのがわかった。

「どうした」

近づいてきたのを見計らって官兵衛が声を発するのと、男が足をとめるのがほぼ同時だった。男の足元から土煙があがった。それは不意に吹きこんできた一陣の風に、あっという間にさらわれていった。

「これは沢宮さま」

男は官兵衛のことを知っていた。

「おまえは」

「はい、五郎助《ごろすけ》にございます」

そう答えたあと、男は顔中の汗を袖口でぬぐった。

思いだした。木挽町一丁目の自身番の町役人に使われている小者の一人だ。

「なにかあったのか」

「はい、それが」

五郎助はよく鍛《きた》えられている若者だが、さすがに木挽町から全力で走ってきて、息も絶え絶えだ。

「水を持ってきましょうか」

福之助が町奉行所を振り返っていう。

「いえ、いいんです」

五郎助が丁重に断る。

「もう大丈夫ですから」

その言葉に嘘はないようで、五郎助の息は穏やかなものになりつつある。

「きこう」

はい、と喉仏を上下させて五郎助が話しだす。

「まことか」

官兵衛はたまらず口にしていた。福之助は目をみはっている。

「はい」

五郎助のほうがむしろ冷静に答えた。

その顔を見て、官兵衛は一つ息を入れた。

俺が熱くなってどうする。

ちらりと福之助に目をやった。福之助も同じように平静さを取り戻していた。

官兵衛は五郎助に顔を向けた。

「五郎助、さっそくその仏さんのところに案内してくれ」

七

疲れ切っていた五郎助を再び走らせるのは気の毒だったが、殺しときいては急がないわけにはいかない。

五郎助のあとを官兵衛は全力で駆けた。うしろから、荒い息がきこえてくる。

官兵衛は振り返りたかったが、本人が心からやる気なら必ずついてくるはずだ、と思い直した。

四半刻（約三十分）の半分近く走って、木挽町一丁目にようやく入った。いつも通っている道なのに、今日に限ってはずいぶんと遠くに感じられた。官兵衛は疲れ切った。

徹夜明けだからだ。酒を飲み、一睡もしていないのは最も体にこたえる。

木挽町一丁目に入ってからも、五郎助はしばらく足をゆるめなかった。

「こちらです」

ようやく足をとめた場所では、多くの野次馬らしい町人たちが押し合いへし合いしていた。誰もがこちら側にうしろ姿を見せ、背伸びをして向こうにあるものを見ようとしていた。

官兵衛は荒い息を吐きつつ、背後に目をやった。

足取りはふらふらで、今にも倒れそうな風情ながらも、福之助はついてきていた。

しかし昨日と同じで、顔は死んだように青く、肩を激しく上下させている。

手を貸したくなるが、そんなことをしても本人のためにならない。官兵衛は前を向いた。

「通してくんな」

官兵衛に背中を見せている五郎助が大声を張りあげる。

「町方のお役人のご到着だ。さあ、道をあけてくんな」

野次馬が官兵衛のほうを振り向いた。次々に体を横にずらせてゆく。

不意に野次馬が少なくなり、体格のよい四人の若者がつくっている壁に突き当たった。官兵衛は、真ん中にいる最も背の高い男とまともに目が合った。

「ご足労、ありがとうございます」

四人が一斉に頭を下げてきた。木挽町にあるいくつかの自身番から出てきたらしい若者たちだ。

官兵衛は、ご苦労、といって会釈《えしゃく》を返した。福之助は大きな男たちに萎縮《いしゅく》したわけでもあるまいが、小さく腰を折った。

「こちらです」

五郎助は路地の奥を指さし、すぐさま歩きはじめた。

十歩も行かずに官兵衛は足をとめた。

お疲れさまにございます、と木挽町一丁目の町役人たちが挨拶してきた。五人いるが、いずれもよく見知っている。

うむ、と官兵衛はいって、足元の筵《むしろ》を見おろした。

顔は隠れているが、形のよい両のふくらはぎから下がはみだしている。高くのぼってきた陽を受けて、足は白く輝いていた。

「この仏さんかい」

最も年かさの町役人の泰右衛門《やすえもん》が五人を代表するように一歩踏みだし、うなずいた。

「はい、さようにございます」

町役人の一人がしゃがみこみ、筵を静かにめくる。

女の顔があらわれた。

官兵衛は顔をしかめた。五郎助から事前に話をきいていたにもかかわらず、死骸のむごさに声を漏らすことになった。

顔形がわからなくなるほどひどく殴られている。しかも全裸だ。

きれいなのは足だけで、ほかはひどいものだった。

両目はえぐられ、鼻は潰《つぶ》されている。唇も切り取られたようで、喉は赤黒い傷口が横たわるように見えている。耳は鋭利な刃物でそがれたらしく、額は金槌で強く叩かれでもしたかのように三ヶ所が陥没していた。

体のほうも乳首がそぎ取られ、腹には青黒いあざがいくつもあった。このあざは殴られたためにできたものだろう。

女の最も大事なところに目をやる気にならなかった。無傷であるはずがなかったし、死骸といえども見られるのはさすがに恥ずかしいのではないか、という思いが官兵衛にはあった。

かろうじて、若いというのが、肌つやから推察できる程度だった。

福之助が、官兵衛の背後からのぞきこんでいる。そのさまは、父親の陰から大人同士の喧嘩《けんか》をこわごわ見ている幼子《おさなご》のようだった。

泰右衛門をはじめとした五人の町役人が、大丈夫かという目で官兵衛の新しい中間を見ている。昨日、紹介したばかりだから、福之助のことは覚えているはずだ。

「もっとよく見るか」

官兵衛は福之助にいい、体を横にどけた。別に嫌みでしたわけではなく、ひどい死骸はこれから何度も見ることになるはずだ。

もっとも、ここまで徹底して痛めつけられた死骸というのは、官兵衛自身、そう経験していない。あるとするなら、昨日、綾乃の診療所で見た死骸がそうだ。

息をのんだ福之助は死骸の前に出て、じっと見た。手がかりをつかもうとしている目をしている。

官兵衛は感心した。泰右衛門たちも、見直したといいたげな視線を送ってきている。

だが、すぐに福之助が目をそらす。口元を押さえていた。

やはりな、という安心したような表情が泰右衛門たちに浮かぶ。つまりは、誰もが通る道で、福之助が特別ではないということだ。

「あの、沢宮の旦那」

吐き気をなんとかこらえた顔で、福之助が見あげてきた。

「綾乃さんという女の医者のところに担ぎこまれた男の死骸ですが」

「うむ」

「そちらも確か、こんなふうに殴られたり蹴られたりしていたとおっしゃってましたが」

「その通りだ」

官兵衛は大きく顎を引いた。

「福之助、おまえも関連があると考えるのだな」

「へい」

「福之助、気づいているか」

「へい、なんでしょう」

「これさ」

官兵衛は顎を上に向けてしゃくった。

「あっ」

官兵衛の示した方向を見て、福之助が声をあげる。申しわけなげに小声でささやいた。

「気づきませんでした」

「そうだろうな」

官兵衛は穏やかにいった。

「最初は仕方ない。誰もが仏さんばかり見て、ほかに目がいかぬ」

福之助はいかにも情けなさそうに、体を縮めている。

「そんなに恐縮することはないと申しているのに」

「しかし、目の前にこんなに立派な山門があるのに気づかないのは、やはり恥ずかしくなります」

「恥じることはない。経験さえ積めば、いずれ見えてくる」

「さようですか」

「さようですかい、だ」

福之助がいわれた通りに繰り返す。

福之助のいう通り、官兵衛たちがいるのは由緒がありそうな寺の門前だった。若い女の死骸は、寺の門の前に打ち捨てられていたのである。

綾乃のもとで死んだ男と同じ殺され方をしており、同じ捨てられ方をしている。これで二人の男女に関係がないと考えるのは、よほどの馬鹿でしかない。

官兵衛はすでに目の前の寺がなんというのか、扁額《へんがく》を読み取っていた。

「東宝寺《とうほうじ》ですかい」

横で福之助がつぶやく。

「泰右衛門」

官兵衛は立ちあがって、町役人を手招いた。

「検死医師はまだか」

「はい、堯閑《ぎょうかん》先生に頼みましたが、まだ見えておりません」

堯閑というのは、木挽町四丁目に住む町医者だ。

綾乃とちがい、仕事は少し遅い。だが腕はよく、官兵衛は信頼している。

「遅くなりまして、まことに申しわけない」

官兵衛たちの声がきこえたかのように、堯閑が姿を見せた。まだ十二、三と思える小者を連れている。小者は医者を志望しているのか、利発そうな顔をしていた。

堯閑は小柄な男で、いつも鼻の頭に汗をかいている。まん丸い頬が童女のように赤く、一度見たら決して忘れない顔だ。

よほど急いで来たらしく、汗をかいているのは鼻の頭だけではなかった。

小者が差しだした手ふきで汗をさっとひと拭きした堯閑が、さっそく死骸をあらためはじめた。

死骸を裏返しにするなどして、熱心に見ていた。

やがてため息をついて、立ちあがった。汗が顔中に噴きだしてきている。

「ひどいものですな」

首を一つ振って、官兵衛にいった。

「こんなにひどいのは、なかなか見ることはありません。なにしろ女の体に傷をつけるのを楽しむかのように、とことんやっていますからね」

堯閑が顔を寄せてきた。

「隠しどころをご覧になりましたか」

陰部のことだ。

「いえ」

「棒かなにかを突っこみ、ぐちゃぐちゃにしておいてからその上で切り刻んでいますよ。背中もあざだらけでした」

「さようですか」

官兵衛には、このくらいしか答えようがなかった。

それから、と最後に堯閑は付け加えた。

「手のひらの内側に、ひどい火傷の跡がありましたよ。焼け火箸か煙管《キセル》を押しつけられたのではないでしょうか」

第二章　剣客

一

飯というのは、どうしてこんなにうまいんだろうのう。

神来大蔵《じんきだいぞう》は丼《どんぶり》飯を箸《はし》の先だけをつかってかきこみながら、心の底から思った。

飯粒の一つ一つはとても小さいのに、それがかたまりとなると、旨《うま》みと甘みが口中にあふれんばかりになり、そのおいしさが一気に脳味噌にまで達し、大蔵を恍惚《こうこつ》の境地にまで押しあげてくれる。

そのあまりのうまさに心を奪われつつも、大蔵の箸は決してとまらない。がつがつと飯をむさぼり続けた。

不意に、かつかつと乾いた音に変わった。なんだろう、と思って見ると、箸が丼の底を叩いていた。

なんだ、もう終わってしまったのかあ。はやいのう。

大蔵はお櫃《ひつ》のそばに座っている門人の磯田島左衛門《いそだしまざえもん》におかわりを頼もうとして、膳の上に椀があるのに気づいた。

これはもしや──。

飯のほうに夢中になっていて、味噌汁の椀があるのを忘れていた。

空の丼を膳に戻し、椀の蓋《ふた》をあける。

ふんわりと湯気があがる。それに連れられるようにいいにおいが立ちのぼってきて、鼻先をくすぐり、やがて鼻孔に満ちた。

やった、今朝《けさ》もだ。

やはり好物のしじみの味噌汁だった。

小躍《おど》りしたいくらいだ。大蔵はその気持ちに逆らわなかった。ここは台所脇の小さな部屋だが、大蔵を中心に円座になって若い門人が五人、箸を黙々と動かしている。

大蔵はその五人にかまうことなく両手を思い切り突きあげた。

途端、手を離れた二本の箸が矢のように飛んでゆき、壁に軽い音を立てて当たった。けたたましい音をさせて床板に落ち、三度、四度と転がってとまった。

まいったな、というように大蔵は鬢《びん》をかいた。体がでっぷりとして、立つのはひどく大儀だ。

大蔵は五人の門人の顔を順繰りに見た。

「今、拾います」

壁に近いところにいる門人の田所甚兵衛《たどころじんべえ》が、しょうがないなといわんばかりの表情で立ちあがり、箸を拾った。どうぞ、とは口にしたものの、無造作に大蔵に手渡す。

「あらら」

「すまんのう」

こんなとき、以前はわざわざ台所で洗ってきてくれたが、今はもうそこまでしてくれない。

大蔵自身、箸に埃《ほこり》がついていようとたいして気にしない。

形ばかりに埃を払うような仕草をした大蔵は、じっと味噌汁を見つめてからゆっくりとすすった。

ああ、うまいのう。

期待にたがわなかった。ため息が出そうだ。しじみのこのだしのうまさはいったいなんなんだろう。

道場の台所のことをしてくれているおふくは、大蔵の好物をよく知っており、食事にはそればかりをそろえてくれるのだ。

もっとも、大蔵には好ききらいがほとんどなく、なんでも好きだ。唯一の例外は納豆で、あれだけはどうしても食べられない。

半分ほどを残した椀を膳に置き、おかわりをもらおうと空の丼を、横に座る島左衛門に差しだした。

ふと、押し殺したような笑いがきこえてきた。

なにかな。

大蔵は見まわした。

五人の門人のうちの四人が顔を見合わせて、笑い合っているのだ。

「なにがそんなに楽しいのかのう」

「師範代」

正面に正座する近山《ちかやま》言《こと》埜介《のすけ》に呼ばれた。

大蔵は顔を向けた。

「また濡れていますよ」

「またというと」

「袴《はかま》が」

大蔵は下を見た。

「あっ」

股間のところが濡れ、袴の色がそこだけ変わっている。

「どうして」

朝起きて、すぐに厠《かわや》に行ったが、そのときか。

いや、そのときはまだ袴をはいていなかった。

いつなのかわからないが、とにかくしくじり以外のなにものでもない。

「しまったのう」

おもらしは三十になった今でもときおりするが、門人の前では初めてのことだ。

大きいほうでなかっただけよかったが、さすがに気恥ずかしくてならない。

「いやあ、こんなところを見られてしまうなんて、今日はついてないのう」

情けない顔で、首を振り振りいう。

「あの、お味噌汁だと思います」

言埜介が膳の椀を控えめに指さす。

「えっ」

「師範代はお味噌汁をお飲みになりながら、ぽたぽたと口のあいだからこぼされていましたから」

四人の門人は、そのことを笑っていたのだ、と大蔵は気づいた。

安堵《あんど》の思いが、心のひだをじんわりと這《は》いあがってくる。

「ああ、またかあ」

大蔵はわざと苦《にが》い顔をつくって、頭のうしろをがりがりとかいた。

「わしはどうも口がゆるいんだよなあ」

床板も濡れており、味噌汁のにおいがかすかに漂っている。

本当に味噌汁なのか、それでも確かめずにはいられなかった。大蔵は人さし指ですくい、なめた。

「うん、しじみの味がする」

心の底からほっとし、五人ににこやかな笑顔を見せた。

言埜介以外の四人は、あきれ顔を隠さずにいる。

「おっ」

これも毎度のことにすぎないが、飯粒もぼろぼろとこぼしていたようだ。床板にいくつもくっついている。

「あれま、もったいない」

大蔵は飯粒に手を伸ばした。その拍子に指のあいだにはさんでいた箸がまた転がり、膳の下に入りこんだ。

「お取りいたしましょう」

言埜介が手を伸ばそうとする。大蔵はそれを制した。

「わしが取ろう」

言埜介がまずいという顔になり、すばやくかぶりを振った。

「いえ、それがしが」

だが、その前に大蔵は床に這いつくばり、膳の下に腕を突っこんでいた。箸に手が届いた。

「よし、取れた」

大蔵はにんまりとして、顔をあげようとした。

だが、頭がなにかに当たった。

膳だ、と思ったときはすでに遅かった。膳は激しい音とともに引っ繰り返っていた。

どういう拍子か、椀に残っていた味噌汁を頭からかぶり、大蔵はあっという間にしじみくさくなった。まだ手をつけていなかったたくあんと海苔《のり》が床に落ちる。

「師範代っ」

言埜介があわてて大蔵を抱き起こす。ただし、大蔵は巨体といっていいだけに、持て余し気味だ。

「すまないのう」

「ふきます」

「頼むわ」

言埜介が手ぬぐいで着物をふきはじめた。他の四人もびっくりし、なにかできることはないか、という顔をしている。

「新しいのをくれぬか」

言埜介が、島左衛門に手ぬぐいを持ってきてくれるように頼む。

島左衛門が立ち、台所に入っていった。

すぐに戻ってきた。

手ぬぐいを受け取った言埜介は大蔵の頭をごしごしとふき、顔も仕上げとばかりにぐいっとぬぐった。

「痛いわ」

大蔵はぼやいた。

「きつすぎましたか」

「少し加減してくれると、ありがたいのう」

「承知しました」

言埜介はそういったが、即座ににこりと笑った。

「でも師範代、もうふき終わりました」

「なんだ、そうか。ありがとう」

「熱くなかったですか」

「うん、もう冷《さ》めてたな」

「さようでしたか」

言埜介が少しほっとした顔でいう。

「しかし驚きました。師範代、本当に大丈夫ですか」

「ああ、平気さ」

大蔵は床のたくあんをぽりぽりとやりはじめた。

「こいつには埃もついていないからのう。食べられるよ」

「いえ、きいたのはたくあんのことではありません」

「たくあんじゃないのか」

大蔵は一枚の海苔をつまみ、口に持っていった。

「うん、こいつも大丈夫だのう。味噌汁はついていないのう。ぱりぱりして、いい歯応えだ」

「いえ、そうではなく」

大蔵はろくに耳に入っていない顔で、床に転がっている丼を手にした。言梺介に向かって差しだす。

「ああ、また腹が減っちゃった。おかわりをくれないか。のう」

二

中間《ちゆうげん》の福之助がまぶしいような顔で見あげてきた。

「それで旦那、これからどうするんですかい」

沢宮官兵衛は見返した。

「おめえはどうすればいいと思う」

「さいですねえ」

福之助がうつむき、じっと地面を見る。

蟻《あり》たちが行列をつくっているのが官兵衛の視野に入った。

なにを運んでいるのかな。

羽虫の死骸のようだ。

蟻ってのは、あれを食うんだよなあ。いつ食べるんだろう。巣穴に持ってゆき、みんなですぐに取りかかるんだろうか。それとも秋や冬のために取っておくんだろうか。

見守るうちに、蟻たちは塀の脇にある巣穴のそばまで獲物を持ってきた。獲物が巣穴より少しだけ大きいせいで持ちこむのに難儀していたが、大勢がわらわらと集まり、なんとか入れきった。

どういうふうに互いにつなぎを取るのか知らぬが、皆が力を合わせるなど、たいしたものだな。

官兵衛は感じ入った。

こういうのは、我らも見習わなければならぬ。

「二人の身元を明かすことが、やはり最初にしなければならないことだと思います

「——」

福之助が一所懸命にしゃべりはじめた。顔をあげた官兵衛は、ほほえましさを覚えつつ耳を傾けた。

「しかし、二人とも顔を潰《つぶ》されたも同然にされています。これは深いうらみをあらわしているのかもしれませんが、身元をわからなくする目的もあったのではないか、と推察されます」

「うむ」

官兵衛は強く相づちを打った。それに元気づけられたかのように、顔を紅潮させた福之助が続ける。

「殺された二人がどこから連れられて、それぞれ寺の門前に打ち捨てられたか、それをまずは明らかにすべきなのではないでしょうか。どの方向からやってきたのか、方角さえわかれば、手がかりを探しつつ、跡をたどることができるかもしれません。そのためには——」

「うむ、そのためには」

「二人が打ち捨てられた場面を目撃した者を探すことこそが、最もいい手立てだと思われます」

官兵衛は深くうなずいた。

「その通りだ」

福之助が龕灯《がんどう》でも当てられたかのように顔を輝かせた。

「まことですか」

「まことですかい、だ」

福之助が素直にその言葉を繰り返す。

「福之助、おまえはなかなか筋がいい」

「さようですかい」

「ああ」

「よかった」

中間として一つの関門をくぐり抜けたことにほっと胸をなでおろしている。表情には晴れやかさを垣間《かいま》見ることもできた。

官兵衛は背後を振り向いた。

木挽町一丁目の路地が口をあけている。女の死骸はまだ東宝寺の山門の前に横たわったままだ。

検死も終わり、これから町の者たちによって自身番に運ばれ、そこにしばらく置かれることになる。

だが、じきに梅雨になろうかというこの時季のことだ。とてもではないが、長く置いておくことはできない。せいぜい一日が限界なのではないか。それ以上は、におって仕方なかろう。

そのためには、一刻もはやく仏の身元を明らかにし、菩提《ぼだい》寺があるのならそこの墓に入れてやりたい。

それができなかった場合は、無縁墓地に葬られることになる。

官兵衛としては、それは避けたいことだった。

そういえば――。

官兵衛は、男の死骸が綾乃の診療所に置きっぱなしであるのを思いだした。

綾乃は検死をするといっていたが、あの男についてなにかわかったことがあっただろうか。

期待薄なのははっきりしていたが、寄らないわけにはいかない。

官兵衛はその旨《むね》を福之助に語った。

「へえ、女医者のところですか」

官兵衛は福之助をしげしげと見た。

「うれしそうだな」

「とんでもない」

福之助があわてたように手を振った。

「ただ、女の人で医者というのが珍しく感じられただけですから」

「女だてらに、といういい方は好きではないが、腕は本当にすばらしい」

「さようですかい」

「腕だけではないぞ」

「といいますと」

「わかるだろう。とてもきれいだっていうことだ。期待してもらっていいぞ」

福之助がまた表情を明るくさせる。

「まことですかい」

官兵衛はにやりと笑った。

「やっぱりうれしそうじゃないか」

福之助が恥ずかしそうにうつむく。首筋に汗が浮いていた。

「つかうか。汗をかいているぞ」

官兵衛は、着物の袂から手ぬぐいを取りだした。相変わらず、いつ洗ったのかわからない代物《しろもの》だ。

福之助が遠慮がちに目をむく。

「いえ、あっしは自分のがありますから」

ていねいにたたんである手ぬぐいを、懐からそっとだした。それで首や顔の汗をふきはじめた。

「蒸《む》すな」

「へい、まったくで」

官兵衛は頭上を見た。

明け方にはなかった雲が折り重なるように出てきて、陽射しをさえぎっている。江戸の町は薄暮が訪れたかのようにやや暗く感じられた。雲のおかげですごしやすくはあるが、湿気がきつく、着物はひどくべたついている。特に裾が足に絡んで歩きにくかった。

木挽町から、綾乃の診療所がある浜松町まで遠くはない。東海道をまっすぐのぼってゆけばいいから、裾のべたつきも気にならないうちに着けるはずだ。

道には一杯の人が行きかっている。誰もが汗をかき、手ぬぐいをつかいつつ歩いている。

東海道沿いには数え切れないほどの旅籠《はたご》が立ち並んでいるが、朝がまだはやいだけに投宿しようとする者は見当たらない。

宿を出てくる者ばかりだ。まるで江戸の空が快晴であるかのようにその表情は明るい。

地方から出てきた者たちだろう。昨日、宿に入り、今まさに朝食をすませて、待ちかねたとばかりに江戸見物に出かけてゆくのだ。

江戸で生まれ育った官兵衛にも、そのわくわくする気持ちははっきりとわかる。江戸には名所が数多くあるだけでなく、将軍のお膝元の巨大な町であるということが、心躍らせるもとになっているのであろう。

物のそろい方も地方とはちがう。江戸でしか目にできない物、手に入らない物はきっと数多い。

千代田城へ大名行列を見るために行く者も多いときくが、あの縄張の広大さ、石垣の見事さにまず度肝を抜かれるはずだ。あれは、やはり天下城というしかないものだろう。千代田城を目にしただけでも、故郷に帰れば語り草になるにちがいなかった。

城内に入ればもっといいのだろうが、さすがにそれは望みようがない。

もっとも、官兵衛だって千代田城内に足を踏み入れたことは一度もない。三十俵二人扶持の薄給の同心は、城には入れてもらえないのである。

死ぬまでに一度は入りたいと思っているが、どう考えてもうつつのことになりそうになかった。

浜松町に来た。前夜、川崎《かわさき》あたりに泊まり、早立ちしてきたらしい旅人の姿がかなり目立つようになってきた。

「ここだ」

官兵衛は東海道から道を二本折れたところで、足をとめた。

綾乃の診療所が建っている。夜、ともされていた大提灯はとうにしまわれたようだ。入口の前には、靄《もや》のようなものがうっすらと漂っていた。

福之助が、柱に打ちつけられた看板を見つめる。

「白木羽《しらきば》庵ですかい」

「ほう、よく読めたな」

「これでも、手習所には行きましたから」

福之助が官兵衛に視線を転じてきた。

「この名には、なにかしら意味があるんですかい」

「あるさ。なんだと思う」

官兵衛はすぐさまきいた。

「どこかの地名ですかい」

「そうではない」

考えはじめた福之助を横目に官兵衛は入口の前に立ち、開け放たれている戸に顔を突っこんだ。

「いるかい」

「はい」

男の声がきこえるのとほぼ同時に、土間に立ったのは小者の達吉だ。

「先生は」

「いらっしゃいます。今、患者さんを診《み》ていらっしゃいます」

「待たせてもらっていいか」

「もちろんでございますよ」

達吉が興味深げな視線を福之助に当てている。

官兵衛は、新しい中間であることを説明した上で福之助を紹介した。

福之助と達吉は互いに挨拶し合った。

「どうぞ、お上がりください」

達吉にいわれて官兵衛は土間から上がりこみ、部屋の隅に座った。福之助が横に来て、遠慮がちに正座した。

綾乃が診療している部屋は、かたく襖《ふすま》が閉じられている。失礼いたします、といって達吉が襖を開け、なかに入っていった。すぐに襖が閉じられる。そのとき、ちらりと布団に横たわる患者らしい男が見えた。綾乃が顔を近づけ、低い声で話し合っている様子だった。

押しだされたように線香のにおいが濃く香っているのは、例の顔を潰された男の死骸が、診療している部屋に置かれているからだろう。今さっき見たところでは、隣との間には衝立《ついたて》が立てられていた。あの向こうに死骸が横たえられているのだ。

福之助が部屋を、無遠慮に見まわしている。

「おめえ、医者に来るのははじめてか」

「いいえ、そんなことはありません」

「あまりじろじろと見るのは、いいことじゃねえぞ」

「へい、すみません」

腕のよさで知られるだけにさすがにはやっており、部屋には八名の患者がいた。全員が官兵衛と福之助にていねいに頭を下げてきたが、二名の年寄りを除いて、いずれも若い男だった。

若い男たちは、とても病人とは思えないつやつやとした顔色をしている。

「どうしてこんなに若い男ばかりなんですかい」

不思議そうな顔をした福之助が官兵衛にささやきかけてきた。

「見当はつくだろう」

福之助がはっとする。

「本当に美形なんですね」

「ああ、飛び切りのな」

期待に福之助の顔が輝く。

「横顔しか見えませんでしたけど、確かにきれいそうでした」

「そうだろう」

襖の向こうで綾乃の声がきこえ、次いで身繕《みづくろ》いする音がした。襖があき、若い男が出てきた。名残惜《なごりお》しそうな顔をしている。この男も病人には見えない。

「ありがとうございました」

丁重に礼をいって、ゆっくりと襖を閉じる。

「お大事に」

綾乃が男に声をかける。

「透き通るような声ですね」

福之助がまたささやいてきた。

「そうだろう」

綾乃のことをほめられて、官兵衛はなんとなくうれしかった。

次の患者の前に、官兵衛たちが呼ばれた。すまねえな、と官兵衛は男たちに軽く頭を下げた。誰もがうらやましそうな顔をしている。

白い敷布が敷かれた布団をはさんで、官兵衛は綾乃の正面に腰をおろした。線香は衝立の向こう側に立てられているようで、そこから煙が流れこんでくる。煙が鼻にまとわりつくと、くしゃみが出そうになった。官兵衛は鼻をもぞもぞさせて、それをこらえた。

「どうかしましたか」

綾乃がきいてきた。官兵衛は小さな声でわけを話した。

「さようですか。でも消すわけにはいきませんし」

「もちろんだ。気にしねえでくれ」

はい、といって綾乃が官兵衛を見つめてきた。やはり濡れたような瞳をしている。

またも官兵衛は落ち着かない気分を味わった。

「よくいらしてくれました」

「すまん、遅くなった」

声が引っ繰り返らないように注意する。

「なにかあったのですか。沢宮さまが遅くなるなど、滅多《めった》にあることではありません」

「そういってもらえると、ありがてえ」

官兵衛はかいつまんで話した。

綾乃が形のよい眉《まゆ》をひそめる。それを目《ま》の当たりにしたらしい福之助が、しゃっくりのように喉を鳴らした。

官兵衛は新しい中間であることを綾乃に告げた。

「福之助さんですか。沢宮さまのこと、よろしくお願いしますね」

「も、もちろんで、ご、ございますですよ」

「それでどうだった」

官兵衛は衝立に向かって軽く顎《あご》をしゃくった。

綾乃が背後の文机の上に置いてあった書類を取り、それを官兵衛に手渡してきた。

「検死の留書です」

官兵衛はぱらぱらとめくった。厚みはほとんどない。

「目新しいものは見つかりませんでした」

「そうか」

「すみません」

「おめえさんが謝ることなどないさ」

「でも、なにか見落としていたら、と少し怖くて」

「おめえさんに見落としなどねえよ。これまでだって、確かな仕事をしてくれたじゃねえか」

官兵衛は留書をひらき、読みはじめた。

すぐに終わった。ぱたりと音をさせて閉じる。

「ありがとう。こいつは預かっておく」

懐にていねいにしまいこんだ。

「よろしくお願いします」

綾乃が頭を下げる。真っ白なうなじが見え、またも官兵衛はどぎまぎした。

「仏は、今朝もいったが、浜松町の自身番の者を取りによこす。それまで今しばらく置かせといてくれ」

「承知いたしました」

「頼む。――福之助、見ていくか」

官兵衛は福之助にいった。若い中間の目は綾乃に釘づけになり、微動だにしていない。

「おい、見ていくか」

重ねていった。福之助が、はっと我に返り、官兵衛を見た。

「すみません。なにをでしょうか」

「仏だよ」

「あっ、へい」

官兵衛と福之助は衝立の裏にまわった。布団に死骸が横たわっている。顔には白い布がかけられていた。

官兵衛はそれを取った。

うっ。福之助がうなり声を上げた。

「よく見ておけ」

「へい」

福之助は視線をじっと当てている。死者の無念の思いを吸い取ろうとしているかのような真剣さが、瞳に宿っている。いい表情をしていた。

「よし、いいだろう。行くか」

「へい」

唇を嚙《か》み締めた福之助が勢いよく顎を上下させる。

官兵衛は綾乃によくよく礼をいって診療所の外に出た。

「それで、どうだった」

頰を上気させている福之助にたずねた。

「きれいでしたねえ」

「そうじゃねえ。仏のことだ。なにか感じたか」

「いえ、なにも」

福之助がすまなさそうな顔をする。

「そうか」

官兵衛は歩きつつ、懐手をした。指が十手に触れる。

「俺のいった通りだっただろう。実にきれいだっただろう」

「へい、まったくで」

ほれぼれするように福之助がいった。

「あんな美人、そうそうお目にかかれませんよ」

「そうだろうな」

福之助が官兵衛をうかがうように見る。

「親しい間柄なんですかい」

「まあな」

「許嫁《いいなずけ》ですかい」

「まさか」

「ちがうんですかい」

「当たり前だ」

「でも綾乃先生、あっしに旦那のことを頼むっておっしゃってましたけれど、まるで想い人のことをいう感じでしたよ」

「そうかな」

「そうですよ」

歩を運びながら、福之助が空を見上げる。

「綾乃さん、惚《ほ》れているんじゃないでしょうかね」

「それはなかろう」

「でもまぶしそうに旦那のこと、見ていましたよ」

「おめえだって、同じようにするじゃねえか」

「だって、旦那はとってもいい男ですから」

「おめえ、やっぱり男が好きなんじゃねえのか」

「ちがいますよ」

福之助がなにかを思いついたような表情になった。

「そういえば、白木羽庵のいわれというのはなんなんですかい」

「ちっとは考えたのか」

「へい。でも駄目でした」

「じゃあ、教えよう」

官兵衛は軽く息を吸った。

「白木羽というのは楽という字をばらばらにしたものさ。楽という字には羽という字はねえが、白の両側にあるちょんちょんを羽に見立てているんだ。うちに来る人は誰でも楽になって帰ってもらいたいという思いから、綾乃どのが名づけたときいている」

一度、浜松町の自身番に寄り、白木羽庵の死骸の引き取りを依頼してから、官兵衛と福之助は探索に戻り、女の死骸が見つかった木挽町一丁目の東宝寺の前に再びやってきた。

「なんにしろ、ここからはじめるのが一番だろう」

官兵衛は福之助にいい、界隈《かいわい》のききこみを開始した。

ほんの半刻（約一時間）ばかりで、手がかりを得ることができた。

東宝寺の門前に死骸を捨てた三人組を見ていた物乞いがいたのである。物乞いは、東宝寺の向かいの天水桶の横にうずくまっていたとのことだ。

「三人組だと」

「はい」

魚が腐ってすえたようなにおいをあたりにぷんぷんさせた物乞いが、ひげ面《づら》をうなずかせる。

「三人とも男でしたよ」

「人相は」

「なにしろ暗かったものですから」

「死骸を捨てたといったが、それは荷車で運んできたのか」

「はい、大八車でしょう。そこに二つ、捨てていきましたよ」

「二つだと」

「はい、二つです。仏さんを放り投げるようにすると、男たちはあっという間に闇のなかに消え去りました」

「それで」

「お役人にこんなことを申しあげるのはどうかと思いますけど、あっしは、なにか持っていないものかと近づこうとしました。そしたら、いきなり仏さんが立ちあがり、よたよたと歩きはじめたんです。声もなく見つめるうちに、苦しそうなうめき声をあげながら、その男はどこかに行ってしまいました」

まだ死んでいなかったということか。気を失っていたが、痛みで目が覚め、その後、浜松町の大晋寺の近くまでやってきて、そこで力尽きたのか。それを往診していた綾乃が見つけたことになる。

「三人組が仏を捨てていったのは、何刻だ」

「あれは、四つ（午後十時）になっていなかったと思うのですけど」

町々の木戸が閉まる前ということだ。放り投げるように死骸を捨てていったのは、木戸が閉まる前に住みかに戻りたかったからか。

「どちらに向かった」

物乞いは日本橋のほうを指した。

ほかにきくことはないか、官兵衛は考えてみたが、思い浮かぶものはなかった。

「ありがとな」

懐から紙包みをだそうとした。その前に福之助の手がいきなりあらわれた。おひねりが握られている。

「これをどうぞ」

物乞いに与えようとした。

「おめえ、余計なことをするんじゃねえ」

官兵衛は横からもぎ取った。小判が触れ合うような音がした。いや、紛《まぎ》れもない。

今のは小判だ。

官兵衛は驚いて中身をあけた。

「なにっ」

数えると、五両も入っていた。

「少なすぎますか」

福之助が心配そうにきく。

「おめえ、いったい何者だ」
そばでは、駄賃をもらえるのかどうか、期待と不安が入りまじった目で、物乞いが官兵衛と福之助を交互に見ている。

三

ああ、腹が減ったのう。
神来大蔵は心中で慨嘆《がいたん》し、竹刀《しない》をだらりとさせて天井を仰《あお》ぎ見た。
昼餉《ひるげ》まで、あとどのくらいかのう。待ち遠しいのう。
大蔵は腹に右手を当てた。なにか堅い物がある。
なんだい、こいつは。
防具だった。
どうりや。
それを隙《すき》と見たか、門人の田所甚兵衛が上段から打ちこんできた。
大蔵は目をあげた。
ああ、稽古《けいこ》中だったのう。わしはいつもこれだのう。食い物のことになると、なんでも忘れちまうのぅ。

まるで鉛の棒でも手にしているかのように、甚兵衛の振りはゆっくりしている。

田所さん、どこか体の具合でも悪いのかな。それだったら、これまで以上に手加減してやらなきゃのぅ。

大蔵は左手一本で、ひょいと竹刀を振りあげた。ひゅんと風を切る音の直後に、びしっと竹刀が鳴り、甚兵衛の両腕が力なくあがった。

うおっ。

甚兵衛がひっくり返りそうになった。かろうじて体勢を立て直す。

あれま、まだ力が入りすぎていたか。そんなに入れたつもりはないんだけどのぅ。

やっぱり田所さん、体の調子がよくないんじゃないかのぅ。

甚兵衛とこうして稽古をするのは久しぶりだが、前はもっと竹刀に勢いがあり、足さばきにはなめらかさがあった。

それが今はほとんど感じられない。どうかしたのではないか。

なにしろこちらは腹が減りすぎて、腕に力が入らなくなっているのに、あんなにふらつくなんてのぅ。よほどのことでなければ、ああはならぬのぅ。

ああ、それにしても、朝飯を食べたのは、いつだったかのぅ。

甚兵衛から視線をはずして、大蔵はそんなことをまた考えた。

もう半日くらいたったように思えるが、そんなに前のはずがない。

やっぱり、ほんの半刻ばかりにすぎんのかのう。

しかし、まるで一日なにも食べなかったみたいに空腹だ。

なにか腹に入れないと、今にも倒れてしまうやもしれぬのう。

道場内は、二十人近い門人たちの悲鳴のような気合や竹刀の打ち合う音で耳が痛くなってきそうなほどの喧噪《けんそう》に包まれているのに、大蔵の耳には、腹の虫の声がはっきりと届いている。

一刻もはやく、なんとかしてやらなくちゃのう。

そうは思うものの、午前の稽古の時間はまだ優に半刻は残っている。

がっかりだのう。こういうのを絶望というんだろうのう。

ふと見ると、甚兵衛が竹刀を正眼《せいがん》に構えていた。じっと大蔵を見ている。

隙をうかがっているように見えたが、瞳になにか別の感情の色が宿っていることに大蔵は気づいた。

なんだろうのう。

大蔵は静かに見返した。

すぐに答えは出た。

こいつは驚きじゃなかろうか。田所さん、なにをそんなにびっくりしたんだろうかのう。

大蔵は目を細め、甚兵衛をさらにじっくりと見た。

どきりとしたように、甚兵衛がかすかに下がる。呼吸がひどく荒くなってきている。顔色も青い。おびただしい汗が頰を伝って顎《あご》の近くに集まっていた。

田所さん、本当にどうしたんだろうのう。

心配になってきた。大蔵は竹刀の先を軽くあげて、甚兵衛になにがあったのか、考えはじめた。

ははーん。

きっと朝飯のとき、わしたちに隠れてなにか悪い物でも食べたのとちがうかな。まじめそうな顔をして、意外に食い意地が張っているからのう。

それならば、もう稽古をやめたほうがいいかもしれぬのう。

そんなことを考えて、大蔵は甚兵衛に声をかけようとした。

きええっ。

百舌《もず》の鳴き声を思わせるような気合をとどろかせて、甚兵衛が再び突っこんできた。またも上段からの打ちおろしだ。
相変わらずのろのろとした振りだが、先ほどより少しはましになった。
もう打ち払うのはやめておいたほうがいいかのう。またよろけさせるのも悪いから
のう。体調がよくないときには、やっぱり加減してやらぬとのう。
大蔵は竹刀を斜めにして、甚兵衛の竹刀を受けとめた。
やったといわんばかりの顔で、甚兵衛が体を寄せてきた。鍔迫《つばぜ》り合いになる。
甚兵衛が足を踏ん張り、ぐいぐいと押してきた。顔から青みが去り、頬が熟柿《じゅくし》の
ように赤くなっている。目が充血し、蜘蛛《くも》の巣が張ったように血脈が見える。汗がわ
きだしたように顔中にべっとり貼りついていた。
鍔迫り合いになったときは、突き放されたほうが不利になる。甚兵衛は押し合いに
勝ち、大蔵の胴に竹刀を打ちこもうと考えているようだ。
狙いは悪くないんだけどのう。
しかし、大蔵に押されているという感じはまったくない。赤子を相手にしているよ
うなものでしかなかった。
「田所さん」
大蔵は甚兵衛に声をかけた。

「おぬしは、わしらに隠れていったいなにを食べたのかな」

面のなかで、甚兵衛が目をむく。

「隠れて食べたって、いったいなんのことでしょう」

まわりをはばかってか、ささやくような口調だ。

「しらばっくれんでもよろしい」

大蔵は鷹揚《おうよう》にいった。

「しらばっくれてなどおりませぬ」

甚兵衛が激するのを抑えるように、もっと声をひそめる。

「いったいなんのことでございましょうや」

「いいにくいのはわかるがのう」

大蔵はいいきかせるように話した。

「田所さん、いってしまったほうが、楽になれるぞ」

「師範代」

しびれを切らしたように激しい口調で呼びかけてきた。

「もう一度おききいたしますが、隠れて食べたというのは、いったいなんのことでござろうか」

「まだとぼけるのかのう」

「とぼけてなどおりませぬ。師範代がなにをおっしゃっているのか、それがしにはさっぱりにござる」

大蔵は竹刀を持つ手に軽く力をこめつつ、首を小さくひねった。

「本当にとぼけておらぬ、と」

「むろんにござる」

鍔迫り合いをしている二人が会話をかわしているのを、まわりの門人たちが竹刀を振りつつ不思議そうに見ている。

「では、朝餉の際、我らに隠れてなにかを食べたというようなこともないのかな」

「あるはずがございませぬ。師範代はすぐそばにいらしたから、そのことはおわかりにござろう」

「だったらどうして」

具合が悪いのか、ときこうとして、大蔵は甚兵衛の顔をじっと見た。

力の入れすぎで頬は赤くなっているが、健やかそのものという感じで、肌はつるつるに輝いている。

となると、と大蔵は思った。田所さん、具合は悪くないのかのう。

だが、竹刀の振りの遅さ、この力のなさはなんなんだろう。

はたと思い当たる。

わしと同じで、腹が減っているのだな。

「わかったよ、田所さん」

大蔵は笑いかけた。甚兵衛がぎょっとした顔を見せる。

「なにがでございましょうか」

「具合が悪そうに見える理由よ」

「それがしは、そういうふうに見えますするのか」

「見えるのう」

甚兵衛はまだ必死に大蔵を押しているが、さすがに息切れしてきている。道着が水でもかぶったように濡れており、足元に汗がしたたり落ちて、小さな水たまりになっていた。

大蔵は平然として、大黒柱のようにぴくりとも動かない。

「田所さん、朝餉をあまり食べぬように遠慮したのかな」

「いえ、そのようなことは」

「そうだのう」

思いだしてみても、野良犬のようにむさぼり食べていた。もともと貧乏御家人のせがれときいている。屋敷では腹一杯食べられるはずがなかった。

きっとわしと同じで、腹が減りやすいたちなんだろうのう。

「空腹はつらいのう。田所さん、わしにはよくわかるぞ」

「はあ」

「今日の昼餉、おふくどのはなにをつくってくれるかのう」

「さあ」

「またしじみの味噌汁は出るかのう」

「はて」

「今朝、出たばかりだから、さすがに無理かのう」

「かもしれませぬ」

「やはりそうかのう」

落胆する。

いや、そうでもあるまい。今朝の残りがあるってことは十分に考えられる。

それにしても、あのしじみの味噌汁は本当にうまいのう。おふくどのは、どうやってつくっているのかのう。

しじみがいいのは紛《まぎ》れもないだろうが、きっと味噌もすばらしいのを使っているにちがいない。

どこの味噌なのかのう。

どこでもよかった。おふくが道場の台所にいてくれる限り、あの味噌汁をほぼ毎日、飲むことができる。

味を思い起こし、大蔵は舌なめずりした。

ああ、飲みたいのう。

だありゃあ。

甚兵衛が、いきなり腹の底からだしたような気合を発した。あらん限りの力を振りしぼったようにぐいぐいと押してくる。大蔵ははじめて甚兵衛の力を感じた。

だいぶましになったが、でも、まだまだじゃのう。やっぱり空腹がきいているんだろうのう。

大蔵は軽く押し返した。それだけで、甚兵衛はうしろに下がり、汗に左足が滑《すべ》ってよろけた。

それでも右足をすっと引いて、体勢を一瞬で立て直した。同時に左手一本で、下段から竹刀を振りあげてきた。あやまたず大蔵の面を狙っていた。

ほう、なかなかやるものだのう。

大蔵は感心したが、いかんせん竹刀に速さがない。軽々とよけた。といっても、本人によけたという思いはない。巨体ででっぷりとしているから動きは鈍いように見えるらしいし、落ちた箸《はし》を拾うのですら大儀だが、どうしてか剣のときだけは別だ。まさしく別人といっていい動きができる。

びしりと一本を決めて、稽古を終わりにしてやるのが最もいい手立てだろうのう、と考えた大蔵はすすっと横に動いて、甚兵衛の胴を打ち抜いた。

ああっ。まるで真剣で斬られたような声を発して、甚兵衛が呆然《ぼうぜん》とする。今にもふらりと倒れこみそうだ。

「大丈夫かな」

「は、はい」

「よし、田所さん、これでおしまいにしようじゃないかのう」

甚兵衛はもっとやりたそうなそぶりと表情を垣間見せたが、わかりました、と静かにいった。

「田所さん、腹ごしらえをしたら、またやろうのう」

それから大蔵は空腹を抱えつつ、他の門人たちとしばらく稽古を行った。誰もかも打ちこむ竹刀に速さや切れがなく、どうしてしまったのかのう、と大蔵は師範代として悩んだ。

わしの教え方がうまくないんかのう。まずいんかのう。

師範の石垣《いしがき》無柳斎《むりゅうさい》からは好きなようにやってよい、といわれている。無柳斎自身、あまり道場に出てこない。病《やまい》に臥《ふ》せっているせがれの富之丞《とみのじょう》の看病に追われているのだそうだ。無柳斎に妻はない。大蔵がこの道場に雇われる際、二年前に病死したときいた。

この道場は、五十人以上の門人を抱えている。その多くが町人だが、近くに住む御家人の子弟も少なくない。午前の稽古にやってきているのは、ほとんどがそういう者たちである。

町人たちがやってくるのは、午後も八つ（午後二時）をまわってからだ。

道場の入口のほうで、なにかざわつきが感じられた。

なんだろうのう。

大蔵はさして気にはしなかった。なにか行商の類《たぐい》でもやってきたのではないか。同じ行商なら、なにか食べ物がありがたいのう。団子とか饅頭《まんじゅう》とか飴《あめ》とか。

大蔵は鼻をくんくんさせた。甘いにおいは漂ってこない。

大蔵は時刻が気になってしょうがない。じき昼ではないか。空腹はもはや耐えがたいものになっている。

今、何刻かのう。

手近の門人にきこうとした。

そのとき床板を踏んで、背後から誰かが駆けてきたのがわかった。この軽い足音は若い門人だろう。

大蔵は振り向いた。

若い門人が興奮をあらわに、口を大蔵の耳元に近づける。

大蔵は唇をすぼめて突きだした。

「わっ」

門人が驚いて、槍を突きだされたかのように身を引く。

「冗談よ。客人かな」

男に興味があるというわけではないのだが、本気で身を引かれて、大蔵は少なからず傷ついた。

門人は大蔵を疑い深そうに一瞥《いちべつ》してから、口にした。

「はい、師範代、たいへんです」

このものいいは、前にもきいたことがある。なにがやってきたか、見当がついたが、大蔵は相手の話の腰を折るようなことはしない。

「道場破りです」

「ほう」

これまでに二度、小遣い稼ぎの腕自慢がやってきた。体ががっしりとし、目がぎろりとして鬼のような大口の大蔵を見ただけで、二人とも畏《おそ》れ入ったかのようにすごすごと退散していった。

「いつものようにしなさい」

大蔵は物静かにいった。

「承知いたしました」

若い門人は体をひるがえし、入口へときびきびと駆け戻ってゆく。

今日も、さっさと消えてくれればいいのだがのう。

大蔵は、戸の向こうに消えようとしている門人の背中を追いつつ思った。

師範の石垣無柳斎は、道場破りが来たらさっさと金を払って引き取ってもらうがよろしい、といってくれているが、大蔵は、剣だけは負け犬のようにしっぽを巻く真似《まね》は決してしたくない。

それでも、道場破りかあ、いったいどんな男があらわれるのだろうのう、と思うと、まるで大太鼓が激しく打ち鳴らされているかのように、心の臓がどきどきしはじめた。

その思いを面《おもて》にだすようなことは一切せずに大蔵は門人たちに、稽古をやめるように冷静にいった。

気合と竹刀を打ち合う音が、潮が引いてゆくように大蔵の近いところから徐々に消えはじめ、数瞬後には道場内はすっかり静寂が支配することとなった。なにが起きようとしているのか、即座に解した門人たちが壁際にいっせいに寄り、正座する。

その直後、道場破りが姿を見せた。

大蔵は目をむいた。

驚いたことに、若い門人が導いてきたのは女だった。しかもまだ十七、八と思える歳だ。

道場内がどよめく。

きれいだのう。

大蔵は目を奪われた。ほかの門人たちも声をなくしている。

男のように羽織を着て袴をはいた二本差の姿はさまになっており、かなりの遣い手であるのが見て取れた。

ほう。女だというのに、なかなかやるもんだのう。

「師範代」

若い門人に呼ばれ、大蔵は我《われ》に返った。

「な、なにかな」

「あちらで着替えていただくということで、よろしいですか」

門人が納戸《なんど》を指し示す。

「うむ、そのように」

重々しくいった。女に顔を向ける。

ふむう。

見れば見るほどいい女だ。目が大きく、黒目が濡れたように輝いている。まつげが長く、どこか憂《うれ》いを秘めているように見えるのが、男心をそそる。ほっそりとした形のよい顎の上に、桃色の唇がそっとのっている。鼻筋が通り、鼻の頭がやや上を向いているのが、愛嬌《あいきょう》を感じさせた。

どうしてこんなにきれいな女が道場破りなんかしようとするのかのう。金に困っているんだろうかのう。できることなら、わしが肩代わりしてやりたいのう。

だが今、大蔵自身、借金で首がまわらなくなっており、そんな場合でないのは、火を見るより明らかだ。

「それがしがお相手いたす」

大蔵は女にいった。

女は大蔵を見返してきたが、これまでの二人の道場破りとは異なり、怖れを表情にだすことはまったくなかった。

「よろしくお願いいたします」

すんなりと頭を下げてきた。豊かな黒髪に覆われていたまっ白なうなじがちらりと見え、大蔵はどきりとした。幼子を思わせる、丸みを帯びたかわいらしい声をしていた。

女が顔をあげた。今から勝負に挑もうとする者に特有の炎が、瞳に燃えはじめている。女であるのを忘れさせる激しい燃え方だ。

大蔵には、純粋に勝負をしたがっているように見えた。

となると、金目当てではないということなのかのう。

「それがしは神来大蔵と申す」

「わたくしは朝野椿《あさのつばき》と申します」

門人が朝野椿と名乗った女を連れてゆく。門人の手で納戸の戸があけられ、静かに閉められた。

今、着替えているのか。

その姿を想像してしまい、大蔵はどきどきしてきた。

こんなことじゃいかんぞ。

おのれを叱咤《しった》し、大蔵は平静さを取り戻そうとした。だが、あまりうまくいったとはいいがたい。

しかし、これでも後れを取るようなことはなかろうがの。

納戸の戸があき、椿が姿を見せた。道着の上に防具を着けた姿は凜々《りり》しかった。

大蔵は見とれた。

椿はすぐさま面も着用し、門人に手渡された竹刀を上下に振るってみせた。風を切るいい音がし、門人たちが目をみはる。

やはりなあ。

大蔵は納得した。

近山言埜介が石垣道場の高弟として最初に出ます、といったが、大蔵はとめた。言埜介ではかなわない。

「わしが行くよ」

言埜介は残念そうだったが、すぐにうなずいた。

「お頼みいたします」

あらためて竹刀を手にした大蔵は蹲踞《そんきょ》し、椿と対峙《たいじ》した。審判役にまわった言埜介が、はじめっ、と宣した。

大蔵は竹刀を正眼に構えた。椿も同じ姿勢を取っている。できるなあ。

感心したが、それでも腕は大蔵にははるかに及ばない。

それにしてもどうして道場破りをしようとしているのか。やはり大蔵はそのことが気になった。

不意に腹の虫が鳴った、空腹でたまらないのを大蔵は思いだした。もうじき昼だろう。

おふくは、きっと昼餉の支度をして待っているのではないか。あのしじみの味噌汁の味が思いだされた。唾《つば》がわき出る。

それならば、さっさと勝負をつけたほうがよいのう。

大蔵はすっと前に出た。あっという間に距離が詰まる。

椿が面を狙ってきた。小太刀を思わせる小さな振りで、竹刀の出どころが見にくかったが、大蔵の目は、はっきりととらえた。

それに、大蔵を面食らわせるほどの竹刀の速さはなかった。

大蔵は軽々とよけ、椿の胴を抜いた。小気味いい音が大蔵の耳を打つ。

「一本っ」

うわずったような言埜介の声が、やや遅れて発せられる。

おお、と門人たちがどよめいた。あまりにあっけない結末に、拍子抜けした思いが声に出たのがほとんどのようだ。

椿がよろけ、片膝をつきかけた。かろうじて踏ん張り、立ったままでいた。

大蔵は椿の前に立ち、まだやるかの、ときいた。

「いえ、もう十分です。まいりました。ありがとうございました」

椿がていねいに辞儀をする。

「さようか。それではお着替えなさい」

椿が納戸に消える。

それほど間があくことなく、再び道場に姿を見せた。最初の羽織袴姿に戻っている。ただ、凜々しさは感じられず、疲れたような雰囲気《ふんいき》が濃く漂っていた。

「朝野どの、ききたいことがあるのだが、よろしいかの」

「なんでしょう」

濡れたような瞳で見あげてくる。

「どうして道場破りなどを」

「それですか」

椿が視線を床板に落とす。

「いえんかの」

「はい、まことに申しわけなく存じます。もし次の機会があれば、そのときにきっとお話しします」

「さようか。おなかは空いておらぬかのう。昼餉を一緒にいかがかの。それはうまい味噌汁があるんじゃ」

「いえ、けっこうです。失礼いたします」

一礼して大蔵の横を通り抜けた椿は、門人たちの好奇の視線を浴びつつ、道場を静かに出ていった。

次の機会かあ、と大蔵は思った。

必ずあるに決まっているさのう。

大蔵は確信を抱いている。

朝野椿どのとは、なにか縁がありそうだもの。これで終わりってことは、決してあるまいよ。のう。

四

「おめえにはこれをやる」

沢宮官兵衛は、自分のおひねりを物乞いにやった。中身は、五両に遠く及ばない一朱だ。

物乞いが露骨に残念そうな顔をする。

「少ねえか」

「そんなことはありませんけど」

「そんなことはあるって、顔にしっかり書いてあるぜ」

「はあ、まあ、そうですね」

「しかし、相場はこんなものだろうぜ。ありがとな」

官兵衛は物乞いの肩をぽんと叩き、歩きはじめた。

うしろを福之助がついてくる。

人けのない路地を見つけた官兵衛は、そこに入りこんだ。

両側を商家の高い塀で囲まれた路地は薄暗く、どこかじめっとしたにおいがしみついていた。仰げば空は見えるが、太陽の光は射しこまず、塀際に苔《こけ》が生えている土はやわらかく、湿《しめ》っぽかった。

三間ばかり進んで、官兵衛はくるりと体をひるがえした。

福之助が立ちどまる。官兵衛は福之助に向かって腕を伸ばした。

いきなり懐に手を突っこまれて、福之助が驚き、身を引いた。

「おめえ、いったいいくつ持ってやがんだ」

「なにをですかい」

「五両入りのおひねりだ」

「いくつって、そんなにありませんよ」

「そんなにねえってことは、やっぱりまだあるってことか」

官兵衛は、かまわず福之助の懐をもぞもぞと探った。

おひねりらしいものに手が触れた。まとめて引きだす。

「こんなに持ってやがるのか」

数えてみると、四つあった。官兵衛が持っている一つと合わせると、二十五両もの大金になる。

「おめえの金か」

「もちろんです」

「てめえで稼《かせ》いだのか」

「ちがいます。おっかさんがくれたんです」

「おっかさんだと」

「へい、御番所の中間になればこういうお金がきっと必要になってくるはずだから、と持たせてくれたんです」

官兵衛は腕組みをした。おひねりの小判が触れ合って音を立てる。

「おめえのかあちゃんは、なにをやっているんだ」

「この前、お話ししましたけど、泉水屋という宿屋です」

「品川の旅籠《はたご》とのことだったな。おめえは三男坊だ」

「へい」

「しかし冷や飯食いに二十五両も持たせられるほど、はやっているのか」

「へい、はやっていると思います」

「だがな、二十五両もの大金を稼ぐのに、いったいどれだけの旅人を泊めなきゃいけねえんだ。それとも、あれか、女目当ての者ばかりを泊める宿屋か」

実際に、公儀から認められていることもあり、品川の宿は飯盛女《めしもり》を置いているところがほとんどだ。東海道で最もにぎわっている宿場ときいたことがある。宿場近くに御殿山《ごてんやま》などの花見の名所や紅葉《もみじ》狩りや潮干狩りなどを楽しめる場所が多く、遊山《ゆさん》に出かける江戸の者は数知れない。男たちは旅籠に泊まって、女と遊んでくるのだ。

品川には旅籠が九十三軒あり、飯盛女は五百人に及ばんとするという。実際には三千人はいるのでないかとのことだ。確かにそんな宿場は日本のどこにもないだろう。

「ええ、女は置いていますよ」

「泉水屋はいくらで女を抱かせるんだ」

福之助が首をひねる。

「さあ、あっしは存じません」

「おめえは、宿の手伝いをしたこと、ねえのか」

「へい、あまり」

「今までなにをしてきたんだ」

「なにもしていませんでした」

「なにもだと」

「へい」

「どうして」

「書物を読むのが好きでしたから、そちらのほうばかりしていました」

「それなのに中間になったのか」

「へい、書物より捕物のほうが好きですから」

「とにかくだ」

官兵衛は五つのおひねりを、福之助の袂に落としこんだ。また小判が鳴った。

「こういうのは、おめえの役目じゃねえ。いいか、俺がすることなんだ。おめえには必要ねえものだ。かあちゃんにも、そう伝えておけ。金はちゃんとかあちゃんに返すんだぞ。わかったな」

「承知いたしました」

いい返事が耳に届いた。

しかしこいつは、と福之助を見つめて官兵衛は思った。俺が二十五両を持っているときも、それをどうするのか、まったく気にしている様子がなかった。もし俺が自分のものにしちまったとしても、きっとなにもいわなかっただろう。

いったい何者なんだ。やはり品川の旅籠の三男坊というのだけじゃ、きっとなかろうぜ。

「よし、行くぜ」

官兵衛は歩きだし、路地を出た。陽が射しこみ、そよぐ風にもさわやかさが感じられて、ほっとする。

東海道を進み、木挽町の近くまで戻ってきた。これまでも多くの人が行きかっていたが、人通りはさらに繁くなっている。ふらっと用事もないままに外に出てきたように見える近所の住人らしい者たちが目立って増えてきていた。

おや。

官兵衛の耳が怒鳴り声らしいものをとらえた。

「どうかしましたかい」

「声がきこえた」

「なんのですかい」

「まだわからねえ」

官兵衛は耳を澄ませた。それを見て、福之助が口を閉じる。黙って官兵衛を見守る風情《ふぜい》だ。

またきこえた。まちがいない。誰かが怒鳴り声をあげている。

「あっちだ」

官兵衛は走りだした。福之助が勘よくうしろにつく。

官兵衛は路地に駆けこみ、一つ目の路地を右に曲がった。

半町ばかり走って、今度は左に折れた。怒鳴り声は続いている。だいぶ近くまで来たので、なんといっているのか、はっきりときこえた。

「金貸しのようですね」

うしろから福之助がいった。

「そのようだ」

金をさっさと返すように、男が野太い声を張りあげている。

それから官兵衛は、五間ばかり走って足をとめた。

裏店《うらだな》の木戸がある。のぞきこんでみると、細い路地をはさんで全部で十二ほどの店《たな》が向き合っていた。

右手のまんなかの店の前に、長屋の住人らしい者が人垣をつくっている。

官兵衛たちは木戸をくぐり、足早に路地を進んだ。

「どうしたい」

一番うしろにいる、背の高い女房に声をかけた。背伸びせずとも、店のなかが見えている様子だ。

はたかれたように女房が振り向く。

「ああ、これは八丁堀の旦那」

ぎごちなく腰を折る。あげた顔は、眉がひそめられていた。

「金貸しの鉦伝屋《しょうでんや》ですよ。取り立てに来たんです」

店のなかからは怒号がきこえてくる。腹に響くものがあり、長屋の者たちも怒声がとどろくたびに、体をうしろに引いていた。

「林蔵《りんぞう》さん、たった二分、借りただけなのに、それがあっという間に一両にふくれあがっちまって」

女房はまるで自分が借り手であるかのように悔しそうにいう。

「二分はいつ借りたんだ」

「多分、三ヶ月ばかり前だと思うんですが」

そうか、と官兵衛はいった。

「入らせてくれ」

官兵衛は女房の横を通り、長屋の者たちをかきわけて店の前に出た。福之助は、官兵衛の背中に貼りついたようにくっついてきている。

店は四畳半が一間あるだけの、どこにでもある長屋にすぎない。その中に、一人の長身の男がこちらに背を向けて立っていた。一本差で、着流しの格好から、一見して浪人者であるのがわかる。

最近、浪人の金貸しというのが、かなり増えてきている。そういう浪人同士、座をつくっているときいたこともある。一人でいるより、大勢で同じことをしたほうが、より力が大きくなるということだろう。

官兵衛が驚いたのは、金貸しがすごい遣い手であることに気づいたからだ。これならば、用心棒などまずいらない。

それ以上に衝撃を受けたのは、金貸しの男が頭巾《ずきん》を深くかぶり、顔をすっぽりと隠していたことだ。異様な雰囲気が漂っており、官兵衛には化け物のように感じられた。

「どうして顔を見えなくしているんですかね」

福之助がささやきかけてきた。

「決まっている。後ろ暗いことをしているからだ」

官兵衛はふつうの声音でいった。その声に金貸しの男が振り向く。

「お役人か」

頭巾のせいでくぐもっているが、低くて、しわがれた声というのはわかった。声から歳は四十代ではないか、と思えたが、あるいはもっといっているかもしれない。まばたきのない鋭い二つの目が、官兵衛を射るように見ている。

「なにかご用かな」

官兵衛はせまい土間に入り、金貸しをじっと見た。男は業物《わざもの》を帯びていた。

金貸しの男の陰で、一人の男が土下座している。林蔵だろう。鬢《びん》のところにかすかに白髪がまじっているのが見えたが、顔にさしてしわはなく、意外に若いのかもしれなかった。

「その林蔵さんに金を貸したのは、三ヶ月ばかり前ときいたが、まちがいねえか」

鉦伝屋が首をひねる。

「そのくらいか」

「証文を見せてもらおうか」

官兵衛は手を伸ばした。

「持ってきておらぬ」

「まさかその証文、三月限《き》りや四月《よつき》限りにしてねえだろうな」

官兵衛がこういたのは、借金するときに三ヶ月や四ヶ月程度の短い期限で返済するという契りを公儀はかたく禁じているのだ。

「しておらぬ。一年限りの証文だ。今、取り立てに来ているのは、一年前の金だ」

「一年前、林蔵さんはいくら借りたんだ」

「二分だ」

「それなのに、また三ヶ月前、同じ額を貸したのか」

「泣いて頼まれたんでね」

「そのとき、まさか林蔵さんから礼金を取ってはおらぬだろうな」

「むろん」

「林蔵さん」

官兵衛は呼びかけた。

「借りるとき、礼金を取られたか」

「いえ」

金貸しは当たり前だろうという顔をしている。林蔵は脅されてこう答えたという表情ではなかった。

礼金というのは、借り手が金を借りる際、貸し手に謝礼金の名目で支払う金のことをいうが、これも公儀から禁じられている。

「だったら、先利はどうだ」

利子天引きのことだ。これも公儀は許していない。

銋伝屋がむっと黙りこむ。

「林蔵さん、どうだ」

「取られました」

林蔵が今にも死にそうな虫のような声で答えた。

「いくら取られた」

「一朱です」

「そいつはひどい」

官兵衛は銋伝屋をにらみつけた。

「この一年のあいだ、林蔵さんは一度も利子を払っておらぬのか」

「払った」

いいにくそうに口にした。

「いくらだ」

「そうさな」

鉦伝屋が天井を見る。

「全部で三分ほどか」

「ならば、もうよいのではないか。十分、儲けただろう」

「十分とはいえぬが」

鉦伝屋が自らの肩を拳で軽く叩いた。

「ここはお役人の顔を立てて、引きあげるとするか」

鉦伝屋が林蔵を見る。

「三月前に貸した金、こっちはちゃんと返すんだぜ。いいな」

どすのきいた声音でいった。

「はい」

林蔵が恐ろしげに下を向く。

鉦伝屋が官兵衛の横を通りすぎる。

「お役人、なかなかいい腕をしていなさるね。探索の腕のことじゃねえよ。剣の腕のほうさ。番所のなかでは相当だろう」

「たいしたことはねえが、やり合いたいか」

「まさか。命は惜しい。だからって、俺が負けるっていっているんじゃねえぜ。勝つという確信が持てねえだけだ」

肩を一つ揺すって鉦伝屋が店を出ていった。

やがてそれまで息を詰めていた長屋の者たちが、口々にののしりはじめた。

「ありがとうございました」

林蔵が疲れ切ったのとほっとしたのとないまぜになった表情で礼をいう。

「いいってことよ。見すごすことができなかっただけだ」

官兵衛は、次々に賞賛の言葉を口にする長屋の者たちのあいだを縫《ぬ》って、路地に出た。

「行くぞ」

肩をそびやかすようにして歩きだす。

「旦那はやはりすごいですねえ」

うしろから福之助がほれぼれとしたようにいった。瞳がまぶしげだ。

やはりこいつは、と官兵衛は振り向いて思った。その気があるんじゃねえだろうか。

五

まっことうまかったのぅ。

神来大蔵は心中でつぶやき、ゆったりと腹をなでさすった。

へそのあたりが曲線を描いてふくらんでいるのが、なによりも心地よい。もともとでっぷりとしており、他人には空腹のときとの見分けはまずつかないだろうが、本人には築山《つきやま》と富士山ほどのちがいがわかる。

ああ、満足だのぅ。

神来大蔵は幸せの真っただなかにいる。

やはり、おふくどのはたいした腕をしておるのぅ。

長く長く感じられた午前の稽古が終わったあとの昼餉《ひるげ》に、心より望んでいたしじみの味噌汁が出てきた。

朝餉の残りだろうが、やや煮詰まったことでだしが濃くなった分、朝よりもさらにうまく感じられた。

旨《うま》みがぐっと増した味噌汁も、実に乙《おつ》なものだのぅ。

昼餉の際も大蔵は飯をぽろぽろと落とし、またも椀を引っ繰り返して床をびしょびしょにしてしまったが、門人たちがいつものように面倒を見てくれたおかげで、とどこおりなく食事を終えることができた。

門人たちは、実によく働いてくれる。しかも、昼餉の最中、田所甚兵衛をはじめとして誰もが畏敬《いけい》の眼差《まなざ》しを向けてきた。

どうしてかのう。なにか敬《うやま》われるようなことをしたかのう。

大蔵に心当たりはなかった。

しかしああいう目で見られるのは、決して悪いものではないのう。

にこにことした大蔵は、鼻の下にかいた汗を指先でぬぐい、それから両腕を上に突きあげてぐっと伸びをした。

ああ、気持ちがよいのう。

このまま横になって眠ってしまいそうだ。

大蔵は、師範代として貸し与えられている六畳間にいる。ここに一人、住みこんでいるのだ。

部屋には敷布団《ぶとん》以外なにもなく、がらんとしている。

大蔵は、荷物らしいものは一つも持っていない。身一つで、この道場にやってきたのである。

ごろりと横たわった。薄汚れた天井が目に飛びこんでくる。

午後の稽古は一刻の休憩ののち、八つ（午後二時）からはじめられる。

休憩の時間は、あと半刻ほど残っていた。稽古熱心な町人の何人かは、すでにやってきているかもしれない。

それにしても、と大蔵は思った。あの娘御はいったい何者なのかのう。

天井に娘の顔が映《うつ》りこむ。道場破りに来た朝野椿だ。

美しいのう。

ほれぼれする。

あのきれいさは、ただごとではなかった。

大蔵はこれまで女との縁はほとんどないが、そのせまい世界のなかでもとびきりといっていい美形だ。

どうして道場破りなど、するのかのう。

ここで考えたところで、答えが出るはずもなかった。

ふわわ。

このまま眠ってしまえれば楽だが、あと半刻ばかり寝たところでしようがない。昼寝をするのなら、少なくとも二刻はほしい。

さて、この半刻をどうやってすごそうかのう。

大蔵は上体を起こし、眠気を払うように頭を振った。

眠気はなかなか飛んでゆかず、大蔵はさらに激しく振った。あまりに大きく振りすぎて、そばの柱に頭をぶつけた。

ごつん、と鈍い音がしたが、大蔵は頭を抱えるような真似《まね》はしなかった。むしろ、かゆいくらいだ。

それに、ぶつけたことで眠気が消えてくれ、大蔵にとってはありがたかった。

ぶつけた柱をじっと見る。べつにへこんではいない。

ほっとした。壊して弁償なんてことになったらことだ。

さて、これからどうするかのう。

あらためて考えこんだ。

すぐに答えは出た。これは、はなから頭にあったことだ。

まずは富之丞どのを見舞うとするかのう。

富之丞というのは、道場主の石垣無柳斎のせがれだ。今、床に臥《ふ》せっている。病を得てから、すでに半年になろうとしているとのことだ。

肺の病ときいている。幼い頃からずっと丈夫で、風邪一つ引かなかったのに、半年前、いきなり重篤《じゅうとく》な病に冒《おか》されたという。

肺は長引くらしいからのう。

まだ二十三の若さで、剣の腕もたいしたものらしいから、七つも年上の大蔵は気の毒でならない。

よっこらしょと大蔵は立ちあがった。刀架の大小を手に取り、腰に帯びた。

刀が腰にあると、びしっと体に心が通ったような心持ちになる。

やはりいいものだのう。

大蔵はふとその気になり、静かに刀を抜いた。鞘走る、いい音がする。

刀身を目の前に掲げた。

うむ、すばらしいのう。

無銘だが、業物《わざもの》だ。刃渡りは二尺三寸五分、丁子《ちょうじ》乱れ刃文が実に美しい。匂口《においぐち》は冴《さ》え、小沸《こにえ》が厚い。

さすがに大枚をはたいただけのことはあるのう。

大蔵はうっとりし、すっかり心を奪われてしまった。

ああ、こうしてはいられぬのう。

大蔵は我《われ》に返った。

いつまでも見ていたかったが、名残惜《なごり》しげに刀を鞘におさめた。

無数の穴があいた腰高障子の前に進んだ。すっと腰をかがめる。穴のすべては大蔵が指先をなめてあけたものだ。

小さな頃から障子に穴をあけるのが好きでたまらず、長じた今もこの癖《くせ》は一向に直らない。

なにがそんなにおもしろいのか、大蔵自身よくわからないが、障子を目の前にすると、穴をあけたくてたまらなくなる。

貸し与えられた部屋だから入居して三日のあいだはこらえていたが、四日目の朝、一つくらいならあけてもよいのではないか、という衝動に耐えられなくなった。

それからは、もうまったく抑えがきかなくなった。

どれどれ。

穴からまず見えるのは、左右に走る廊下だ。その先には庭の木々が見えている。梅雨どきだが、今日は空に雲がほとんどなく、真夏を思わせる太陽が頭上に君臨している。風にゆったりと揺れるみずみずしい緑が、強烈な陽射しを鮮《あざ》やかにはね返しているのが、目に痛い。

風は秋のように涼やかで、蒸し暑さはまったく感じない。枝と枝とのあいだを跳ねまわるように飛びかっている小鳥たちも、気持ちよさそうだ。さえずりがいかにも機嫌よげにきこえる。

ふむ、なにも妙なところはなさそうだのう。

別に恐れることなどなにもないのだが、大蔵は部屋から出るときはいつも穴から外をのぞく。

腰高障子をあけた。部屋に明るさが満ちる。

本当にいい天気だのう。

果てしなく広がる青い空を見ると、大蔵は元気が出る。濡縁《ぬれえん》に出て、空を見あげた。

おお、なんと勢いのあるお天道さまだろうかのう。やはりお天道さまも、青い空を見ているほうが気持ちいいんだろうのう。

大蔵は廊下を歩きはじめた。みしみしと音がする。

この音は気に入らない。ほかの者が歩くと、こんな音はしないのだ。

こやつは、と大蔵は廊下をねめつけて思った。わしが太っているとでも、いいたいのかのう。

しかし、この音を消すことなど、造作《ぞうさ》もない。

ほれ、この通りぞ。

足の裏からそっと力を抜き、そのあと順繰りに足の甲、足首、ふくらはぎ、太ももからも力を抜いてゆくのだ。

きしむ音は消えた。

ほれ、見ろ。

大蔵には朝飯前のことにすぎないが、他の者にはできない。

たやすいことなんだがのう、どうして誰もできぬのかのう。

やがて廊下は母屋《おもや》に入った。天井があらわれ、日の光はさえぎられる。外が明るい分、かなり暗く感じられた。

突き当たりを右に折れ、大蔵は最初の部屋の前で足をとめた。

母屋の南側に当たる場所で日当たりがよい。こちらにも濡縁が設けられている。高価そうな鯉が泳いでいる右側の池の水面には、陽射しがはね躍《おど》るようにあふれていた。

「富之丞どの」

腰高障子に向かって声をかける。障子に穴をあけたい衝動に駆られたが、拳をぐっと握り締め、尻の穴に力を入れて、なんとかこらえた。

「神来どのですね」

さわやかな声がした。

「お入りください」

大蔵はその声にしたがって、腰高障子を横に滑《すべ》らせた。

「失礼いたす」

重々しくいい、敷居を越えた。

部屋は八畳間で、掃除も行き届いており、清潔だった。

富之丞は布団に横たわっていたが、上体を起こそうとしていた。薬湯のにおいが充満している。

大蔵としては無理をしないでほしかったが、何度いったところで律儀《りちぎ》な富之丞は起きあがってしまう。無理をさせたくない大蔵は見舞いがしにくくなっていたが、それでも三日に一度は足を運ぶようにしていた。

「よくぞおいでくだされた」

目を輝かせていった。瞳に宿っている光だけを見ると、とても病人には見えないが、そぎ落としたような頬、青い顔色、薄い胸、女のようにほっそりとした肩を目《ま》の当たりにすると、病人であることを大蔵としても認めざるを得ない。

わしとはちがって実にいい男なのに、病の身とはまことにもったいないのう。健《すこ》やかでいられるのなら、いったいどれだけ女にもてようか。朝野椿のような女をものにするのにも、さほど手数はかからないのではあるまいか。

もっとも、富之丞は顔のよさを鼻にかけるような男ではない。もし朝野椿に惚《ほ》れたのなら、正々堂々と縁組を申しこむにちがいない。

富之丞と朝野椿。二人が肩を並べたところを想像し、似合いだのう、と大蔵はつくづく思った。

まさに美男美女というところだのう。うらやましいのう。

大蔵は富之丞の顔をちらりと見た。あまり見つめすぎないようにする。

ふむ、顔色は三日前よりもずいぶんといいようだのう。

安堵《あんど》の思いが胸のうちにさざ波のように広がる。

「具合はいかがですかな」

大蔵は笑みを浮かべて富之丞にきいた。

「それがしには、とてもいいように見えまするぞ」

「まことでござるか」

富之丞が顔をほころばせる。

「ええ、今日はいいんですよ。お医者さまが新たに調合してくれた薬がよかったようなんです。このまま本復に向かってくれるとよいのでござるが」

大蔵は深くうなずいた。

「きっとそうなり申そう」

富之丞がにこっと笑う。少し翳《かげ》のある笑みで、大蔵は胸を衝《つ》かれた。

「しかし、それがしが本復するのも申しわけないような気がします」

「ほう、どうしてでござるかな」

「約束があるからでござる」

約束というのはなんだろうのう、と大蔵は考えたが、すぐに思いだした。

「ああ、さようにござったのう。富之丞どのが本復されれば、わしはお払い箱になるのだったのう」

この道場に雇われる際、師範の石垣無柳斎に、師範代をつとめてもらうのは息子の病が治るまで、といわれている。

「しかし、神来どのはそれがしとはくらべものにならぬほどの遣《つか》い手。ずっと師範代をつとめていただきたいものにござる」

「わしは遣い手などではござらぬよ」

富之丞がやわらかくかぶりを振った。

「今日も道場破りをものの見事に撃退されたそうではございませぬか」

大蔵は微笑した。

「やってきたのは女剣士でござった。腕は、さほどのものではござらなんだ。ですので、撃退というのとは、ちとちがう気がいたしますのう」

なにか他聞をはばかることでもあるのか、富之丞が端整な顔を寄せてきた。大蔵は唇をすぼめて突きだした。

「わっ」

富之丞がのけぞるように身を引く。

「富之丞どの、冗談にござるよ」

快活《かいかつ》にいったが、またも仰天されたことに大蔵は少し傷ついた。

「富之丞どの、おっしゃりたいことがあるようでござるが、なんでござるかのう」

「それでござる」

富之丞が深く顎を引く。

「その女剣士ですが、いったい何者だったのでございますか」

「それは、それがしも知りたいことでござるのう」

「なにか目的があって、この道場に来たようには見えなかったでござるか」

「それもわかりませぬのう。富之丞どの」

大蔵は呼びかけ、富之丞を見直した。

「あの女剣士に、なにか心当たりでもおありなのでござるのかな」

富之丞がやんわりと首を振る。

「いえ、そのようなものはまったくありませぬが、やはり女剣士というのは珍しいものでござるから」

富之丞が軽く咳《せき》をした。

それを見て大蔵はあわてて立ちあがった。以前、最初の軽い咳がとまらなくなり、富之丞は背を丸めて咳きこみ続けた。このまま血を吐いてぶっ倒れてしまうのではないか、とすら思ったほど激しい咳きこみ方だった。

以来、富之丞が少しでも咳をしたらすぐさま引きあげるようにしている。

「富之丞どの、では、これにて失礼させていただきます」

「もうでござるか」

富之丞が寂《さび》しそうにする。

「ちと長居しすぎたようですからのう」

「そんなことはありませぬよ」

「いや、これ以上はさすがにまずいですのでのう」

「ああ、うつってしまうかもしれませんものね」

大蔵は目をむいた。すっと座り直す。

「富之丞どの、それは大いなる誤解にござるのう。それがしは、うつるだとか、うつるのが怖いだとか、一度たりともそのようなことを思ったことはござらぬぞ」

富之丞が恥ずかしげに下を向いた。

「申しわけないことを申しました。神来どの、どうか、お許しくだされ」

大蔵はにっと笑みを見せた。

「わかっていただければ、十分でござるよ。では、失礼いたす」

大蔵は再び立ちあがり、腰高障子をあけて陽射しのまぶしい廊下に出た。

障子を静かに閉めると、笑みを浮かべているが、寂しさを隠せずにいる富之丞の顔がゆっくりと見えなくなった。同時に薬くささも消えた。

わしは無力だのう。

唇をきゅっと嚙み締めて、大蔵は廊下を歩きだした。

薬が効いてはやくよくなればいいのう。

そのときは職を失うことになるが、大蔵にとって、そんなことはどうでもいいことだった。

自分は健やかで、職はいつでも見つけられよう。しかし、富之丞はちがう。このまま命がむなしくなってしまうのではないか、という不安と常に戦っているにちがいない。

もちろん職を失うのはいやだし、つらいことだが、富之丞の不安にくらべれば、なにほどのことはない。

廊下を進んで母屋の玄関まで来た。休憩の時間はまだ四半刻ばかり残っている。

よし、行くとするかのう。

大蔵は玄関の雪駄を適当に選んで履き、外に出た。

お出かけですか、と路上を掃いている門人の一人にきかれた。

「うむ、ちょっとのう」

刀の柄《つか》をぽんと叩いた大蔵はにこにこして答えた。

実際に、気持ちは浮き立っている。富之丞のことを忘れたわけではなく、心の隅に寄せたにすぎないが、やはり刀のことを考えるのは楽しくてならない。

なにしろわしの唯一の趣味だからのう。

しかも、行くのは十日ぶりで、足取りは自然と軽くなっている。

道場からほんの二町ばかり歩いた。

目の前に立派な鳥居があらわれた。高さは優に三丈（約九メートル）はあり、二本の柱の太さは差し渡し二尺ばかりだ。貝地岳《かいじだけ》神社と鳥居の横に立つ石造りの社号標《しやごうひよう》に彫られている。

大蔵はていねいに一礼してから、境内《けいだい》に足を踏み入れた。

鳥居は立派だが、境内はさほど広くない。正面に本殿があり、左手に社務所が建っている。その奥に宝物庫がある。

一人の神主が社務所の前で、箒《ほうき》をつかって掃除をしている。頭のうしろの白髪が陽射しにまぶしげに輝いていた。

宮司《ぐうじ》の親光《ちかみつ》である。しなやかな二本の腕の動きが、剣に通ずるものがあるような気がして、大蔵はしばし見とれた。

「神来どのではござらぬか」

気づいた親光が振り向き、破顔した。

「いつからそこに」

「今、来たばかりにござるよ」

「さようでしたか」

箒を両手に抱くようにして、親光が近づいてきた。

「道場のほうはいかがかな。つつがなく仕事はされているのかな」

「はあ、それがしとしては一所懸命やっているつもりですがのう」

親光が人のよげな笑みを浮かべた。

「神来どのが一所懸命にやっているのなら、大丈夫ですよ。安心なされ。気持ちは通じているはずです」

「さようですかのう」

「はい」

力強くいって親光が大蔵を見つめる。瞳に柔らかな光がたたえられ、それを見ると、大蔵はいつも心が落ち着く。

「刀を見にいらしたのかな」

「さようにござる。あまりときはないのですけれど、見せていただけますかのう」

むろん、と親光が答えた。

「宝物庫に大切にしまってある三振りの名刀は、ほかならぬ神来どののものですから」

大蔵は親光の導きで樹木のあいだを進み、宝物庫の前に立った。古都の奈良には正倉院《しょうそういん》という天下の宝物をしまってある蔵があるが、それを小さくした感じの校倉《あぜくら》造りの蔵だ。

頭上を数羽のとんびが舞っている。風がいいのか、暑さを感じていないかのようにのどかに鳴いていた。

親光が袴《はかま》を探り、鍵を取りだした。がちゃがちゃと音をさせて、大きな錠に挿《さ》しこむ。かちりと小気味いい音がし、錠があいた。

鍵を挿しこんだままにして一歩進んだ親光が、鉄でつくられた重い扉を、きしむ音をさせて思い切り引く。

厚さのある板戸があらわれた。これにも錠がしてあり、親光があけた。

「どうぞ」

大蔵は宝物庫に足を踏み入れた。

ややかび臭さはあるが、なかは乾燥しており、ひんやりとしていた。梅雨どきとは思えない涼しさだ。

親光が、柱に据えつけてある燭台《しょくだい》のろうそくに火をつけた。薄暮ほどの明るさに包まれた。

大蔵は目をみはった。ここへは足を運ぶたび、いつも瞠目《どうもく》することになる。なにしろおびただしい刀剣、槍の類がしまわれているのだ。刀や太刀は百振りではきかないのではないか。槍も三十本以上はあるだろう。

大蔵のように預かっている刀剣や、武家から奉納されたものも少なくないのだろうが、親光が自ら集めたものも相当の数を占めているらしい。

親光は刀剣の目利きで、天下の名刀と呼ばれているものが何振りか、ここには置かれている。大蔵は一度ならず見せてもらったことがあるが、さすがにときを忘れて見入ってしまう。

親光とは、大蔵が繁く足を運んでいる刀剣商ではじめて出会い、何度か顔を合わせるうちに親しくなった。今、師範代をつとめている石垣道場は、二ヶ月前にこの神社にやってきたとき、師範代を求めていることを、この宮司から教えられたのだ。

「神来どの、どうぞ」

親光が大きな刀架に置かれていた三振りの刀を、目の前に置かれた縦置きの刀架に立てかけた。

「かたじけない」

大蔵はいそいそと近づき、まずはまんなかの刀を手に取った。肥後《ひご》の刀で、ずしりとした重みにしびれてしまう。

頭を一つ下げてから、すっと抜いた。刀身を眺める。ろうそくの光を遠慮がちにはね返している。

うーむ、きれいだのう。見れば見るほどすばらしい出来だのう。

大蔵は陶然とした。

さすがに肥後の越中守鷹典《えっちゅうのかみたかのり》どのの作だのう。

直刃《すぐは》といっていいくらいだが、若干、小乱れの刃文が見受けられる。重ねが厚く、どっしりとした刀身をしている。造りこみが堂々として重厚で、見つめていてまったく飽きがこない。

そんな大蔵を、親光が目を細めて見ている。それに気づいて大蔵は照れ、鬢《びん》を左手でかいた。

「恥ずかしがることはありませんよ。とてもいいお顔をされていた」

「さようですかのう」

「さようですとも」

親光が笑顔のままうなずき、大蔵をうながした。

「神来どの、あまりときがないのでしょう。他の二振りもご覧になりなされ。刀が待ちわびておりますぞ」

大蔵は越中守鷹典を鞘におさめ、刀架にかけた。代わって右側の刀を手にする。

こちらは美濃関《みのせき》の刀工安藤長綱《あんどうながつな》の作だ。無名の刀工だが、鷹典と劣らない出来である。

もう一本は相模《さがみ》の近峰宗六《ちかみねむねろく》という刀工のものだ。こちらも名はほとんど知られていない刀工だが、どうしてこれで無名なのか、首をかしげざるを得ないほどの凄《すご》みがある。

相模の刀工といえば、なんといっても五郎入道正宗《ごろうにゅうどうまさむね》が有名だが、もしかするとそれに劣らぬ出来なのではないか、と大蔵はひそかに思っている。

時間ぎりぎりまでじっくりと刀のすばらしさを堪能してから、刀架に戻した。

「名残惜しそうですね」

「もちろんにござるよ」

大蔵はまじめな顔でいった。

「できればここで起居したいくらいでございますのう」

大蔵は顎と頬をなでた。

「しかしそれがしは汗っかきですから、常に一緒にいられたら、刀にとっては迷惑でございましょうのぅ」

親光がにっこりと笑う。

「そんなことはありませんよ。刀は愛《め》でてくれる人と常に一緒にいたいと考えているはずですから」

大蔵は、朝、布団から身を起こせばすぐ目の前にこれらの刀があるという情景に、心を奪われた。

しかし決してうつつにできることではない。

大蔵は親光とともに宝物庫を出た。途端にまばゆさに包まれ、目を閉じた。

「痛いくらいですね」

親光が目頭をもんでいる。

「まったくにござるのぅ」

大蔵は親光に三本の愛刀のことをくれぐれも頼んでから、道場に戻りはじめた。

ちと長居しすぎたかのぅ。

大蔵は急ぎ足で歩いた。

さて、次はどんな刀を手に入れるかのぅ。これぞという刀が見つかったときのうれしさといったら、ないからのう。

大蔵は、名のある刀工ではなく、世に知られていない刀工の作品や、無銘の刀のほうが好きだ。

もちろん正宗や関の孫六《まごろく》のような名工の打った刀を所持してみたい欲求はあるが、さほど強いものではない。

ほとんど知られていないが、すばらしい刀工のものを見つけだしたときの快感はなにものにも代えがたい。

でものう、と大蔵は思った。それには先立つものが必要だのう。名が知られていない刀工の刀も無銘の刀も、出来がよければさすがにそれなりの値はするものなのだ。

今、手元にはまったくないからのう。

道場で暮らしている分には、食事も提供され、金がなくてもまったく困らない。だが、刀を買うことはできない。

また借金するかのう。でも、貸してくれるところなど、なかなかないからのう。刀が買えぬなど、つまらぬのう。

借金返済の目途はまったく立っていない。すでに半季分の俸給は、道場主の石垣無柳斎からもらってしまっている。そのすべてを刀の借金に注ぎこんだ。もし半季奉公中に富之丞の病が治って道場をやめることになっても、その分の俸給は返さずともいいといわれているから、その点は安心だが、今のところ金貸しへの返済の当てはまったくない。

借金のことを考えると、頭が痛くなってくる。

道場に着いた。

ぎくりとする。道場の入口の前に、長身の男が立ち、こちらに背中を見せていたからだ。頭巾《ずきん》をすっぽりとかぶっている。着流しに一本差という格好だ。

今まさに、道場に訪《おとな》いを入れようとしていた。

「鉦伝屋どの」

気づかれないようにうしろを通りすぎたかったが、そういうわけにもいかず、仕方なく大蔵は背中に声をかけた。

ゆっくりと鉦伝屋が振り向いた。頭巾から二つの鋭い目がのぞいている。

「神来さん」

凄《すご》みのある低い声だ。これで怒鳴られたらさぞ怖いだろうなあ、と思うが、今のところ一度もない。

それにしても、相変わらず遣い手を感じさせる男だ。やり合ったら、どちらが勝ちを得るか。

わしに決まっているではないか。のう。

鉦伝屋が近づいてきた。目の高さは自分とほとんど同じだ。

瞳には、感情というものがまるで浮かんでいない。蛇の目というが、本当にそんな感じだ。

「神来さん」

冷たく呼びかけてきた。

「用件がなにかわかっているな」

「むろん」

「では、いただくものをいただくとするかな」

手を差しだしてきた。

「借りたのはいくらでしたかのう」

頭巾のなかの瞳がわずかに動く。そんなことも覚えていないのか、といいたげだ。

「十五両よ」

「そんなに借りたかのう」

「借りていないとでも」

「いやいや、そんなことは申さぬよ」

その十五両で、肥後の越中守鷹典を武具屋から買ったのだ。

「利も合わせて、今は十九両二分一朱になっている」

「そんなに」

「この前、今度来るときはこの額になることは話しておいた」

「はて、そうだったかのう」

目をせばめるようにして、鉦伝屋が無言で見つめてくる。

息苦しいのう。

大蔵は顔をしかめた。しかも午後の稽古にやってきた門人たちが、大蔵に声をかけるのをためらうような風情《ふぜい》で入口を入ってゆくのが、気恥ずかしくてならない。

「その刀を預からせてもらおうか」

鉦伝屋が腰の刀を指さす。

「これは、勘弁してもらいたいのう」

鉦伝屋は刀から視線をはずさない。

「そいつを売れば、三十両はかたいのではないか」

「ほう、よくわかるのう」

大蔵は感心して、声をあげた。

「これでも侍だ」

「侍でもわからぬ者にはわからんよ。うれしいのう」

「うれしがっている場合か。いただいていくぞ」

「ちと待ってくれ。金は必ず返すゆえ」

「いつ返す。約束は今日だ」

「今日中に必ず」

鉦伝屋の場所は知っている。

「ふむ、わかった。引きあげよう。しかし神来さん、もし約束をたがえたら、どうなるか、わかっているのか」

「さて、わからんのう。おまえさん、わしにひどいことをするつもりかのう」

「きっとそうなるだろうよ」

鉦伝屋がじっと見る。

「今日、十九両二分一朱、返しに来い。待っている」

鉦伝屋が肩を揺すってから、体をひるがえした。

ゆっくりと遠ざかってゆく。

もう戻ってこないのを見て、大蔵はほっとした。

大蔵の安堵の思いを覚ったかのように、いきなり鉦伝屋が首を曲げてこちらを見た。半町ほどの距離を置いているが、目に鋭い光が宿っているのがはっきりとわかる。

おお、怖《こわ》いのう。

大蔵は身震いが出そうな心持ちになった。

鉦伝屋が大蔵から視線をはずし、また歩きはじめた。

安請け合いをしてしまったが、金はどうするかのう。借りたものを返さぬのは、やはりよくないからのう。

あれ、と大蔵は首をかしげた。

はて、返すのはいくらだったかのう。もういくらでもええわい。二十両あれば、きっと足りるだろうのう。

午後の稽古のあと、金を貸してくれる別の金貸しを見つけるつもりでいる。その足で鉦伝屋に行けばいい。それしか手がありそうにない。

でも、もし貸してくれる金貸しが見つからなかったらどうするかのう。本当に困ったものだのう。

そばを、よく稽古をつけている町人の門人が通りかかったが、大蔵はかまわず鬢をがりがりとやった。

いい考えは浮かばない。

「師範代」

町人の門人がおそるおそる声をかけてきた。

「いかがされましたか」

大蔵は顔をあげ、門人を見た。

「おぬし、金を持っているかの」

「少しくらいなら」

「二十両ばかりだがの」

「いえ、そんな大金、持っていません。見たこともありません」

「そうか。それは残念だのう」

門人が一礼し、逃げるように入口を入ってゆく。

どうするかのう。

重い気分を抱いたまま、大蔵は門人の背を追って足を踏みだした。

六

気にかかるのは、殺された男のほうの手にあった古傷だ。

あれはなんなのか。

官兵衛は腕組みをした。いい考えが浮かばぬものか、と天を仰《あお》ぎ見る。

先ほどまでは、折り重なった厚い雲が相変わらず空を覆《おお》っており、陽射しはたいしてなかった。だが、南からの風に吹き流されて雲は徐々に薄くなり、一筋の光が入りこんで白い柱をつくりあげているところもあった。

今はあらかた雲は消え去り、真《ま》っ青《さお》に透けるような空が視野一杯に広がっている。雲ははるか南に入道雲がわきたっているだけで、中天にある太陽は夏本番を思わせる勢いで熱を発し続けている。

目を伏せたくなるようなまぶしさが満ち、あぶられ続けている家々の屋根からは陽《かげ》炎《ろう》が揺れながら立ちのぼっている。

行きかう人は、軒下《のきした》や木陰などを選んで歩を進めていた。ときおり空を見あげ、太陽の姿を探しては迷惑そうに眉《まゆ》をひそめる者もあった。

「暑いですねえ」

中間の福之助がぼやき、腰の手ぬぐいで顔の汗をふく。白かった顔が、だいぶ日焼けしてきている。ふにゃふにゃのぼんやり顔は変わらないが、わずかに精悍《せいかん》さめいたものが加わったような気がしないでもない。

官兵衛は福之助の顔をじっと見た。

やっぱり勘ちがいだな。色が黒くなると、ちっとはたくましく見えるものだ。

「いったいぜんたい、梅雨はどこにいっちまったんですかねえ」

「空梅雨なのはまちがいねえが、たまにはこんな年もあるだろうぜ。なにしろ相手が天気だからな」

「天のお方が、雨を降らせるのを忘れちまっているんじゃありませんかねえ」

「うむ、昼寝が長いのかもしれねえな」

官兵衛も手ぬぐいをつかった。

「それにしてもこの暑さ、なんとかならないものですかねえ」

福之助がうらめしそうに空を見て、また泣き言をいった。

官兵衛はそんな情けない言葉を口にすることは決してないが、だからといって福之助を諫《いさ》めることはない。福之助は福之助でぼやくことが気持ちの平安につながっており、そうしないと心の据わりが悪いのかもしれない。

「ねえ、旦那」

福之助が気安く呼びかけてきた。

「さっきはなにを考えていたんですかい」

さっき、と官兵衛は一瞬、いつのことかといぶかった。

「殺された男の手の古傷のことだ」

「それですかい」

福之助がうつむき、思慮深げな表情になる。この顔だけを目にしていると、とてもめぐりのいいおつむをしているように思える。

顎《あご》をあげ、すっと官兵衛を見る。聡明そうな瞳に、明るい太陽が小さく映りこんでいた。

「あれは刃物でやられたような傷に見えましたねえ」

「ああ、小さなものだった」

「旦那は、もう見当がついているんじゃありませんかい」

官兵衛はにっと笑った。

「どうだかな。おめえの考えをいってみろ」

福之助が舌先で唇をなめた。女のように赤い色をしており、官兵衛はぎょっとなった。
「へい、でしたら――」

「どうかしましたかい」

「いや、なんでもねえ。はやくしゃべんな」

「あっしは、あれは誰かに刺されたとかじゃなく、刃物をつかう職についていたのではないか、とにらんでいるんですけど、いかがですかい」

「うむ、いい筋だな」

「やっぱり旦那もそう考えていたんですね」

「まあな」

「それで、どこを調べますかい」

「三人組はなぶり殺しにした男女を荷車から捨てて、さっさと道を戻っていった。だったら、俺たちの取るべき手立ては一つだ」

福之助が深くうなずく。

「三人の男が逃げていった方角に向かうということですね」

「向かうだけじゃ駄目だな。虱潰《しらみ》しにきいてゆくんだ。三人組はきっと、木戸の閉まる前にねぐらに戻っていったんだろう。しかも、そんな時分に空の大八車を引いてだ。見た者は必ずいる」

官兵衛は福之助をうながし、日本橋のほうに向かって歩きはじめた。

自身番や木戸番が商売している店に入り、話をきいてゆく。

三つ目の木戸番の店に足を踏み入れ、官兵衛が話をきいていると、福之助が店の売り物をしげしげと見ていた。

棚には駄菓子が一杯に並んでいる。麦こがし、かりんとう、鉄砲玉、豆餅、塩煎餅など、一文で売られているものばかりだ。

いかにも子供が喜びそうだが、官兵衛自身、駄菓子は嫌いではなかった。なつかしい気持ちもある。子がいれば一つ二つ買ってゆくのだろうが、となんとなく思った。

ここでも三人組に関して収穫はなく、官兵衛は立ち去ろうとした。

福之助が駄菓子に視線を当てたまま離れがたい様子だったので、どうした、と声をかけた。

「まさか一文菓子を食べたことがねえんじゃあるめえな」

「ええ、ありません」

なに、と官兵衛は驚いた。木戸番の初老の男も目をみはり、こんな生き物がこの世にいるなんて、という顔つきで福之助を見た。

官兵衛は適当に駄菓子を十ばかり包んでもらった。代はいりませんよ、というところを、そういうわけにはいかねえ、と木戸番の男にときを割《さ》いてもらった礼をこめて、二十文を支払った。恐縮して腰を折る木戸番に、じゃあまたな、と官兵衛は陽射しの下に出た。

「福之助、品川に駄菓子を売っている店はねえのか」

うしろを振り向いていった。

「あると思います。いえ、あります」

「買ったことがねえんだな。かあちゃんに禁じられていたのか」

「はあ、まあ」

官兵衛は顎をなでさすった。

きっと、なかになにが入っているか、なにでつくられているか、よくわからないようないやしいものを食べてはいけないよ、くらいはいわれたのではないだろうか。

駄菓子の駄は駄馬の意といわれている。駄馬は荷物だけを運ぶので、人を乗せる馬よりも低く見られている。福之助のような男が母親から、そういうものはおまえの口に合わないよ、といわれたところで、決して不思議はない。

しかし、いったいこいつはどんな育ち方をしたんだろうな。

官兵衛のなかで疑問はふくらみ、破裂寸前の餅のようになっている。

「菓子は嫌いじゃねえんだな」

福之助にただす。

「へい、もちろんで」

福之助が元気のいい声で答える。

「大の好物ですよ」

目は、官兵衛の手にしている紙袋を追っている。餌《えさ》を目の前にした犬のように、今にもよだれを垂《た》らしそうだ。

この顔を見ている限りじゃあ、あまり育ちがよさそうには見えねえんだがな。

「今までどんなのを食べてきたんだ」

「さいですねえ」

福之助がどら焼き、最中《もなか》、五箇棒《ごかぼう》、蒸し羊羹《ようかん》、雷《かみなり》おこしなどをあげた。

「ほかにも代田屋《だいた》という店の白雪《しらゆき》もおいしいですねえ」

「白雪ってのは知らねえが、ほかはすべて駄菓子と呼べる代物じゃねえな。上菓子の類《たぐい》だ。そんなものばかりを食べていたら、一文菓子を食ったことがねえのも道理だな」

官兵衛はすいと路地に入りこんだ。木陰ができているところで足をとめる。商家の高い塀が連なっている。木陰は庭の大木が枝を張りだしてつくっているものだ。塀の上のほうを毛虫が這っていた。

「ここでよかろう」

官兵衛は紙袋をひらき、駄菓子を福之助に見せた。

福之助が幼子のように目を輝かせる。紙袋に入っているのは、麦こがし、豆餅、かりんとう、塩煎餅、鉄砲玉がそれぞれ二つずつだ。

かりんとうはもっと買っておけばよかったかな、と官兵衛は少し後悔した。

「ほしいものをつまみな」

目を輝かせつつ福之助は迷っている。

「なんでもいいんですかい」

「なんなら全部、食べてもいいぞ」

「いえ、そんなにはけっこうですよ。――でしたら、これを」

福之助が麦こがしを選んだ。

「旦那はなにをいただくんですかい」

「俺はこいつだ」

かりんとうを手にした。

二人で食べた。かりんとうはもともと京菓子らしいが、江戸に伝わって、ずっとあっさりとした味になったときいたことがある。

ほのかな甘みが口中に広がってゆく。かりかり、という音が立つが、これがかりんとうの名の由来になったともいわれている。

最近では先ほどの木戸番のように店で売っているところも多くなったが、振り売りの商いを続けている者も少なくない。花林糖と書いた大きな提灯を提げたかりんとう売りを、今もよく見かける。

「どうだ」

官兵衛は感想を求めた。

「おいしいですねえ」

言葉だけはそういった。

「嘘が下手だな」

官兵衛はにこやかに笑った。

「口に合わねえか。いいものばっかり食ってきたから、しようがねえよ」

「さいですかねえ」

福之助は無念そうだ。

「期待が大きかった分、たいしたことがなかったというのはよくあることだ」

残りは官兵衛が平らげた。あっという間に紙袋は空になった。

「よし、行くか」

官兵衛は福之助とともに路地を出た。

福之助は浮かない顔をしている。

「ずっと夢見ていたんですよ。手習所の帰りなんかに友垣が駄菓子屋に寄ってゆくのを、指をくわえて見ているだけだったんですから。弾けそうな笑顔を目《ま》の当たりにして、どんなにおいしいんだろうって、胸をふくらませていたんです」

「そうか、そいつはやはり期待が大きすぎたんだろうな」

「さいですかねえ」

「そうさ。駄菓子より上菓子のほうがうまいに決まっているしな。俺は小さい頃、大人たちの食べている上菓子を食いたくてたまらなかった」

「実際に食してみて、どうだったんですかい」

「うまかったな。食べたのは蒸し羊羹だったんだが、この世にこんなに甘くてやわらかいものがあるなんて、信じられなかった」

「そんなにおいしかったんですかい」

「育ちがいいってのも考えものってことだな」

二人は自身番や木戸番めぐりを続けた。

不意に見覚えのない道があらわれ、官兵衛は心の臓がきゅんとした。

「沢宮の旦那」

そんなとき声をかけてきた女がいた。少し肌に疲れが見えるが、仕草のなまめかしさや色っぽさは隠しようがない。目がくりっとして、鼻筋が通り、なかなかの美形だ。

「なにをぼんやりされているんです」

「おう、おみえじゃねえか」

官兵衛は手をあげて応えた。

「商売繁盛か」

「そうでもないんですよ」

おみえが手を伸ばし、官兵衛の腕をきゅっとつねった。

「痛えな。なにをするんだ」

「ずいぶんとお見限りじゃありませんか。旦那がいらしてくれないから、閑古鳥《かんこどり》が鳴き放題ですよ」

「俺などいないほうが、他の客の居心地がいいんじゃねえか」

「そんなことありませんよ。なじみのお客さんたちも、沢宮の旦那と一緒に飲むのが大好きなんですから。最近お顔を見ない、どうしているのかなあって、それはそれは寂《さび》しがっていますよ」

「行けねえのは仕事が忙しいだけだ」

「男の人のいいわけは、そればっかりですね。次はいついらしてくれるんですか」

「今度の非番の前の日に行こう」

官兵衛は即答した。

「本当ですか。わあ、楽しみ」

おみえが両手を合わせて小躍りする。そんな姿にも色っぽさがある。

福之助が弾むように揺れる胸を見つめていた。

「おい、なにを見ているんだ」

「えっ、なにも」

しまったという顔で福之助がしらを切る。目が泳いでいた。

「そんなことはねえだろう。じっとおみえのここを見ていたじゃねえか」

官兵衛は自分の胸を叩いた。福之助が真《ま》っ赤《か》になる。

「あら、かわいい」

おみえがうれしそうに福之助を見た。今にも抱き締めたそうな顔をしている。

おみえがこういう表情をするのがわかっていたから、官兵衛はあえて胸のことを指摘してみせたのだ。もともとおみえは若い男が大好きなのである。

「こちらは」

おみえにきかれ、官兵衛は説明した。

おみえがにこにこする。

「福之助さん、おいくつなの」

福之助がおずおずと答える。

「へえ、十八。もっと若いのかって思っちゃった」

「すみません」

「あら、謝ることなんか、ないのよ。あたし、みえっていうの。この近くでお店をしているから、沢宮の旦那と一緒に来てね。とびっきりのおもてなしをさせてもらうから。沢宮の旦那がお邪魔なら、もちろん一人でもいいわよ」

この近くなのか、と官兵衛は光明を見た思いだった。

「あの、店っていうとなにを」

「煮売り酒屋だ。此花《このはな》という店でな」

官兵衛は福之助に伝えた。

「小上がりが二つあるだけの小さな店だが、肴《さかな》やつまみの味はいい。酒もいいものばかり選んで置いてある。こんなきれいな女将《おかみ》もいるし、飲むなら最高の店だ」

「へえ、行ってみたいですねえ」

「じゃあ、今度の非番の前の日、一緒に行くか」

「よろしいんですかい」

「ああ、おめえがいいんなら、俺に異存ねえよ」

「沢宮の旦那、ずいぶん持ちあげてくださいましたね。嘘でもうれしい」

「本心さ」

おみえが微笑した。商売っ気が感じられず、素のままの顔が垣間見える。官兵衛の言葉に心の底から喜んでいた。

「本当にいらしてくださいよ。お待ちしていますから」

おみえがまた官兵衛の腕をつねった。今度は痛くなかった。

「貫太《かんた》は元気か」

「元気すぎて困っているくらいです」

「そいつはよかった」

「すべて沢宮の旦那のおかげです」

「そんなことはないさ」

「ありますとも」

おみえが強くいって官兵衛を見つめる。濡れたような瞳だ。

「では、これにて失礼いたします」

深く一礼したおみえが、しなをつくって去ってゆく。

「きれいな人ですねえ」

いつまでも見送っていた福之助が目を潤《うる》ませるようにしていった。

「おみえさんとは、どういう知り合いなんです」

「おめえはそいつをよくきくな。そんなに気になるのか」

「へい、なります」

福之助が躊躇《ちゅうちょ》なく答える。それが官兵衛は気に入った。

「ならば教えよう」

官兵衛は静かな口調で語った。

「へえ、火事場からおみえさんの子を救いだしたんですかい。すごいですねえ」

「たまたまだ」

官兵衛は謙遜《けんそん》でなくいった。

「おみえさん、お子さんがいるんですねえ」

「残念か」

「ええ、少し。でも眉を剃っていなかったですねえ。旦那はどうしているんですかい」

「それも合わせて話そう」

五年ばかり前のことだ。非番の日、官兵衛はのんびりと町を歩いていた。そこにいきなり、火事だあっ、という声がきこえてきたのである。まだ半鐘も打ち鳴らされていなかった。

官兵衛は、ほんの半町ばかり先から白い煙があがっているのを見た。木が焼ける、きな臭さが鼻をつく。走った。だが、立ちのぼる煙以外なかなか見えてこなかった。

自分の足の遅さを呪いたくなるほどだった。

すぐに半鐘が鳴らされはじめた。連打されている。あまりに近いために、耳が痛くなりそうだ。

ようやく火元の家に着き、官兵衛は見あげた。

燃えているのは二階建ての一軒家だった。火が二階の窓から生き物のように身を躍らせ、炎の舌が屋根にかかろうとしていた。一階に炎らしいものは見当たらず、二階だけが燃えはじめていた。

だが、二階の炎の激しさからして、建物全体がいつ崩れ落ちるか、わかったものではなかった。炎が巻きあげる風の音だけでなく、すでに建物自体がぎしぎしときしんでいた。

その音を切り裂くように、女の悲鳴がきこえてきた。そちらに目をやると、女は貫太が、と二階を指さして泣いていた。身もだえして、今にも家のなかに飛びこもうとしているのを、近所の者に羽交《はが》い締めにされ、とめられていた。

官兵衛は見捨てておけなかった。足早に近づいた。女の顔を見つめる。

「俺にまかせておけ。――家のどこに階段はある」

さすがに、なにも知らずに家のなかに走りこんでゆくわけにいかない。

この家をよく訪れているらしい近所の者が、教えてくれた。

「うちの人も一緒なんです」

女が涙まじりにいう。

「ここで待っていろ」

官兵衛は女にいうや地を蹴り、入口から家に飛びこんだ。官兵衛を敵と見なしたかのようにすばやく煙が巻きついてきた。官兵衛は姿勢を低くした。右手に向かう。階段を見つけ、駆けあがった。

二階は燃え盛っていた。踊りはねる炎が、目につくものすべてをするりと飲みこんでゆく。

汗がどっと出てきた。

二階に部屋は二つあった。階段に近いほうには、誰もいなかった。畳が焦《こ》げはじめ、薄い煙をあげていた。柱に火が巻きついていた。天井に届いた炎が、出口を探すように無数の腕を伸ばしていた。

どこだ。

炎にあぶられつつ、官兵衛は進んだ。襖《ふすま》はとうに燃え尽きていた。

下手すると、本当に死ぬな。

だが、貫太という子を見つけずに外に出る気など微塵《みじん》もなかった。

奥の部屋に入った。いきなり炎が波のようになって下から近づいてきた。官兵衛はそれをかわした。着物に火がつきはじめている。上から次々に火の粉が降ってきた。頭も燃えはじめていた。髪が焦げるいやなにおいがした。

本当に死ぬぞ。

官兵衛は炎にかまわず足をだした。どうせ死ぬのなら、逃げるのではなく、進んだほうがいい。

もう目の前どころか、まわりがすべて真っ赤だった。それでも前に向かった。

男が倒れていた。ぶすぶすと着物から煙が出ており、体中にやけどを負っていた。もう死んでいた。これが女の亭主だろう。

近くから赤子の泣き声がかすかにきこえてきた。どこだ、と探すまでもなかった。死んだ男の体の下だ。すまぬな、と声をかけてから男をどけると、小さな布団が出てきた。そのなかに赤子がくるまっていた。

赤子が無事であるのを確認して、官兵衛は外に向かって走りだした。しかし、炎と煙が渦巻いて、もはや外がどこなのか、さっぱりわからなかった。階段のほうに戻ろうにも、視界がまったくきかなかった。

ここは勘に頼るしかなかった。こっちだと思うほうとは逆を選んで突進した。

それは決して正解ではなかった。だが、炎にあぶられて弱くなっていた壁を突き破ることができた。しかも、下は五間ほどの幅がある川だった。深さもそこそこあった。

どぶんと音がし、白い泡が顔のまわりにあふれたときには、恐怖に襲われたが、それは一瞬にすぎなかった。助かったとの思いが全身に満ちた。あとは赤子に水を飲ませないことに心を傾けるだけだった。

「その後、町の人に助けられたんですね」

話をきき終えて、福之助がたずねる。

「ほとんど自力で陸《おか》に這いあがることになったがな」

「えっ、どうしてですかい」

「俺が川に飛びこんだことに、気づいた者がいなかったからだ」

「へえ、そうだったんですかい。それはお気の毒でした」

福之助が火事の原因をきく。

「亭主の煙草だ。酒を食らって煙草を吸い、寝てしまったようだ」

「よくあるやつですね」

「ああ、ありすぎるほどだ」

亭主は腕のよい庭師だった。いい得意先をいくつも持ち、稼ぎもよかった。だが焼死してしまったことで、おみえはたつきを求めなければならなくなった。それで選んだのが、煮売り酒屋だった。おみえが、包丁が大の得意という理由もあった。

「でも旦那、どうしてこっちだと思うほうとは逆を選んだんですかい」

家の壁を突き破ったときだ。

「そのほうがうまくいくときが多いからだ」

「ふーん、妙なことをしますねえ」

福之助は納得がいかないという表情をしている。

それを無視するように官兵衛は道を進みはじめた。見覚えのある風景が舞い戻ってきてほっとした。

「それにしても旦那、女医者の綾乃さんをはじめとして、女の人にもてもてですねえ。秘訣はなんなんですかい」

「秘訣なんてねえよ」

官兵衛はぶっきらぼうにいった。

「まるで女の人に興味がないような口ぶりですよ」

福之助がうしろから官兵衛の顔をのぞきこむようにしてきた。

「もしかして旦那は、こっちのほうなんですかい」

まじめな表情できく。

「馬鹿をいうな。てめえじゃあるまいし」

福之助があわてて手を振る。

「あっしはちがいますよ。本当にその気《け》はないんですから」

どうだかな、と官兵衛はいった。

「自分で気づいていないだけじゃねえのか。おめえには雰囲気があるぜ」

「雰囲気ですかい。そいつは気づかなかったですねえ。でも旦那、自分でおのれの性癖に気づかないって、そんなことってあるんですかい」

「あるさ」

官兵衛は断じた。

「そういう者が巣くっている店に連れていってやろうか」

「いえ、けっこうです」

「おもしろいらしいがな」

「旦那は行ったこと、ないんですかい」

「ああ。興味がないんでな」

官兵衛は体を半分傾けて、福之助を見つめた。

「あの手の男ってのは、その気がある男をすぐに見抜いて、近づいてくるらしいぜ」

「あっしに近づいてくるんですかね」

「あり得そうだな」

「旦那には近づいてくることはないんですかい」

むっ、と官兵衛は言葉に詰まった。

「あるんですね。だったら、その説も当てにならないってことになりますよ。それとも、旦那はもしかしたら自分でもその気があることに、気づいていないんじゃないんですかい」

「うるせえ」

官兵衛は一喝した。福之助が、ひっと喉を鳴らし、背筋を伸ばす。

官兵衛はすぐに微笑んだ。

「冗談だ。そんなにびっくりすることはねえ」

「怒っていないんですかい」

「当たり前だ。ちっと驚かしただけだ」

「ああ、よかった」

二人はさらに調べを続行した。

大八車の三人について手がかりは得られなかったが、やがて長屋に戻ってこない錺《かざり》職人が一人いることが判明した。これは自身番に親方から届けが出ていた。錺職人の姿が見えなくなってから、すでに十日ほどが経過していた。

消えたこの錺職人がひどく痛めつけられて殺された男であることは、十分すぎるほどに考えられた。

官兵衛たちはさっそく親方のもとに向かった。

親方は謹蔵《きんぞう》といい、力士のようにでっぷりとした男だった。体つきだけ見ると、器用そうにはとても思えなかったが、ほっそりとした指は、しなやかな動きをしそうだ。

顔は若く、まだそんなに歳はいっていないのがわかったが、苦労が絶えないのか、頭は白髪がほとんどで、黒いものはちらほらとわずかに見えている程度だ。額に刻まれた一本のしわも、峡谷のように深かった。

仕事場には全部で四人の男がいた。道具がところせましと置かれている。散らかってはおらず、ちゃんと整頓されていた。職人たちは背を丸めて仕事をしていた。いずれも戦いを挑んでいるような真剣な顔だ。町方役人の官兵衛を気にしている様子は一切なかった。

行方知れずになっている錺職人の名は、栗吉《くりきち》とのことだ。歳は二十六。

官兵衛は人相書を見せた。

「似ていますね」

謹蔵が眉根を寄せながら、うなずいた。

「栗吉だと思います」

そうかい、といって官兵衛は謹蔵を見つめた。

「この人相書の男がまだ栗吉と決まったわけじゃあねえが、この男は死んだぞ。殺されたんだ」

「ええっ」

謹蔵が絶句する。呆然として、なにかを探すように目をきょろきょろさせた。

「誰に殺されたんです。いったいどうしてそんなことに」

胸につかえていたものを一気に吐きだすようにいった。

「俺たちは、それを解き明かしたいと思っている。栗吉について話をきかせてくれるか」

「はい、もちろんです」

いいきったが、しばらく謹蔵はなにも話しださなかった。

官兵衛たちは仕事場を離れ、次の間に案内された。

官兵衛たちが落ち着いたのは六畳間で、掃除の行き届いたきれいな座敷だった。

謹蔵の女房が茶を持ってきてくれた。なかなかの美形だった。

福之助が見とれている。その顔を見る限り、女が好きというのに嘘はないようだ。

官兵衛は湯飲みを取りあげ、静かに茶を喫《きっ》した。

「うまい。いい茶だな」

謹蔵も茶を飲んだ。肩から力が抜け、しゃべりやすそうな顔つきになった。

「栗吉ですが、仕事熱心とはとてもいいがたかったですね」

「そうか。おぬしは見放していたのか」

「逆です。忙しいときには、頼りにしていました」

「どういうことだ」

「腕はかなりのものでした。しかも仕事がはやかったんです。あれでまじめな性格なら、相当の職人になれたはずです」

「しかしまじめではなかったということか」

「はい」

いかにも残念そうにいった。

「栗吉は住みこみか」

いいえ、と謹蔵がかぶりを振る。

「近くの表店《おもてだな》に住んでいました」

「ほう、表店にな」

「ええ、あっしが使いをやると、いやいややってきて、ここで仕事をするだけでしたね。しかし、いい仕事をしていましたよ」

「たっぷりと給金をやっていたのか」

「そこそこといったところです。でも表店に住めるほどのものはやっていません」

「栗吉は金まわりはよかったのか」

「ええ、そんな様子に見えました」

栗吉が裏でなにか悪さをしていたのは、まずまちがいなかろう。

そう判断して官兵衛は人相書に目を落とした。栗吉は苦み走ったいい男だ。女と一緒に殺されてもいる。

「栗吉は女にもてたか」

「ええ」

苦い顔で謹蔵が答える。

「どうした。心当たりがあるのか」

いいにくそうだ。官兵衛はぴんときた。

「女房か」

小声できいた。

「ええ」

顎をかすかに動かした。

「女房と栗吉のあいだになにかあったというわけじゃないんですけど、栗吉にやさしくされたことがあって、女房のやつ、ずいぶんと栗吉に気をかけていたようなんです。栗吉がこのところ見えないってんで、届けをだすようにいったのも女房ですよ」

もしや、と官兵衛は思った。栗吉は一緒に殺された女と密通をして、命を縮《ちぢ》めたのか。あのむごい殺しようが密通の果てというのはあり得ないことではない。

栗吉の出身は信州とのことだ。謹蔵のところで働きはじめたのも、表店に入ったのも、口入屋の周旋だった。

口入屋は飯田屋《いいだや》といい、こちらも主人は信州の出ということだ。

といっても、同じ村ではなく、近在のようだ。

謹蔵に、栗吉と親しくしていた女を知らないかきいた。

「あっしは存じません。女房くらいですよ」

らしくない皮肉な笑みを浮かべて謹蔵が答える。

「では、栗吉の友垣や親しくつき合っていた者を知っているか」

「あっしにはよくわからないので」

そう断って、謹蔵は一人の職人を座敷に連れてきた。

若い職人だった。目に鋭さがあるが、それは心のまっすぐなのをあらわしている感じがした。いい職人に育つのではないか。そんな気がした。

「栗吉さんは、弥助《やすけ》さんという人と仲がよかったんです」

「何者だい」

「弥助さんは下駄屋で働いている職人です」

栗吉と同じ村の出だという。

「親方が休みをくれた日に、二度ばかり弥助さんをまじえて飲んだことがあるんです。そのとき、そんな話をききました」

官兵衛は謹蔵のもとを辞し、まずは栗吉の住んでいた長屋に向かった。だいぶ日が傾いたが、梅雨の頃の太陽のことで、まだまだ空からおりようという気配はない。うしろを汗をふきふき福之助がついてくる。慣れない仕事のはずなのに、よくやっている。岡っ引になりたかったというのは本当だろう。こういう仕事が性に合っているのだ。

栗吉の住んでいたのは四畳半一間の店《たな》だったが、日当たりはよく、家賃はかなり高そうだった。

大家に店のなかを見せてもらったが、見事なほどに荷物はなかった。手がかりとなりそうなものもむろんなかった。

「最後に栗吉をこの長屋で見かけたのはいつだ」

官兵衛は大家にただした。

「はて、十日ばかり前でしょうか」

「そんなに前なのに、届けをださなかったのか」

「お言葉を返すようですけど、栗吉さん、なにしろあちらのほうがお盛んでしたからねえ。十日くらい家をあけるなんて、珍しくもなんともなかったんですよ」

それでも、女をここに連れこむことはありませんでした、と大家は断言した。

「ときおり寝に帰るだけでしたよ。まるでよそに家があるような感じでしたね」

栗吉の友垣や親しくしていた女は知らない、と大家がいうので、官兵衛はそこで切りあげた。

福之助とともに、弥助という男が働いているという下駄屋に行った。

店は川端屋《かわばた》といった。下駄だけをもっぱらに扱っている店としてはかなりの大店《おおだな》といえた。これなら職人を多数抱えていても不思議はなかった。

しかし、川端屋に弥助はいなかった。栗吉と同様、行方知れずになっていた。

こいつはどういうことだい。

官兵衛は黙考した。

だが、答えは出てこなかった。

横で福之助が心配そうにしている。

「大丈夫だ、案ずるな」

官兵衛は、指で福之助の鼻の頭を弾《はじ》いた。痛い、と福之助が顔をしかめる。

「すまなかったな。もうやらねえ」

しかし、福之助がいるだけで明るい気分になれたのは事実だ。

官兵衛は福之助をしげしげと見た。

いまだに何者か知れねえが、拾い物なのかもな。

第三章　金貸し殺し

一

豆をばらまいているような音が、頭上からきこえてきた。

眠りの海をたゆたいながら、官兵衛は軽く寝返りを打った。

薄目をあける。

部屋はまだ暗い。闇が大きく腕を広げ、覆《おお》いかぶさってきている。

顔の向きを変え、腰高障子《こしだかしょうじ》のほうへと視線を投げる。

腰高障子の向こう側は、廊下をはさんで雨戸だ。無数にあいた節穴《ふしあな》から、光の筋は一条も入りこんでいなかった。

ふむ、まだ夜明け前か。

官兵衛は目を閉じた。眠りは足りており、もうこれ以上寝ているつもりはなかったが、こうしていると、とても楽だ。すっと力が抜け、体がゆるんでゆく。

官兵衛は布団の上に大の字になった。

その気分を不意に打ち破ったのは、大きくなった雨音だ。夕立を思わせる大粒の雨のようだ。

これまでろくに雨がなかったが、やっと梅雨《つゆ》らしくなってきたのか。

もっとも、こういう夕立のような雨は、梅雨の終わり頃によく降る。となると、もうじき梅雨明けと考えていいのだろうか。

暑いのは好きだから、幼い頃から夏は歓迎だ。雑巾《ぞうきん》をしぼるように汗をだらだらと流すのは、たまらなく気持ちいい。

しかしここ一、二年、どうも陽射しがまぶしく感じられてならない。

若い頃はそんなことは決してなかった。

つまりは、歳を取ったということか。それとも、澱《おり》のように長年の疲れがたまってきているのか。

十二の歳で見習として町奉行所に出仕し、今年で十三年になる。もっと長く奉公している人はいくらでもいるから、この程度で疲れたなどといってはいけないのだろうが、ちょうど官兵衛ほどの年齢で疲労が出てくるものかもしれない。

龕灯《がんどう》を当てられたかのように、部屋がいきなり明るくなった。なんだ、と思う間もなく、大岩を真っ二つにしたかのような鋭い音がとどろいた。同時に、かすかに揺れを感じた。

近いな。

上体を起こした官兵衛は薄い肌がけを取り、立ちあがった。腰高障子をあけて廊下に出、穴だらけの雨戸をあけようとした。だが、建て付けが悪く、うまくいかない。官兵衛は雨戸を持つ手に力をこめた。稲妻《いなずま》が暗い空を走り抜け、雷が鳴った。その途端に雨戸が動いた。またも軽い地響きが伝わってきた。

雨まじりの風が吹きこんできた。官兵衛はあわてて雨戸を半分、閉めた。隙間から顔をのぞかせる。

雲が一杯に覆い尽くした空を、数瞬ごとに光が切り裂く。まさに雷は怖《こわ》いもの知らずの様相で、縦横無尽に暴れまわっていた。空に閃光が走るや、大龍が地面に突っこんだかのような音が響き、大鉈《なた》が振るわれたように地が振動する。

雷獣か。まったくよくいったものよな。

雷が落ちたところでは人が死んだり、大木が引き裂かれたりする。それは、雷獣という生き物が地上におりてくるからだ、というのである。

また光が闇に躍り、舞った。間髪いれず、雷鳴がとどろく。大提灯《ちょうちん》が百も灯されたような明るさに、庭がくっきりと見えた。雨の幕が次から次へと、さあと斜めに引かれてゆく。その幕は途切れることがなかった。

大粒の雨は庭をこれでもかとばかりに叩いている。飯炊きばあさんのおたかが手塩にかけて育てている木々や草花が頭をじっと下げて、必死に耐えていた。その姿には、けなげさと力強さがあった。

見習わなければな。

そんなことを思って、官兵衛は東の空を眺めた。暗い雲がどんよりと覆って、太陽が顔をのぞかせる隙間などどこにもないが、灯りがじんわりとにじみだすようにかすかに明るくなってきている。

また雷が落ちた。これは今までよりやや遠かったが、同時に官兵衛の耳は叫び声のようなものをとらえた。

むっ――。

しばらく、声がしたと思える方角を見つめていた。

だが、なにもきこえてはこなかった。

空耳か。

もっとも、叫び声といっても、人の声とは思えなかった。木の裂ける音だったのか。あるいは、雷獣が地に降り立った瞬間、咆哮《ほうこう》したのかもしれない。

官兵衛は首をひねった。なんとなくいやなものが、薬の後味のように苦く残る。胸騒ぎといったほうがはやいか。

まさか、人がやられちまったわけではあるまいな。

八丁堀の上空に居座っていた雷は、いつしか北の空へと遠ざかりはじめている。厚い雲も動きだしていた。

それにつれて、雨も小降りになってきた。打たれ続けていた木々や草花は、ほっと息をついたように見えた。

官兵衛は背伸びをし、もう一度、叫び声のしたほうに目をやった。やはりなにもきこえてこない。

なにもなかったことを、今は祈るしかねえな。

官兵衛は雨戸に手をかけた。どういう拍子か、今度はすんなりと動いた。

雷がいなくなって、機嫌がよくなりやがったか。

官兵衛は自室に戻り、布団をたたんで隅に押しやった。

飯が口のなかにある。まだ咀嚼《そしやく》しきれていない。下手をすると、噴きだしてしまいそうな怖さがあった。

官兵衛は泥をはねあげて走りながら、口をもぐもぐと動かした。

「大丈夫ですかい」

先導する福之助が振り返った。はねで顔が真っ黒になりつつある。目だけがぎらぎらと光を帯びている。気がかりの色が瞳にある。

「らいじょうぶら」

官兵衛は口をもごもごさせながら答えた。ようやく飯の咀嚼を終えた。ごくり、と喉《のど》を通り抜けてゆく。

ふう、と息をついた。できれば、茶を一服、喫《きつ》したかった。

今日も暑い。明け方の強い雨が嘘だったように、太陽は猛烈な熱を発散し続けている。

雲は空のどこにも見当たらず、かけらすら一片たりとも浮いていなかった。太陽の勢いに這々《ほうほう》の体《てい》で逃げだしたようにしか見えない。果てしない蒼穹《そうきゆう》がひたすら江戸の町を覆い尽くしている。雨が降った証《あかし》は、ひどくぬかるんだ道に数え切れないほどできた水たまりだけである。

「旦那、いったいなにを食べていたんですかい」

また振り向いた福之助が、不思議そうにきいてきた。

「朝飯だ」

「そいつはわかっています」

福之助が前に向き直った。

「あっしがきいているのは、おかずですよ」

「おかずなんて、ろくにねえさ」

「でも、おたかばあさんがつくってくれるんじゃないんですかい」

「おい、福之助。おたかのことを呼ぶのに、ばあさんはつけねえほうがいいぞ。あのばあさん、そう呼ぶことを許しているのは俺だけだ」

「へえ、さすがに旦那ですねえ」

官兵衛は、前を行く華奢《きゃしゃ》な背中をにらみつけた。視線を感じ取ったのか、福之助が顔を向けてきた。

「福之助、なにがいいてえんだ」

「旦那、とうにわかっているんじゃないんですかい」

「あんなばあさんにも、俺はもてるといいてえんだな」

「実際にそうみたいですからね」

「福之助、おめえもだいぶいうようになってきたじゃねえか」

「旦那に鍛《きた》えられましたから」

福之助がしらっといった。

それに、と官兵衛は思った。この野郎、八丁堀の組屋敷からずっと走り続けているが、ろくに息を切らしていない。

ほんの数日で、すばらしい成長を見せている。

考えてみると、八太のことを思いだすのも少なくなっている。まだまだ八太の代わりとまではいかないが、中間《ちゅうげん》としてかなりさまになってきたのだろう。

「それより旦那、おたかばあさん、ではなくて、おたかさんのことですよ。ご飯はおいしいいんじゃないんですかい」

「馬鹿をいうんじゃねえ」

官兵衛は一蹴した。

「ひでえもんだ。俺がここまで飯を嚙んでいたのも、乾《ほ》し飯《いい》みたいな炊き方をされたからだ」

「ほしいい、ってなんですかい」

「なんだ、知らねえのか。米を蒸して、よく乾かした飯のことだ」

「蒸して干した飯を、そのまま食べるんですかい」

「ちがう。湯や水に浸し、戻してから食べるんだ」

「うまいんですかい」

「食べたことはねえが、さしてうまくはなかろうな」

「さいでしょうねえ。でも、なんのために乾し飯なんてものがあるんですかい」

「昔は旅人が持っていったらしい。乾かすと、保存がきくようになるんだ」

「へえ。保存ですかい。すると、飢饉《ききん》の備《そな》えにもなるってことですねえ」

「そうだ。それに、戦国の昔、軍勢はこれを食って戦場を動きまわり、戦ったようだぞ」

「へえ、役に立つ食べ物なんですねえ。昔の人の知恵はすごいものですねえ」

まったくだな、と官兵衛は同意した。

「おめえのようないい育ちの者が乾し飯を食することは、まずねえだろうが。――というわけで、おめえが呼びに来たとき食っていた飯を、俺はさっきようやく食べ終えたってわけだ」

「それにしても、そんなまずい飯を炊くおたかさんを、旦那はどうして雇っているんですかい。やっぱり情があるんですかい」

「あるかっ」

官兵衛は一喝した。福之助が首をすくめる。

官兵衛はわけを話した。

「そうだったんですかい。道場主に頼まれて」

「そういうことだ。福之助、よくいっておくが、いいか、おたかの刀剣の術はすげえからな、決して怒らせるんじゃねえぞ。おめえの髷《まげ》を飛ばすなんざ、朝飯前だからな」

福之助がさっと振り向いた。驚きの顔をしている。

「そんなにすごいんですかい」

「ああ。俺なんぞ、足元にも及ばねえ」

「ええっ」

「本当だぞ」

泥をはねあげつつ、福之助が自分の髷に触れる。これをねえ、といかにも信じられないという口調でつぶやいた。

二

「旦那、着きましたぜ」

福之助が張り切った声をあげる。

官兵衛たちがやってきたのは、京橋金六町《きょうばしきんろく》だ。

表通りに面した一軒の家の前に、大勢の者が集まっていた。

それを見て、官兵衛たちは足をゆるめた。

ふう、やっと着いたか。

福之助が前に立って走ってくれて、正直、助かった。

官兵衛は着物を見おろした。もともと黒が中心となっているから、汚れはたいして目立たない。だが雪駄は泥だらけで、これではもう二度と履《は》けないかもしれない。

いや、冗談じゃねえ。そんなもったいねえことができるか。

実際のところ、見ちがえるようにきれいにしてくれる職人には事欠かないのだ。

足のほうは、足袋《たび》が見えないほどに泥がくっついてしまっている。

どのみち、これは雨が降ったあとの宿命で、この町で暮らしている以上、甘んじて受け入れるしかなかった。

官兵衛は、懐にしまってあった手ぬぐいを取りだした。顔や首をふく。あっという間に真っ黒になった。

ちっとはきれいになったかな。

官兵衛は顔を手のひらでなでまわした。手に泥がつくようなことはなかった。しかし、首筋や胸元についた泥が汗と一緒になって、気持ち悪いことこの上ない。

仕方ねえな、今のところはこれでよしとするしかねえ。

官兵衛は福之助を見た。

同じように、手ぬぐいで顔や首筋をふいている。福之助は真っ黒になった手ぬぐいを見て目をむいたが、それを無造作に道ばたに捨てた。

「おい、なにをするんだ」

「なにをするって、なにがですかい」

「これだ」

官兵衛は雑巾のようになって水たまりの脇に落ちている手ぬぐいを指さした。

「捨ててはまずかったですかい」

「もったいなくはねえのか」

「でも、こんなに汚くなったら二度とつかえないですからね」

「しかしな」

「手ぬぐいはいくらでもありますから」

福之助が、新しい手ぬぐいを懐から取りだした。

「旦那、つかいますかい」

そっと差しだしてきた。上質なつくりの手ぬぐいであるのが、一目で知れた。これでふいたらさぞ気持ちよかろう、という誘惑に官兵衛は駆られた。

「いらねえ」

「さいですかい。遠慮はいらないですよ。いくらでもありますから」

「まだ持っているのか」

「ええ、五枚ばかり」

「そんなにあるのか。それも母ちゃんが持たしてくれたのか」

「というより、長屋にたっぷりと置いてあるんですよ」

「そうなのか」

官兵衛は足を踏みだし、こちらに背を向けている町役人らしい一人を呼んだ。

「ああ、これは八丁堀の旦那、ご足労、ありがとうございます」

しわだらけの顔をした町役人がぺこりと頭を下げた。ほかの者たちもそれにならって、辞儀してきた。

「金貸しが殺されたときいたが、まことか」

官兵衛はしわだらけの男にたずねた。

「はい」

「鉦伝屋でまちがいねえのか」

「はい、多分」

「多分――」

「ああ、申しわけないことにございます」

町役人がやせた肩を縮《ちぢ》めて、すまなそうにする。

「なにしろ鉦伝屋さんの顔をまともに見たことがないものですから」

ほかの者たちも、その通りでございます、というような表情になる。

「よし、さっそく仏さんを見せてもらおうか」

しわだらけの男が官兵衛たちを一軒家に案内する。

敷居をまたぐ前に、官兵衛は家の外側をじっと見た。半間ほどの入口に暖簾《のれん》はかかっておらず、かけられるようにもなっていない。看板らしいものも掲げられていなかった。

これで金貸しをやっていたのか。ただの家じゃねえか。これでよく金貸しだっていばっていたものだぜ。

金を借りに来る者たちは、ここが金を貸してくれる店であるのを、犬のように嗅《か》ぎつけることができるのだろう。

だが鉦伝屋は、金貸しをしていることを世間にあまり知られたくなかったんじゃあるまいか。

官兵衛はなんとなくそんな気がした。

顔を頭巾で隠していたのも、そういうことじゃねえのかな。

いや、そんなことはいま考えることじゃねえ。

官兵衛は自らを戒《いまし》めた。

先入主はいけねえ。

「旦那、どうかしましたかい」

きかれて官兵衛は福之助に目をやった。

「ちっと考え事をしていた。たいしたことじゃねえ」

官兵衛たちはなかに足を踏み入れた。暗かった。

土間である。四畳半ほどの広さがあった。足下の土はひんやりとして冷たい。霊気が漂っているようだ。

牢屋を思わせる、がっちりとした格子が組まれている。格子の向こうは畳が敷かれていた。厚みのある座布団が置かれている。

あれに鉦伝屋は座り、客の相手をしていたのか。

「こちらでございます」

町役人が控えめに、格子の向こう側にかかっている奥暖簾を指さした。そこが奥への入口になっているようだ。

ふむ、奥には暖簾をかけているのかい。

「奥へはそちらから入れます」

町役人が教えてくれた。格子の下側に小さな扉がついていた。錠があき、ぶらさがっている。

「その錠だが、おまえさんたちが来たときからあいていたのか」

「はい、さようにございます」

町役人が顎《あご》を引く。

「今朝はやく、お金を返しに来た者が手前どもに知らせてきました。いくら呼んでも鉦伝屋さんが出てこない。格子の錠もあいているし、なにか様子がおかしいと」

「それで入ったら、死骸を見つけたということか。死骸は動かしていないんだな」

「はい、手も触れておりません」

「金を返しに来た者は、まだ残っているんだろうな」

「はい、そちらに」

町役人が背後を指し示す。

やせ細ってひげだらけの男がひっそりと立っていた。貧相な顔つきをしている。貧乏神に取り憑《つ》かれたように見える。これでよく金を返しに来られたものだ。

官兵衛は町役人に向き直った。

「まだ帰すんじゃねえぞ。それから鉦伝屋は名はなんというんだ」

「緊左衛門《きんざえもん》さんといいます」

「そいつは人別帳に記されているのか」

「さようにございます」

「人別帳はあとで見せてもらうことになるな。鉦伝屋は、一人暮らしだったのか」

「さようにございます。飯炊きばあさんが通いで来ていました」

官兵衛は背後に視線を投げた。そこに飯炊きばあさんらしい女はいない。

「おとといから夏風邪を引いてしまい、臥《ふ》せったきりでございます」

それでも話をきかなければならない。かわいそうだが、こちらも仕事だ。

「——よし、ここから先は俺たちだけでいい」

「はい、どうぞよろしくお願いいたします」

町役人がていねいに腰を折る。

「行くぞ」

官兵衛は福之助に顎をしゃくった。へい、と福之助が深くうなずいてみせる。

「一枚、貸してくれ」

福之助は勘よく手ぬぐいをすばやく取りだした。

「どうぞ」

「すまねえ」

官兵衛は雪駄と足袋を脱ぎ、足の裏をふいた。しゃがんで入口をくぐる。福之助もついてきた。

官兵衛は奥暖簾を払った。途端に、鉄気《かなけ》くささが鼻をついた。福之助が顔をしかめかけて我慢をする。

どうやら居間のようだ。長四角の木製の火鉢が隅にある。煙管《キセル》が置かれ、煙草の灰で一杯だ。

六畳間のまんなかに男が仰向けに倒れていた。細い両目を一杯にひらき、大の字になっている。

腹をものの見事に二つにされていた。刀でやられた傷だ。いや、傷の小ささからして脇差《わきざし》かもしれない。血が傷口からあふれ、畳を汚していた。

傷からはねたらしい血が壁に飛んでいた。

ちがうだろうか。ここで犯人は血振りしたのか。

どうやらそのようだ。血は点々と壁にしみついている。

いずれにしろ、相当の手練《てだれ》であるのは紛《まぎ》れもない。不意や油断を衝《つ》いたのかもしれないが、鉦伝屋ほどの遣い手を一刀のもとに殺せるのだから。

官兵衛は身震いが出た。

こんなやつとやり合ったら、命がいくつあっても足りねえぜ。

しかし、実際に刀を向け合う日がやってくる気がしてならない。

官兵衛が帯びているのは刃引きの長脇差にすぎない。真剣とは戦う力がちがいすぎる。かなうはずがなかった。

鬢《びん》から出た汗が、虫が伝うように頬に流れてきた。官兵衛は手の甲でぬぐった。手に泥の汚れがついた。

「すごい傷ですね」

福之助は死骸を直視している。

「わかるか」

「ええ。あっしはやっとうはからっきしですけど、この傷のすごさはわかります」

官兵衛は福之助から視線をはずした。

頭巾が鉦伝屋の顔の横にあった。鉦伝屋殺しの犯人がはぎ取り、そこに置いたものか。それとも鉦伝屋が自ら脱いで置いたのか。

格子の錠があいていたことから、鉦伝屋が犯人を招き入れたものだろう。親しい間柄だったのか。

しかし親しい間柄でなくても、なにか重要な用件があり、なかに入れたというのも考えられないではない。

それは犯人をとっつかまえれば、判明することだ。

官兵衛は畳の血を踏まないように注意して、片膝をついた。鉦伝屋の顔を、目をこらして見る。

ふむ、こんな顔をしていたのか。

細い目の下には潰れたような鼻がある。眉毛は抜き取ったように薄い。口は大きく、顎はえらが張っている。頭は薄く、そのせいでちょんまげはかなり小さかった。額には幾筋かのしわが刻まれていた。

官兵衛は、鉦伝屋のがなり声を思いだした。この顔なら、借り手たちの肝っ玉を縮みあがらせるあの声も納得というものだ。

「これで歳はいくつくらいなんですかね」

福之助も鉦伝屋の顔を見ている。

「そうさな、四十をすぎたくらいか。おめえはどう見る」

「あっしもそのくらいだと思います。せいぜい四十五くらいでしょうか」

福之助が身を乗りだした。

「触れるなよ」

「へい、検死医師が来るまではいけないんですね」

「そういうことだ」

福之助が鉦伝屋に目を戻す。

「死んでいるといっても、肌つやは悪くないですね」

「おめえと同じだ。いいものをたらふく食っていたんだろう」

「それにしても、この仏さんは手首が太いですね」

「ああ、剣の鍛錬《たんれん》の証《あかし》だろう」

「この手のひらのたこも、剣に関係しているんですかい」

両手の人さし指の付け根がかたく盛りあがっている。

「剣だこだな。やはり剣の鍛錬の証といっていい」

「金貸しをしながら、鍛錬を欠かさなかったということですかね」

「そういうことだろうな。悪名が高かったから、身を守る必要に迫られていたんだろう」

「あるいは、敵がいたとか」

「なるほど、だから頭巾をして顔を隠していたといいてえわけか」

「へい」

福之助が誇らしげに答える。

「いい子だ」

官兵衛は頭をなでてやった。福之助がうっとりしている。官兵衛を見る目が潤んでいた。

なんだ、こいつ。やっぱりその気があるんじゃねえのか。

官兵衛は手を離した。

福之助が少し残念そうにする。すぐにまじめな顔になった。

「旦那、この仏さん、いつ殺されたんでしょうか」

そうさな、と官兵衛はいった。今朝、雷が落ちたときになにかの叫び声をきいた気がしたのを、思いだした。

まさかあれは鉦伝屋が発した声だったのか。

すぐに、ちがうな、と思い直した。鉦伝屋が殺されたのは、死骸の様子から見て、深夜のことではないか。四つから八つ（午後十時～午前二時）までのあいだだろう。

詳しい調べは検死医師を待たねばならないが、この見立てはまちがっていないという自信がある。

官兵衛はそのことを福之助に告げた。

「さいですかい」

福之助が鉦伝屋を凝視した。どうしてそういう答えを官兵衛が導きだしたのか、知りたがっている。

しかし、こういうのはこれまで積み重ねてきた経験が伝えてくれるものだ。教えてどうこうなるものではない。

官兵衛は次の間に入った。ひどく荒らされていた。大きな簞笥《たんす》の引出しは、すべてあけられている。たくさんの衣服が雑巾のようになってはみだしていた。

鉦伝屋は金をどこにしまっていたのか。

腰高障子をあけて、庭を見た。灯籠が一つ、ぽつんと立っているだけで、草木はほとんどない。地面が見えていた。

庭に蔵はなかった。見えているのは、二間近くありそうな高い土塀だけだ。

官兵衛は簞笥に再び視線を当てた。

鉦伝屋を殺した者は、金目当てだったのか。だが、どうして簞笥をあけているのか。そこに金がしまわれていたのか。

ふつう、金がある者は押し入れや簞笥のなかに隠し戸棚をつくってみたり、縁の下に壺を埋めてみたりする。

官兵衛は簞笥を見、隠し戸棚がないか、調べてみた。なかった。押し入れにも入りこんでみたが、同じだった。

畳をはがし、床下を見た。土が掘り返されたような跡はない。庭もくまなく調べてみたが、そのような跡は見つからなかった。

官兵衛は部屋に戻り、文机《ふづくえ》の上を見た。帳面がある。ひらいてみた。

人の名がずらりと書かれ、その隣に金額が並んでいた。住みかがどこなのかも記されている。横線で消された名は、完済した者のようだ。

「借りている人たちの名寄せですかい」

「ああ」

「手がかりですね」

「さて、そいつはどうかな」

「どうしてですかい」

「おつむをめぐらせてみればわかる」

福之助が眉を寄せ、考えはじめた。

「――そうか、もし鉦伝屋さんを殺したのが金を借りている者だったら、この名寄せは必ず持っていったはずですね」

「そういうこった。簞笥を荒らすこともまずなかっただろう」

「つまり、犯人は別の物が目的だったということですかい。でも、簞笥のなかの物といったら、たいてい着物ですね。確かに、いい着物はいい値がしますけど……」

「人を殺《あや》めるほどのものではない、か。着物ではなく別の物かもしれんし、そいつはこれからの調べでおいおいわかってくるさ」

官兵衛は福之助をうながし、外に出た。

金を返しに来た男に事情をきく。

町役人がいった通りのことが裏づけされたにすぎない。男が鉦伝屋を殺した犯人であるはずがなかった。それだけの腕など、どこにもない。

「しかし、よく金を返しに来たな」

男が悲しげな顔つきになる。さらに貧相になった。

「返しに来ないと、家に来られて怒鳴り立てられるものですから。あれをやられるくらいなら、こちらから返しに来たほうがよっぽどましですよ」

なるほどな、と官兵衛は思った。確かに鉦伝屋の取り立てはすさまじかった。

「あの、これから手前はどうなるのでございましょう」

官兵衛は男を見た。

「借金のことか。死人に返しても仕方あるまい」

「では」

男が愁眉《しゅうび》をひらく。

「ああ、これまで十分に返してきたんじゃねえのか」

「はい。利子だけでとうに元金を上まわっています」

「あまり大きな声じゃいえねえが、それならかまわねえと思うな」

官兵衛は男に、帰っていい、といった。ありがとうございます、とぺこぺこ頭を下げてから男は目の前から消えた。

官兵衛は鉦伝屋のもとに通っていた飯炊きばあさんがどこに住んでいるのか、町役人にただした。

「でしたら、手前がご案内いたします」

「そうか。すまねえな」

しわ深い町役人が先に立ち、歩きだす。

ほんの一町ばかり歩いたにすぎなかった。

「この長屋でございます」

裏店だ。木戸には矢右衛門店《やえもんだな》、と墨書されていた。全部で十四軒の店がせまい路地をはさんで向き合っている。どぶくささが漂い、小便のにおいが鼻をつく。五人ばかりの男の子が路地にしゃがみこんで、やわらかい地面になにかを描いて遊んでいた。

「ちょっと通しておくれ」

町役人がいうと、男の子たちは素直に脇へとどいた。

「いい子だ」

官兵衛がやさしくいうと、いっせいに見あげてきた。町方役人と認めて、びっくりする。一人の男の子が息をのみ、いきなり立ちあがって路地を飛びだしていった。あとの四人が縄でもついているように続く。姿はあっという間に見えなくなった。

「かわいいもんですね」

福之助がいつまでも見送っている。

「まあな。俺を見て逃げちまったな。親たちが、悪いことをしたら八丁堀の旦那に連れていってもらうよ、などというからな。きっとなにかいたずらでもしたんだろう」

福之助、子供は好きか」

「ええ、大好きですよ」

「だったら、自分の子をはやくつくればいい。よその子とはくらべものにならないほど、かわいらしいぞ」

「あっしはまだまだでしょうねえ。この仕事で食えるようになってからですよ。旦那はどうなんですかい」

「俺は当分なかろう」

「こちらでございます」

町役人が一軒の店を示す。

「おきんばあさん、いるかい」

はい、としわがれた声がした。

「団蔵《だんぞう》だよ」

町役人が名乗り、腰高障子を横に滑らせた。

「ああ、これは団蔵さん、いらっしゃいませ」

おきんというばあさんは、すり切れた薄べり畳の上に正座していた。両手をそろえ、深々とこうべを垂れる。

団蔵が土間に足を踏み入れた。

「おきんさん、具合はどうだい」

「今日はだいぶいいんですよ。お気遣い、ありがとうございます。明日になれば、すっかりよくなると思います」

「そいつはよかった。風邪は万病の元というからね、心配していたんだよ」

団蔵が、路地に立つ官兵衛が見えるように体をずらす。

「おきんさん、こちらの八丁堀の旦那が、鉦伝屋さんのことについて、お話をききたいというんだよ」

おきんが目を大きく見ひらいた。おずおずと官兵衛にきく。

「鉦伝屋さん、なにかしでかしたんですか」

官兵衛は団蔵と入れちがって、土間に立った。

「しでかしたわけじゃない。しでかされたんだ」

「えっ、なにをされたんですか」

官兵衛は淡々とした口調で告げた。

「ええっ。そんな」

おきんが絶句する。そのまま心臓がとまってしまうのではないか、と思えるほどの驚き方だ。

「大丈夫か。水を飲むか」

官兵衛が目配せするより前に福之助が動き、横の甕《かめ》から柄杓《ひしゃく》で水を汲んだ。

「どうぞ」

「すみません」

柄杓を手にしたおきんが喉を鳴らして飲む。それで人心地ついたようだ。

「こんなことになるのは、はなからわかっていたんですよ。だから、金貸しみたいなやくざな商売はやめておいたほうがいい、って口を酸《す》っぱくしていっていたんです」

そうだったのか、と官兵衛はいった。

「それで鉦伝屋について、話をききたいんだ。いいか」

「はい、あたしが答えられるものなら、なんでもお答えします」

官兵衛がききだしたのは、鉦伝屋に女はいないということだ。そして、これが最も大事なことだったが、二人の侍が店をうかがっていたことがあるとおきんはいったのである。

「二人の人相を覚えているか」

「あまりいいお着物ではなかったですよ。あれはご勤番のお侍だと思います」

勤番侍か、と官兵衛は思った。

「二人とも、まだ若かったですよ。八丁堀の旦那よりは上だと思いますけど」

年寄りは、かなり歳がいった者でも若いといい気味である。

「三十前くらいか」

「ええ、二人ともそのくらいだったでしょうか」

「なにか顔に特徴はなかったか」

おきんが頬に手を当て、考えこむ。

「覚えていません。体つきは、一人がやや肥えていて、一人はかかしのようにやせていました」

そうか、と官兵衛は相づちを打った。

「ほかにその二人について、覚えていることはないか」

おきんがうつむく。じっと畳を見ている。

官兵衛もつられた。畳の上を、一匹の黒々とした蟻が歩いていた。おきんがつまみ、そっと土間に放した。

「すみません、なにも覚えていません」

「わかった。なにも謝ることはねえ。ありがとう。――鉦伝屋だが、最近、なにか変わった様子がなかったか」

「いえ、ありませんでした。なんでもよく食べましたし、いつも自信満々でした。いつか鼻っ柱を折られるんじゃないかって思っていましたけど、まさか殺されてしまうなんて夢にも……」

官兵衛はおきんのやせた肩を軽く叩いた。

「儲けた金を鉦伝屋がどうしていたか、知っているか」

「両替商に預けていたはずです」

両替商は小倉《こくら》屋といい、すぐ近くにあるとのことだ。

官兵衛は福之助を連れて、さっそく向かった。

小倉屋はあるじを含めて、五人ばかりの店だった。知らせがあり、すでに全員に鉦伝屋の死は伝わっていた。

鉦伝屋から預かっていた金は、およそ五百両にのぼるということだ。いかにも実直そうなあるじの言で、それ以上あるかもしれねえ、とは今のところ考えないことにした。

「その五百両の金はどうなるんだ」

「鉦伝屋さんの身内を探し、返すことになると思います」

「見つからなかったら」

あるじが首をひねる。

「手前どものものにするわけにはまいりませんし、ご公儀にお渡しすることになりましょう」

この言葉に嘘はなさそうだ。この時点で官兵衛は小倉屋の者を探索の外に置くことにした。もっとも、五人とも商人然とした者ばかりで、鉦伝屋を刀で殺せるだけの腕を持ってはいなかった。

その後、京橋金六町の町名主に会った。人別帳を見せてもらう。

鉦伝屋緊左衛門の名は確かにあった。三年前、この町にやってきていた。前に住んでいたのは深川富久町《ふかがわとみひさ》だ。そこから人別をこの町に移している。川向こうだが、必要とあらば、行かなければならない。

「この町にやってくる前も、鉦伝屋は金貸しだったのか」

「はい、そうきいております」

「鉦伝屋の家は借家かな」

「いえ、持ち家でございますよ。三年前、ぽんと前の持ち主から買いました」

「ほう、そいつは豪気だな。いくらで買ったんだ」

「詳しくは知りませんが、おそらく七百両はくだらなかったものと」

「そいつはすげえ」

町名主の家をあとにした官兵衛は福之助とともに、鉦伝屋の近所のききこみを執拗《しつよう》に行った。

その甲斐あって、今朝早く、雨があがった直後、鉦伝屋からあわてて逃げだす二人の侍を見た者が見つかった。塩売りを生業《なりわい》にしている男だった。いつもはもっとはやく家を出るのだが、今朝はひどい雨と雷で、出かけるのを見合わせていたという。

男は行商からさっき帰ってきたばかりで、鉦伝屋の死を知らなかった。官兵衛からきかされ、おきんばあさんに劣らず驚いた。

塩売りによると、二人の侍の一人はややでっぷりとし、もう一人はさびた釘のようにやせていたという。おきんばあさんがいっていた二人の侍に、まずまちがいあるまい。

「その二人はなにか手にしていなかったか」

官兵衛は最後にたずねた。男がかぶりを振る。

「なにも持っていなかったように思います」

礼をいって官兵衛は男の家をあとにした。

「その二人の侍が犯人なんですかね」

うしろから福之助がいった。

官兵衛は唇をきゅっと嚙み締め、自らの顎をなでた。

「ちがうかもしれねえ」

福之助は、今度はさして考えこまなかった。

「旦那は、鉦伝屋さんが殺された刻限を四つから八つのあいだ、と読みましたね。今朝、雨があがったのは六つ（午前六時）前でした。そのあとに二人の侍が家から出ていったのでは、ときが合わないんですね」

「そうだ。仮に殺したとしたら、二人は家のなかにずっといたことになる。探し物をしていたというのも考えられるが、なにも持っていなかったと塩売りはいったからな」

官兵衛は福之助を振り返った。

「福之助、腹が減ったな。じき昼だ。近場で腹ごしらえしてから、また仕事に戻るとするか」

三

蕎麦《そば》切りで空腹を満たした。

食べたのは、官兵衛も福之助もざるを二枚だった。

「ちっとだしが薄かったですねえ」

「物足りなかったか」

「ええ。もう少し鰹節《かつおぶし》をきかせてくれないと、せっかくのうまい蕎麦が活《い》きてきませんからねえ。蕎麦切りはやはり秋ですけど、夏だというのにあれだけおいしいのを打っているんですから、もったいないですよ」

官兵衛は福之助をしみじみと見た。それに福之助が気づく。

「なにかあっしの顔についていますかい」

「おめえも図太くなったものだなあ。なにしろあんな死骸を見たあと、蕎麦切りに文句をつけられるようになったんだから」

福之助が気恥ずかしそうに頭をかく。

「あっしは食べることが大好きなものですから、つい仏さんのことは頭から消えちまって。すいません」

「別に謝ることはねえよ。ほめているんだ」

「そういってもらえると、あっしもうれしいですよ」

福之助が見つめてきた。また潤んだ瞳をしている。

「おめえ、やっぱりその気があるんじゃねえのか」

「ありませんて」

福之助があわてて手を振る。

「何度もいっていますけど、あっしは女が大好きなんですから」

「信じがてえな」

「そんな」

福之助が顔をあげた。陽射しがまともに月代《さかやき》を照らしている。今にも湯気が立ちそうなほどだ。

「それで、旦那、これからどうするんですかい」

「こいつだ」

官兵衛は、懐にしまい入れていた鉦伝屋の名寄せを取りだした。

「これをもとに一人、一人当たってゆく」

「全員ですかい」

「いやか」

「とんでもない」

「確かに、これ全員を当たるってのも芸がねえ」

忠実な犬のような顔で、福之助が続きを待っている。

「鉦伝屋を手にかけた者は、相当の手練であるのは紛れもねえ。今、真っ赤に燃えあがるくらい町人たちの剣術熱は熱いらしく、遣い手といっていい者も出てきているみてえだが、あの傷を鉦伝屋に与えたのは、侍ではないかと俺は思う」

「それは直感ですかい」

「まあ、そうだ」

「では旦那は、お侍から当たっていこうっていうんですね」

「そういうこった」

「でも、あるじ持ちのお侍にたやすく会えるものですかい」

「わからねえ。でも、闇雲に全員を当たるよりはずっとよかろう」

「さいですね」

「よし、最初はこの男からだな」

官兵衛の指は神来大蔵という文字に置かれている。

「じんらい、と読ませるんですかね。まさか、かみくる、じゃありませんよね」

「会えばわかるさ。福之助、行くぞ」

官兵衛は歩きだした。

四半刻ばかりで着くはずだった。しかし、目当ての剣術道場は見えてこない。

太陽は頭上で強い熱と光を放っているのに、冷たい汗が背筋を流れはじめた。

官兵衛は足をとめた。

「どうかしたんですかい」

「いや、なんでもねえ」

「でも顔色が悪いですよ。風邪でも引いたんですかい」

「ちがう」

「旦那、あっしはさっきから不思議に思っていたんですけど、方向がちがうんじゃないんですかい」

「なんだと」

「すみません」

福之助が官兵衛の剣幕に驚き、あわてて頭を下げる。

「いや、怒鳴ったりしてすまなかった」

「旦那、多分、こっちじゃないかと思うんですけど」

福之助が左に行く道を指さす。

「俺もそう思っていたんだ」

ひとまず安心した官兵衛は、さっさと歩を進めだした。

しばらく行くと、また道がわからなくなってきた。見覚えのある町並みがまったく見えてこない。

再び立ちどまることになった。

「旦那、今度はなんですかい」

「なんでもねえ」

「さっきにも増して顔色が悪いですよ。暑さにやられたんじゃありませんかい。そこの茶店で一休みしますかい」

「いや、いい」

「我慢せずともいいですよ。しばらく休めばちがいますから」

「なら、そうするか」

官兵衛は福之助が指す茶店に行き、長床几《ながしょうぎ》に腰をおろした。すだれがおりている。陽射しがさえぎられて、ほっとする。

官兵衛は茶を注文した。

「旦那、気分はどうですかい」

「腰かけてだいぶよくなった。ありがとう」

「礼をいわれるほどのことじゃありません」

福之助がじっと見る。

「なんだ、その目は」

「いえ、その……」

「はっきりいえ」

そのとき茶がもたらされた。いただきますといって福之助がごくりとやる。あつ、と口のなかでつぶやく。酒の勢いというが、茶の勢いを借りたように福之助が話した。

「旦那、あっしになにか隠していることがあるんじゃありませんかい」

「俺がなにを隠しているという」

福之助が顔を近づけてきた。そっとささやく。

「旦那は、道にすぐに迷ってしまうたちなんじゃありませんかい」

どきりとした。

「どうしてそう思う」

「これまで何度も似たようなことがあったからです」

そうか、と官兵衛はぽつりとつぶやいた。

「ばれちまったんじゃ、仕方ねえな。これも定めってやつだろう」

官兵衛は顔をあげ、福之助を見た。

「そうだ。俺は幼い頃からよく道に迷った。それは大人になった今も変わらねえ」

「よく定廻りになれましたね」

「運がよかった。なにしろ八太っていうひじょうにすぐれた中間がついてくれたからな、俺はほとんどうしろをついてゆくだけでよかった」

「そういうことですかい」

「そういうことだ」

いきなり福之助が胸を叩いた。

「あっしにまかせてください」

「おめえに八太の代わりがつとまるのか」

「八太さんの代わりは無理でしょうけど、あっしはもともと土地の事情や様子については得手なんですよ。これまで道に迷ったことなど、一度もありませんからね。ただ、問題はあっしがあまり江戸の地勢について詳しくないってことですね。でも、だいたいのことを教えてもらえれば、きっとたどりついてみせますよ」

ここは福之助のいう通りにするしかなさそうだ。このままでは永久に神来大蔵の道場に着くことはない。

「よし、福之助、まかせた」

気が楽になった。官兵衛は茶を飲んだ。

渇《かわ》いた喉に実に心地よかった。

「ここですね」

看板に石垣道場と出ている。

稽古がはじまっているようで、気合と竹刀《しない》を打ち合う音がきこえてくる。気持ちが昂《たか》ぶる。この雰囲気は大好きだ。

官兵衛と福之助は入口を入った。福之助が、ごめんください、と呼びかける。

すぐに門人と思える若い男が出てきた。官兵衛の黒羽織を見て、目をみはりかける。

「なにか御用でしょうか」

官兵衛は名乗り、用向きを告げた。

「じんらいどの、というのかな、大蔵どのにお会いしたい」

「じんき、にござる。我が道場の師範代をつとめており申す」

「さようか。失礼した。神来どのはいらっしゃるか」

「少々お待ちくだされ」

門人が走り去る。

すぐにでっぷりとした巨漢を連れてきた。

「わしが神来だがの、なに用でござるのかのう」

のんびりと間延びした声できいてきた。しかし、さすがに師範代をつとめているだけのことはあり、遣い手だ。ずっしりと腰が沈んでいる。足の運びも尋常ではない。

「ここで用向きをいっても、よろしいのか」

「なにか他聞をはばかることにござるのかのう」

官兵衛は顔を近づけた。大蔵がいきなり唇をすぼめて突きだしてきたから、びっくりした。

「冗談にござるよ。そんなに驚かずともよろしいのに」

少し傷ついたような顔でいった。

官兵衛は咳《せき》払いした。まだ驚きは去っていない。

大蔵が門人を下がらせた。官兵衛はあらためてきいた。

「金貸しの鉦伝屋はご存じか」

「むろん」

大蔵が胸を突きだして答える。

「殺され申したぞ」

むっ、と大蔵が眉根を寄せる。

「今なんとおっしゃった」

官兵衛は繰り返した。

「まことにござるか」

「だからこそ、我らは足を運び申した」

なるほど、と大蔵がうなずく。両の手のひらを商人のようにさすり合わせた。

「それで、借金が棒引きになることを、知らせに来てくださったのかのう」

官兵衛はあっけにとられた。

「神来どの、鉦伝屋に借金がありましたな。十九両ばかり」

「はい」

「返してはいないのですな」

大蔵がうなだれる。そのさまは、手習師匠に叱《しか》られた手習子のようだ。

「すみません。返そうと思って金貸しをいろいろとまわってみたんですけどのう、貸してくれるところがなかったんですじゃ」

こいつはちがうな。

官兵衛は思った。まるで幼子のような男だ。こんな男に人殺しはできない。

「あっ」

不意に大蔵が大声をあげた。官兵衛は耳が痛くなった。福之助は顔をしかめて両耳を押さえている。

「まさか、それがしが殺したと思って、お役人はいらしたのではありませんかのう」

「そういうわけでは」

「それがしはやっておりませぬぞ。信じてくだされ」

「昨夜はどこでなにをされていた」

「ここで寝ていましたのう。朝まで起きんでしたのう。昨夜、鉦伝屋は殺されたのでござるのかのう」

隠しても仕方がない。官兵衛は軽く顎を引いた。

「わしは本当に殺《や》っておりませんぞ」

官兵衛は信じている。ただ、念には念を入れたかった。

「立ち合っていただけますかな」

官兵衛は刀を振る仕草をした。

大蔵が官兵衛をじっと見る。

「相手になりませんぞ、のう」

「それはようくわかっており申す」

「ふむ、覚悟の上でござるのか。わかり申した。やりましょうかのう」

道場に入った官兵衛は黒羽織を脱ぎ、福之助に渡した。防具を借りる。

大蔵はなにもつけていない。裾だけはからげた。これはいつもの格好なのだろう。

官兵衛は竹刀を手にして、道場のまんなかに進んだ。稽古を中断した門人たちが興味津々《きようみしんしん》の顔つきで、まわりにずらりと座る。

福之助が心配そうに見ている。

大蔵が前に出てきた。まだ竹刀を構えたわけでもないのに、官兵衛は気圧《けお》された。

「お役人、いつでもどうぞ」

官兵衛は竹刀を正眼《せいがん》に構え、隙を探した。だが、見つからない。でこぼこなど一切ない、ものの見事に塗られた巨大な壁を相手にしている気分だ。

しかし、自ら望んだ立ち合いである。竹刀も振らずにすごすごと引き下がるつもりはなかった。

官兵衛は踏みこみざま、上段から竹刀を落としていった。大蔵の竹刀は動かない。顔をとらえたと思った瞬間、官兵衛は腹に強烈な衝撃を受けていた。

うしろに吹っ飛びながら、胴に大蔵の竹刀が決まったのを官兵衛は知った。

二間ばかり飛ばされ、床板に背中を打ちつけた。

やはりちがうな。この男は鉦伝屋を殺してねえ。

神来大蔵の剣はまっすぐだった。

そのせいか、したたかに打たれつつも、官兵衛の気分は爽快《そうかい》だった。

四

天井がぐるぐるまわっている。

そのまわり方が、徐々にゆっくりになってきた。

天井には、焼杉の板が用いられている。

なかなか渋《しぶ》いなあ。

官兵衛はぼんやりと思った。

節はたくさんあるが、穴になって抜けてしまっているところは一つもない。

あれ、うちの天井はいつからこんなに上等になった。

官兵衛は首をひねった。

ああ、そうか。うちじゃねえや。うちの天井は穴だらけだものな。安普請《ぶしん》以外のなにものでもねえ。

今どこにいるのか、官兵衛は思いだした。

天井が完全に動きをとめた。頭が当たっている床板がひんやりとして、とても気持ちいい。

天井板の節は、まるで獣《けもの》の目のようだ。じっと官兵衛を見ているのもあるし、にらみつけてくるのもある。

馬の瞳のようにやさしげなのもあった。

馬か。俺は侍だというのに、一度も乗ったことがねえなあ。同心だから、仕方ねえことだが。

町奉行所内で馬に乗れるのは、与力以上の身分の者である。与力は数え方が一騎、二騎だが、対して同心は一人、二人でしかない。

もし戦《いくさ》に行くとなれば、まあ、雑兵《ぞうひょう》というところだろうな。

捕物となると、与力はさっそうと馬上の人となる。

官兵衛は、手綱《たづな》さばきも鮮やかな与力の新田貞蔵の勇姿を、脳裏に浮かべようとした。

そのとき、いきなり大きな顔が視野をふさいだ。

声をだしそうになったが、なんとかこらえた。

石垣道場の師範代をつとめている神来大蔵である。官兵衛を見て、口をもごもご動かしている。なにか食べている。

大蔵の横に、福之助があらわれた。大蔵にくらべたら、なんと小さな顔だろうか。

熊と猫くらいの差があった。福之助が小さいというより、大蔵が大きすぎるのだ。福之助は目一杯に口をあけて、なにか叫んでいる。だが、その言葉は官兵衛の耳に入ってこない。

耳がいかれちまったか。

大蔵も物を食べていたのではなく、官兵衛に話しかけていたのだろう。

官兵衛は、どうして床に横たわっているのか、ようやく解した。

そうか、俺は神来どのの竹刀に吹っ飛ばされたんだった。きっと頭を打ちつけたにちがいねえ。

——福之助、大丈夫だ。たいしたことはねえ。じっとしていれば治る。案ずるな。

官兵衛はいおうとしたが、声にならなかった。

「旦那、大丈夫ですかい。旦那」

厚い氷が一気に割れたように、福之助の声が耳に飛びこんできた。

官兵衛は顔をしかめた。

「ああ、もう大丈夫だ。そんなにぎゃんぎゃんいわずともいい」

声がちゃんと出たことに、安堵する。

官兵衛は体を起こそうとした。だが、赤子に戻ってしまったかのように、手足をじたばたさせただけだ。

それを見て、福之助が官兵衛の手を握ってきた。福之助の手のひらは女のようにやわらかく、しっとりしていた。

福之助は一所懸命に官兵衛を引っぱるが、力がない。

代わりに大蔵が官兵衛の腕を持った。こちらは、なめした皮のようにごつい。大きな牛に引かれたように、ゆっくりと確実に官兵衛の体は浮いてゆく。

しかし、剣は力に頼っていなかった。はやすぎて竹刀はろくに見えなかったが、柳のようなしなやかさが感じられた。力の抜き方の巧みさは、天性なのだろう。

大蔵の顔が近づいてくる。唇をすぼめて突きだしてきた。

これは予期していたから、官兵衛はすばやく避けた。

大蔵が悲しげにする。

「冗談でござるよ。そんなに必死に逃げずともよろしいのに」

官兵衛は床に座りこまず、そのまま立ちあがった。

「大丈夫ですかい」

福之助がきいてきた。

「ああ、すっかりな」

官兵衛は頭を振ってみた。おそるおそるだったが、痛くなかった。めまいも感じない。

視線を転じ、大蔵を見る。

「神来どの、すばらしかった。感服以外の言葉が見つからぬ」

白い歯を見せた大蔵が、照れ隠しのように鬢《びん》をがりがりとかく。

「わしは、なにしろ剣以外に取り柄がないものですからのう。これで負けるわけにはいかぬのでござるよ」

竹刀の柄を右手でぽんと叩いて、大蔵が見つめてくる。幼子のように、純で澄んだ目をしていた。

「しかしお役人は、体がずいぶんと軽くできてござるのう」

官兵衛は穏やかに首を振った。

「それがしが軽いわけではなく、神来どのの剣がすごいのですよ」

「さようにござるかのう」

「さようにござるよ」

官兵衛は防具をはずした。大蔵が呼び寄せた門人に竹刀とともに手渡す。

門人が一礼し、さっと引き下がる。その目には、大蔵に対する敬意の色があった。

さすがに我が師範代である、と瞳が力強く語っていた。

まわりに居並んでいた門人たちは、予期した通りの結果になったことに満足した様子で、再び稽古をはじめた。

気合がとどろき、床板が激しく鳴らされる。竹刀が砕けるような音を発し、はやくも汗が飛び散りはじめた。

今の剣術熱を受けて門人には町人も少なくないようだが、こんなに腕の立つ師範代に教えてもらっていることに、誰もが誇りを抱いて稽古に励んでいる。

官兵衛は出口に向かって歩きだした。福之助がすばやく続く。

大蔵ものそりのそりとついてきた。官兵衛はちらりと見たが、腰がずしりと沈み、やはり並みではない。

出口のところで官兵衛は立ちどまり、静かに振り向いた。

「こちらの門人は幸運にござるな」

「なにがでござるかのう」

大蔵がのんびりとき返してくる。

「神来どのという師範代に恵まれたことにござるよ」

「いやいや、わしはなにもしておらんですがのう」

「なに、それでよろしいのでござる。神来どのがいてくれるだけで、門人の腕は自然にあがっていきましょう」

「それは師範代としては楽でよろしいのう」

大蔵がにこにこと笑う。

「考えてみれば、わしは本当になにもしておりませんのう。それで大好きなご飯を食べられるのだから、いうことないですのう。本当に幸運なのは、実はわしということになりますかのう」

「ほう、食べるのが大好きにござるのか。それでしたら、一度、鰻《うなぎ》でも一緒にいかがでござるか」

「まことにござるか」

大蔵が細い目を思い切りひらき、勢いよく顔を突きだしてきた。

そのあまりの食いつきのよさに、官兵衛は驚いた。

「む、むろん」

「あの、それはお役人のおごりでござるかのう。ご存じかどうか、わしは金がないものですからのう」

官兵衛は苦笑した。

「よく存じておりますよ」

「ああ、そうでござったのう。ここには、鉦伝屋の借金のことでいらしたのでござった」

大蔵がまた鬢をかく。

「神来どの、ご安心あれ。おごる気がないなら、お誘いしませぬ」

大蔵が天にものぼらんばかりの喜色を浮かべた。やったー、と大声を発して両腕を突きあげる。

「ありがたし。それで、その鰻はいつわしの口に入るのでござるのかのう」

「ならば、明日はいかがかな」

「――明日。まことでござるか。昼にござるかのう」

「神来どのの都合がよろしければ、それでよろしゅうござる」

「わしに、鰻にまさる都合はござらぬよ。のう」

「ならば、明日の昼、こちらに迎えにまいりましょう」

「ああ、明日が待ち遠しいのう」

夢を見ているようにとろんとしていた大蔵が深くこうべを垂《た》れた。

「よろしくお願いいたす」

すぐに引っ張られでもしたかのように、大蔵が顔をあげた。

「でもお役人、鰻は高うござるぞ。大丈夫でござるかのう」

確かに鰻丼は二百文ばかりする。百文で供するところもあるらしいが、どんな鰻丼なのか、正直、怖い。大蔵には、ちゃんとした鰻を食べさせるつもりだ。

「おまかせあれ。今日のお礼にござる」

胸を叩くような口調でいって、官兵衛は雪駄を履《は》いた。

福之助は横で上等な雪駄を手に取り、埃《ほこり》を叩《はた》いている。それから履こうとしたが、どういう拍子か、足をつるんと滑《すべ》らせた。尻餅をつきそうになったところを、背後から大蔵が支えた。

「大丈夫にござるか」

「はい」

大蔵が福之助をぐっと引っぱる。

気をつけろ、と官兵衛は叫ぼうとしたが、すでに遅かった。

突きだされた大蔵の唇が福之助の唇をとらえていた。

「わっ」

福之助が大蔵の手を振り払い、飛びのく。ぺっと唾を吐こうとしたが、さすがにそれはやめた。

「なにをするんですかい」

拳を握り締めた福之助が、大蔵をにらみつける。

「そんなに怒らんでもよろしいのに。冗談にござるゆえ。のう」

「冗談といわれても。──おなごともしたことがなかったのに」

ほう、といって大蔵が頰をにんまりとさせる。

「初めてでござったか。それは光栄にござるのう」

「そっちはいいかもしれないけど、あっしは災難ですよ」

「まあ、すんだことをぐちぐちいうな。福之助、行くぞ」

「へ、へい」

大蔵をうらめしげに見てから、福之助が官兵衛についてきた。

「お役人」

外に出たところで、大蔵が呼びかけてきた。

「お名はなんとおっしゃるのかのう」

振り向いて官兵衛は名乗った。

「沢宮官兵衛どのにござるか。覚え申した」

軽く頭を下げてから、大蔵がのそのそした動きで道場へと戻ってゆく。

「いったい何者かな」

官兵衛は大蔵を最後まで見送っていった。

福之助は、盛んにぺっぺっと唾を吐いている。口を手ぬぐいでごしごしふく。

「そんなに強くやったら、血が出るぞ」

「出たほうがすっきりしますから。もう腹が煮えます」

「福之助、別にあのくらい、かまわねえだろう」

「あのくらいって、旦那はよけていたじゃないですか」

「俺は、男がきらいだからな」

「あっしもですよ」

「本当か」

「なんですかい、その疑わしげな眼差《まなざ》しは。何度もいってますが、本当ですよ。あっしはおなごが大好きなんですから」

「よし、わかった。もうこの話はいわぬことにする」

助かった、というように福之助が頭を下げる。それで旦那は、といった。

「神来大蔵というあのお侍が何者なのか、知りたいんですね。人となりを探るために、鰻に誘ったんですかい」

「確かに、そういう理由がないわけではねえ。ただ、やけに人を惹《ひ》くところのある人物だったからな、ときをともにしたいと思っただけだ」

「相当変わった人物ですけど、なにかほんわりと人を包むものがありましたね」

「それがあるから、門人たちはなついているんだろう」

「しかし旦那、ときをともにしたい、だなんて、旦那のほうがその気があるんじゃないんですかい」

「ほう、蒸し返すつもりか」

「いえ、そんなつもりはありません」

福之助が首をすくめる。

不意に真剣な表情になった。

「これからどうしますかい」

官兵衛は懐《ふところ》から、鉦伝屋から金を借りていた者の名が羅列されている名寄せを取りだした。

「こいつに記されている者たちを当たってゆく」

「さいでしたね。やはり侍から当たってゆくんですかい」

「それがよかろうのう」

官兵衛は自らの頭をこつんとやった。

「うっちまった」

「神来さん、強烈でしたからねえ、わかりますよ」

官兵衛は軽く伸びをした。明け方に激しく降った雨のせいでできた水たまりは、だいぶ数を減らしている。残された水たまりからは、もうもうと湯気があがっていた。実際、水たまりではなく、湯たまりになっているのだろう。

それだけ太陽の力が強いのだ。今も頭上に君臨し、地上のものからすべての水気を奪い取ってやろうという執念を燃やしているように見える。

官兵衛は汗だらけである。朝、鉦伝屋に走ったときに体についたはねと汗が混じり合って、またも気持ち悪さが舞い戻ってきた。

「福之助、手ぬぐいはまだあるか」

福之助が懐に手を突っこみ、一枚を取りだした。

「どうぞ」

「すまねえ」

官兵衛は胸元や首筋をふいた。上質な手ぬぐいというのは、こうもちがうのか、と見直してしまうほど肌触りがよかった。そっと吸い取るように汚れが取れてゆく。

福之助も顔や首をぬぐっている。気持ちよさそうだ。

「すごいな、こいつは」

福之助が、へへ、とうれしそうな笑みを見せる。

「さいでしょう。高いけれど、いい物はいいんですよ」

高価だが、いいとはとてもいえない物も巷《ちまた》にはあふれている。福之助の家は、きっとよい物を見抜く目に長《た》けているにちがいない。

「こいつは洗濯して、返すからな」

「いいですよ。そこらに捨ててください」

「そんなもったいないことができるか」

「さいですかい。でしたら、旦那のお好きなように」

官兵衛は手ぬぐいをていねいにたたみ、袂にしまいこんだ。

それから、二人で名寄せに載っている侍を当たっていった。

当たってみてわかったのだが、侍はすべて浪人だった。鉦伝屋緊左衛門はれっきとした家中の侍には一切、金を貸していなかった。

これには、なにか意味があるのだろうか。それとも、単にあるじ持ちの侍は借りに来なかったのか。だが、一人も、というのは考えにくい。もっと調べたかったが、今日の仕事は終わりにすべき刻限になっていた。じき没しようとしている太陽は、すでに江戸の家並みにくっつかんばかりだ。

暑さは少しだけやわらぎ、かすかに涼しさを感じさせる風も吹いてきて、家路を急ぐ人たちの姿も目立ってきた。色濃い日暮れの雰囲気が、江戸の町を覆おうとしている。

これまで官兵衛はどこへ行くのにも、福之助に先導させた。福之助は自分でもいっていた通り、道や地勢に実に勘がよく働き、初めての土地でも地元の者のようにすらすらと官兵衛を案内した。

一度角を曲がれば、もう西と東がわからなくなってしまう官兵衛にとって、同じ人間とは思えなかった。この勘のよさは、いったいどこからくるのだろう。あるいは、八太より上かもしれない。

こいつは、とんでもねえ拾い物をしたのかもしれねえ。

八太は四十歳で卒中に襲われて死んでしまったが、福之助はまだ二十歳にもなっていない。これから先、まちがいなく長くつき合っていける。

福之助がいる限り、当分、道に迷う心配はない。

「よし、福之助、番所に帰るか」

「へい」

福之助が勢いよく官兵衛の前に出て、歩を進めはじめた。一日歩いたのに、疲れも見せていない。

ありがてえ。明日もまた頼むぜ。

福之助の背に向かって、官兵衛は心のうちで手を合わせた。

五

うらめしそうに見ている。

どうした。

官兵衛は語りかけた。なぜそんな顔をしている。

だが、八太はなにも答えない。

まさか俺が八太のことを忘れて、福之助を頼っていることをうらめしく思っているんじゃあるまいな。

変節、という言葉が頭に浮かんできた。

八太、おめえ、そんなふうに思っているわけじゃねえよな。

官兵衛はじっと八太の顔を見た。

笑っているように感じた。決してうらめしそうにしてはいない。

どうしてそんな表情に見えたのか、官兵衛はわからなかったが、とにかく八太は怒ってなどいなかった。

それがわかった瞬間、八太は闇に消えていった。

官兵衛は目を覚ました。部屋はうっすらと明るくなっていた。腰高障子越しに見える、穴だらけの雨戸から陽射しがいくつもの筋となって斜めに入りこんでいる。

今日も天気がいいようだ。また暑くなるのだろう。

これだけ暑ければ、雨戸は閉めず、腰高障子をあけ放って寝についたほうが眠りにつきやすいのだろうが、こればかりは父の厳しい教えですることができない。

――八丁堀の者が盗みに入られたら恥ぞ。ましてや、もし殺されるようなことがあれば、家は断絶ぞ。

仕事柄、悪者にうらみを買うことが多いだけに、この言葉には一理ある。雨戸を閉めるという手間を省いて、殺されるようなことは避けたい。官兵衛自身、剣術に自信があるわけではないから、もし本気で命を狙って忍びこまれた場合、その気配を覚れるとはとても思えない。

官兵衛は起きあがった。そのまま着替えをすませる。

あと四半刻（三十分）もしないうちに、おたかが飯をつくりに来てくれるだろう。あのまずい飯でも、自分で炊くより、はるかにましだ。

官兵衛は一枚の雨戸をまずあけた。途端にまぶしい光に包みこまれる。

「暑いな」

たまらず声が出る。

袂に昨日、福之助から借りた手ぬぐいがあった。

おたかに洗濯してもらわねえとな。

においを嗅ぎ、さして汗臭くないのを確かめてから、顔をふいた。

「旦那」

前を行く福之助が振り返った。相変わらずいい顔色をしている。頰が陽射しをつやつやと弾いていた。

「一つ教えてほしいことがあるんですけど、いいですかい」

「ああ、なんだ」

「弥助という男がいましたね。そっちは追いかけなくてもよろしいんですかい」

弥助、というのは誰だったか、と考えこむほど官兵衛は愚かではない。

顔と体をぼこぼこにされて殺された栗吉が以前奉公していた下駄屋で、栗吉と親しくしていた同郷の男だ。

「正直いえば、追いかけたい」

「その口ぶりは、でも追わないってことですね」

「そうだ。こちらは新田貞蔵さまに頼んでおいた。新田さまの命により、別の同心が担当することになった」

「さようですかい。それで、どんな感じなんですかい」

「昨日、番所に帰ったとき、新田さまにきいてみたが、今のところ、弥助に関してまったく手がかりはないようだな」

「さようですかい。残念ですねえ」

「いろいろと調べるのに、俺たちだけでは手が足りねえのは事実だ。こればかりは、他の者が手がかりをつかんでくれるのを待つしかねえな」

官兵衛たちは昨日に引き続き、鉦伝屋の名寄せに記されていた者を当たっている。侍はすでに全員、当たり終えた。そのなかに、鉦伝屋緊左衛門を殺した者がいないのがはっきりした。

緊左衛門を殺せるだけの腕を持つ者がいないのに加え、誰もが緊左衛門が殺された刻限に、鉦伝屋に行っていないことも判明したのだ。

ふつうなら誰もが眠っている刻限だったが、行きつけの飲み屋でへべれけになっていたり、女を抱かせる宿にいたり、好きな女のところにもぐりこんでいたり、友垣の住みかで酒を食らったり、あるいは夜なべで内職に励んでいたりした。

借金があるというのに、ほとんどの者が遊んでいたのだ。誰もが緊左衛門の取り立ては恐れており、死んでくれたらどんなにいいだろう、と考えたことがあるような者ばかりだったが、実際に手をくだそうとする者は皆無だった。浪人たちの言葉の裏づけをいちいち取るのはたいへんな労力を必要としたが、官兵衛と福之助は力を合わせてやり遂げた。

浪人たちに会って顔を見たときの直感では、少なくとも、一人として怪しさを感じさせる者はいなかった。

裏づけを取ったことでもそれがはっきりとし、自分の勘の正しさを証明できた。

だからといって、これからの探索をすべて勘に頼るというようなことを、官兵衛はするつもりはない。地道な探索にまさるものはない、という強い信念がある。

官兵衛たちは名寄せをもとに、さらに調べを進めた。侍といえば、鉦伝屋をうかがっていた二人の勤番らしい侍が気になるが、そちらの探索にかかるのは、この名寄せの者をすべて当たり終えてから、と決めている。

官兵衛は福之助の先導で、名寄せに名があった者に次々に会っていった。

「次は誰だ」

「観吉《かんきち》さんという小間物売りですよ」

「よし案内してくれ」

「合点《がってん》だ」

小間物屋だから行商に町に出ているのではないかと思え、いないのを覚悟の上で訪れてみたら、床に臥せっていた。持病があってといったが、顔色のどす黒さからして、肝の臓が悪いのかもしれない。

官兵衛は上がり框《がまち》に座り、起きずともいい、といってから鉦伝屋について話をきいてえ、と水を向けた。

「あの男、なにかやらかしたんですか」

観吉がしわがれた声でいって、目やにが貼りつき、黄ばんでいる目を向けてきた。

「殺されたんだ」

観吉が目を大きく見ひらく。

「誰にですかい」

「それを調べているんだ」

「いつ殺されたんですかい」

「昨日の明け方あたりだろう」

「八丁堀の旦那は、あっしが殺《や》ったと思っているんですかい」

「わからねえ。話次第だな」

「あっしは殺っていませんぜ。昨日の明け方というと、激しい雨が降ったときですね。あっしはここで寝ていました」

「誰かそれを明かしてくれる者はいるか」

「一人暮らしですからね。でも、お医者が口添えしてくれるかもしれません。おとといの夕方、往診に来てくれたんです。あっしがまったく動くことのできなかったことを、きっと話してくれるはずです」

「医者にはちゃんとかかっているんだな」

「ええ。でも、薬代が高くって、ついあの野郎に金を借りちまったんですよ。でも、無理に無理を重ねて働いて、いつも利子分だけはちゃんと返していたんです。元金にはとても及びませんでしたけど、あの野郎、他の人にやるように、ここに来て怒鳴りつけたりはしなかったですね」

「ほかの者を怒鳴りつけていたのは、知っているんだな」

「ええ。行商の途中で、何度か目にしましたからね。病人の掻巻《かいまき》まで取っちまうってなことを平気でしてましたね。あれじゃあ、殺されても文句はいえねえでしょう」

観吉がふと首を持ちあげた。きついのか、顔をしかめる。

「おい、大丈夫か」

「ええ、このくらい、へっちゃらですよ。鍛《きた》えてますからね」

しかし、観吉は疲れたように頭を枕におろした。目を閉じる。このまま寝入ってしまうのではないか、と思えるほど目をあける気配がなかった。目の下に、影のように一際《ひときわ》黒いくまができている。

「ねえ、八丁堀の旦那」

目をあけて観吉がいった。

「どんな殺され方をしたんです」

官兵衛は説明した。

「へえ、正面から刃物で一突きですかい。そいつはすげえ。どんなやつが殺ったんですかねえ。顔を拝んでみたいですよ」

「俺もはやくそうしてえ」

「さいでしょうね」

観吉が薄く笑う。

「鉦伝屋の野郎は、どんな面をしていたんですかい」

細い目、潰れたような鼻。口は大きく、えらの張った顎。頭は薄く、額には幾筋かのしわがあった。

官兵衛はそのようなことを口にした。

「へえ、そんな顔をしていたんですかい。悪そうな顔ですねえ。あっしも人のことは、いえませんけどね。旦那、野郎はどうしていつも頭巾をしていたんですかい」

「人に顔を拝ませたくなかった。ただ、それだけのことだろう」

「ほう」

「どうもやつには、なにかから逃げていたのではねえかって思える節がある。そんな男が、外出のときに頭巾を脱ぐとは思えねえんだ。やつは家に一人いるときだけ、脱いでいたんだろう」

「旦那、一つきいてもよろしいですかい」

「ああ、なんだ」

観吉がごくりと息をのむ。骨張った喉仏が生き物のように上下に動いた。

「あっしの借金はどうなるんです」

これは、これまでどこでもきかれたことだ。

「死者に返しても、仕方なかろう」

「そうですかい」

喜色をあらわにした観吉が寝返りを打つように体を動かし、汚れがべったりと染みついた天井を見つめる。目の端から涙がにじみ出て、耳へと流れ落ちた。

「泣けてきちまった」

照れたようにいって、観吉が涙を指先でぬぐう。

「長かったなあ」

しみじみとつぶやく。

「いつから借りていたんだ」

「いえ、まだほんの一年にもならねえくらいですけど、借金のためにあっしの体はさらに悪くなっちまいましたから」

ふう、と天井に届きそうなほど盛大に息をついた。へへへ、と小さく笑う。

「肩の荷がおりたというのは、こういう気分をいうんでしょうね」

「これまで、よほどでっかい荷をのせていたんだな」

「ええ、重くて重くて、投げだしたくなるほどつらかったですよ」

官兵衛は、観吉のかかりつけの医者の名とどこに住んでいるかをきいた。

「裏づけを取るんですね。容睡《ようすい》先生といって、そこの表通りの一軒家に診療所をひらいてますよ。看板が大きく出ていますから、すぐにわかるでしょう。今は往診に出ているかもしれませんけど」

観吉の店《たな》をあとにする前に、官兵衛はたずねた。

「鉦伝屋を殺した者に、心当たりはねえか」

観吉がわずかに目をみはった。

「そんなことをおききになるってことは、あっしはもう八丁堀の旦那に疑われていないってことですかい」

「まあ、そうだ」

「ありがてえ」

観吉がほっとしたように笑う。

「できればあっしも旦那を喜ばしたいんですけど、なにも教えられることはねえんですよ。申しわけねえこって」

「いいってことよ。気にするな」

官兵衛は、やすんでいるところをすまなかった、といった。

「いえ、いろいろとお話ができて、楽しかったですよ」

「俺もだ。体を大事にしな」

「ええ、でももうへっちゃらですよ。金のことが消えてなくなって、気が軽くなりましたからねえ。体もじきに軽くなりますよ」

「うむ、顔色もよくなってきたぞ」

「さいでしょう」

「ではな」

官兵衛は福之助をうながして観吉の店を出た。静かに障子戸を閉めて、暗く湿った路地を歩きだす。

「観吉さん、本当によくなるといいですね」

「よくなるさ」

官兵衛は力強く請け合った。

六

観吉がかかっているという医者の容睡の診療所は、すぐに知れた。医術、という看板が大きく出ている。

往診からちょうど戻ってきたところで、容睡は在宅していた。

すっきりとした顔立ちの若い医者である。官兵衛より若いかもしれない。高い鼻とつりあがった目にやや高慢そうなところが見受けられたが、これは若さゆえだろう。独《ひと》り立ちして間もないのかもしれず、きっと気負っているのだ。

はやっている診療所なのかもしれないが、いま患者は一人もいなかった。容睡は助手の若者がいれた茶をのんびりとすすっていた。表情をほころばせているのは、きっといい仕事ができたゆえではないか。

診療所は薬くささが濃厚に漂《ただよ》っていた。深く息を吸いこむと、咳《せ》きこんでしまいそうなくらいだ。

福之助をしたがえた官兵衛は診療部屋に腰をおろし、観吉についてさっそく話をきいた。

容睡がすっきりした顎《あご》を深く引く。

「観吉さんですか。これから往診に行くつもりですが、おとといの様子からして、動くことすらできなかったでしょう。まして、人を殺すなど。それに、観吉さんは人を殺せるような人ではありません。それは、人柄からはっきりしています」

容睡はきっぱりといいきった。

「わかりました」

その通りだろうと思ったから、官兵衛は逆らう気などなかった。

「先生は、金貸しの鉦伝屋をご存じですか」

別のことをたずねた。

「ええ、知っています。三度ばかり、取り立ての場面に出合いましたから」

不審そうな表情になる。

「鉦伝屋がなにか」

「殺されました」

「ほう、さようですか。殺されたのは鉦伝屋でしたか」

「あまり驚きませんね」

「当然です」

容睡が冷たさを覚えさせる口調でいう。

「あのような無法な輩《やから》、殺されてもなんら不思議に思いませんよ」

容睡が鉦伝屋のやり方に憤《いきどお》っていたのは事実のようだが、串のようにやせており、剣術の心得もなさそうだ。緊左衛門を殺すのは、まず無理だった。

「鉦伝屋を殺したがっていた者に心当たりはありませんか」

官兵衛は新たな問いを発した。

「それがしにはありません」

薬箱に調合した薬の包みを入れつつ、容睡が突き放すようにいう。

それをきいて官兵衛は立ちあがった。

「忙しいところ、お邪魔しました」

ていねいにいって、雪駄が脱いである土間に向かう。

「ああ、お役人」

そっけないいい方をしたのに気がさしたのか、首を伸ばして容睡が声をかけてきた。

「この向かいに、大和屋《やまとや》さんという酒屋があります。以前、そこのご主人がここでなにやら噂《うわさ》話をしているとき、鉦伝屋という名が出たような気がします。もしかすると、いい話がきけるかもしれませんよ」

口調もやわらかなものに変わっている。本来は気がいい男なのかもしれない。

「ありがとう、先生」

官兵衛は明るく礼をいい、福之助とともに薬くさい診療所をあとにした。

大和屋には見あげるような酒樽《さかだる》が三つ、据えつけられていた。

「でかいですねえ」

福之助が嘆声《たんせい》を漏らす。

「もしなかに落っこちたら、溺《おぼ》れちまいますねえ」

「それこそ酒飲みが最も望む死に方かもしれねえぞ」

甘い香りが充満している。そこにいるだけで、酒に弱い者なら酔ってしまうのではないか。

官兵衛はあるじを呼びだした。奉公人に連れられるようにして、五十すぎと思える男がやってきた。腹が樽のようにでっぷりとしている。

「手前があるじの忠造《ちゆうぞう》でございます」

一礼した男が響きのよい声で名乗る。

「お役人、どのようなご用件でございましょう」

「鉦伝屋を知っているかな」

忠造の顔色がかすかに変わった。

「八丁堀の旦那、こちらではなんですので、奥にどうぞ」

狼狽《ろうばい》気味にいざなう。

大和屋は縦に長い家だった。官兵衛たちは客間に導かれた。床の間には大きな壺が置かれ、墨絵の掛物がさがっている。どちらも高価そうだ。

「あのう、鉦伝屋さんがどうかしましたか」

向き合って座ると、ときを置かずに忠造がきいてきた。

「おまえさん、あわてて俺たちを通したが、もう知っているんじゃねえのか」

「いえ、なにも存じません。あの、鉦伝屋さんになにかあったのでございますか」

官兵衛は伝えた。

「ええっ」

忠造はのけぞり、尻を浮かせた。

「ま、まことにございますか」

「まことよ。大和屋さん、どうして鉦伝屋の名をきいたとき、顔色を変えた」

忠造が視線を畳に落とす。いいにくそうにしていた。

「一度、金を借りたことがあるのでございますよ」

「それを店の者に知られたくなかったのか」

「店の者と申しますより、女房に、でございます」

「借金は女房に内緒ということか。どうして連れ合いにもいえねえ金を借りたんだ。金に困っているようには見えねえぞ」

官兵衛は床の間に向けて顎をしゃくった。

「実は、それらも関係しているんでございます」

忠造は骨董《こっとう》集めを趣味としている。だが、それは女房に厳しく禁じられていた。

「でも、やめられねえか」

はい、と深く忠造がうなずく。

「なじみにしている骨董商から以前、いい茶碗が入ったから見に来ませんか、という知らせが来て、いそいそと出かけたところ、手前は目を奪われてしまいました。備前《びぜん》の焼物でかなり古く、前からこんなのがほしいと頭で思い描いていた通りの物だったのでございます。ここは一つ女房には内緒で買おうと考えましたが、さすがに目の玉が飛び出るくらい高く、自分の小遣いでなんとかなるような代物ではございませんでした」

「それで鉦伝屋から借りたのか。いくら借りたんだ」

「五十両にございます」

「そいつはすげえ」

官兵衛の背後で、福之助が不思議そうに首をひねっている。

まったくこいつは。

「福之助、つまらねえこと、いうんじゃねえぞ」

官兵衛は振り向き、釘を刺した。

「へい、承知しました」

このやりとりを、なんのことだろうと忠造は思ったようだ。

「鉦伝屋に金は返せたのか」

「はい。でも小遣いでの返済はさすがに無理でございまして、鉦伝屋さんに取り立てに来られて女房にばれました。金はきれいに女房が払ってくれました」

この話が本当なら、忠造に鉦伝屋を殺す理由はない。もっとも、目の前の男に緊左衛門を殺すのは無理だろう。

「おまえさん、婿《むこ》か」

「はい、さようで。一緒になって以来、まったく頭があがりません」

うつむいた忠造が言葉を継ぐ。

「買いためたほとんどのものは、売り払われてしまいました。それで、女房への借金返済に充てたんでございます」

「鉦伝屋に借金して手に入れた古備前はどうしたんだ」

「それも売られてしまいました」

「いくらで」

忠造が悲しげに目を落とす。

「わかりません。手前の知らない骨董屋を呼び、一切合切、持ってゆくようにいいましたから」

「その床の間に飾ってあるのは」

「この二つは、女房が気に入ったものにございます。これだけは手放すのは惜《お》しい、と考えたようにございます」

「しかし、それだったら、鉦伝屋に借金はもうねえんだろう。鉦伝屋のことで、別にこそこそする必要はねえはずだ」

「とんでもない」

忠造が勢いよく手を振る。

「次に借金したら、離縁といわれています。鉦伝屋という名が耳に入っただけで、女房は火のように怒りだすにちがいありません」

ここでの話をきかれていないか、というようにこわごわと襖《ふすま》の向こうの気配を嗅《か》ぐ。

官兵衛は居ずまいを正した。

「あるじ、おめえさん、鉦伝屋を殺した者に心当たりはねえか」

「えっ」

まさかそんな問いをぶつけられるとは思っていなかったようだが、それでも忠造は目を閉じ、考えこんだ。

腰高障子の向こうは庭になっている。地面におりた数羽の雀《すずめ》がじゃれ合うように飛び立っていったのが、官兵衛にはわかった。

雀の声がきこえなくなると同時に深くうなずいた忠造が目をあけた。

「います、います」

唾《つば》を飛ばすようにいった。

「誰だ」

官兵衛はするどくきいた。

「骨董商でございますよ」

「先ほど出てきたなじみの骨董商か。それとも女房の知っているほうか」

「いえ、どちらもちがいます。故買《こばい》をしているのではないかと思える怪しげな男にございます」

「ほう、故買をな」

故買とは盗品を商うことだ。

その骨董商は名を孝之助《こうのすけ》といい、屋号のようなものはないとのことだ。

「どうしてその孝之助が殺《や》ったかもしれぬと」

忠造が唇を湿した。

「あの男、大枚払って出物の大皿を手に入れたことがあるのです。そのとき鉦伝屋に金を借りたものの、大皿はたいして価値がないものとわかり、ひどい借金だけが残ったんです。当然のことながら金は返せず、借金のかたに宝物のように大事にしていた壺を持っていかれたんです」

「なるほど」

「あのときの孝之助の悔《くや》しがりようといったら、なかったですよ。でも、いい気味でしたね」

官兵衛は忠造をじっと見た。

「おまえさん、孝之助にだまされたことがあるんだな」

「ええ、まだろくに目が利かないときでした。いい物だといわれて購入した五、六点が、あとで調べてみると、がらくた同然ということがありましたから」

情けなさそうに首を振る。

「骨董はだましだまされの世界ですから、だまされるほうが悪いんですが、はらわたが煮えくりかえりましたよ」

官兵衛は軽く首をひねった。

「その点でいえば、孝之助も目がきかなかったということになるな。壺を取りあげられたのは自業自得《じごうじとく》だろう。それなのに、孝之助は鉦伝屋にうらみを抱いたのか」

「まちがいありません。その壺は命も同然といっていましたから。この壺だけは勘弁してほしい、と鉦伝屋に懇願《こんがん》したそうです。父親から譲られた大事な壺だからって。むろん、その願いはかなえられることはなかったわけですけどね。今も、その壺は返してもらっていないはずですよ」

壺か、と官兵衛は思った。鉦伝屋の家には立派な壺は見当たらなかった。鉦伝屋の金を引き受けていた両替商の小倉屋も、そんな壺を預かっているとはいっていなかった。

今、壺はどこにあるのか。犯人が持ち去ったのか。

「孝之助にはどこへ行けば会える」

「家か飲み屋でしょう」

官兵衛は孝之助の住みかと行きつけの煮売り酒屋の場所をきいて、大和屋をあとにした。うしろに福之助がつきしたがう。

「あっ、そうだ」

少し歩いて、官兵衛は思いだした。

「忘れていた」

「なにをですかい」

「神来大蔵どのだ」

「ああ、さいでしたねえ。鰻を食べる約束でした」

「福之助、いま何刻だ」

「九つ（午後零時）を少しまわったくらいでしょう」

「ならば、まだ大丈夫だな」

官兵衛は土を蹴って走りだした。すぐに立ちどまる。

「福之助、先導してくれ」

「へい、わかりやした」

元気よくいって福之助が前に立つ。

官兵衛は腕組みをしつつ、目の前の華奢《きゃしゃ》な背中を見つめた。

どうもこの野郎、このところ張り切ってやがるぜ。俺の弱みを握ったのがうれしそうに見えるんだが、勘ちがいか。


大蔵は待ちわびていた。餌《えさ》を求めてうろつく野良犬のように、道場の外を行ったり来たりしていた。

官兵衛たちがやってきたのを見て、顔を輝かせた。

「おう、ようやっと来てくれましたのう」

「すまぬ、ちと野暮用が入ってしまいましてな。申しわけない」

「いえいえ、いらしてくれれば、野暮用だろうが、なんだろうが、わしには関係ござらぬよ」

にこにこして大蔵が顔を突きだしてきた。

「それで、どこに連れていってくださるのかのう」

「神来どのに、好きな店はおありかな」

「いえ、そのようなものは一切ござらぬ。わしは鰻であれば、なんでも来いでござるからのう」

「さようか。ならば、それがしが贔屓《ひいき》にしている店でよろしいな」

「そういう店があるのでござるのか。いいのう、うらやましいのう。やはり、お役人はただにしてくださるのかのう」

官兵衛は苦笑した。

「それはござらぬよ。仮に代はいらぬといわれても、それがしは払い申す」

「奇特でござるのう。わしには真似できぬのう」

「では神来どの、まいろうか」

官兵衛たちは歩きだした。

日が照り、暑い。五町ほど歩いたところで官兵衛は、大蔵がおびただしい汗をかいているのに気づいた。手ぬぐいをしきりに使いつつ歩いていた。でっぷりとしているから暑いのは、やはりきついのだ。

「その店は遠いのでござるのかのう」

ぼやくようにきいてきた。

「もうじきにござる。二町もござらぬ」

大蔵がそれをきいて、鼻をくんくんさせた。

「おお、確かににおいますのう。いいにおいですのう。たまりませんのう」

舌なめずりしている。

「においがわかるのでござるか」

「さよう。鰻だけは鼻が利き申す」

「それはすごい」

鰻屋はうな頃《ころ》といった。鰻丼には、こんがりと焼きあがった鰻の身が三切れも、のっている。たれはやや辛いが、ふっくらとした飯とちょうどよい塩梅《あんばい》だ。

座敷の奥に陣取った大蔵は運ばれてきた鰻丼を、あっという間に食べてしまった。三度ほど箸を使ったか、という感じにすぎない。まさに平らげた。

「おかわりされるか」

食べ終えて、あまりにくしゅんとしている様子だったので、官兵衛は勧めた。

「よろしいのでござるか」

一気に元気を取り戻していう。

「むろん」

結局、大蔵は四つの丼をからにした。

四杯も鰻丼を食べた男を、官兵衛は初めて目にした。

「ここの鰻は、まっことおいしゅうござるのう。もう一杯、食べればよかったのう」

「神来どの、では今度は五杯、食べればよろしい」

「おお、うれしいのう」

大蔵は小躍りせんばかりだ。

「なんとも気前のいい人と知り合いになれたのう」

「旦那、いいんですかい」

福之助が小声できいてきた。

「いいさ」

官兵衛は気持ちよく答えた。大蔵には、なんとなく人にそんなつもりを起こさせるところがある。

うな頃に長居したからでもないだろうが、はやくも江戸の町は、夕暮れの気配が迫ってきていた。梅雨《つゆ》の頃だから昼間はひじょうに長いが、官兵衛はほとんど長さを感じなかった。

すでにあちこちの飲み屋や料理屋には提灯《ちょうちん》が灯《とも》され、足早に道を歩く人たちにおいでおいでをしている。

「一日がたつのは、本当にはやいですねえ」

福之助がしみじみといった。

「まじめに仕事をしていると、あっという間だな」

孝之助の家は、大和屋から五町ばかりのところにあった。宇之吉《うのきち》長屋といい、全部で十軒の店《たな》がどぶの流れる薄汚い路地をはさんで向かい合っていた。

孝之助は左手の一番手前に住んでいるとのことだが、そこに明かりはついていなかった。

「飲み屋のほうですかね」

「うむ、行ってみよう」

おまさ、という店は長屋の裏手に位置していた。せまい道の角に建ち、ひっそりと提灯を灯している。

目尻のしわがやけに深い女将《おかみ》が一人いるだけの小さな店だった。小上がりが二つに、あとは四つの長床几が土間に置いてあるだけだ。

客は小上がりに一人いた。ちろりで酒を飲んでいる。

鼻をつく酒のにおいと、煮詰めた醬油《しょうゆ》の香りが薄汚れた壁に染みついている。

「女将、孝之助はいるか」

官兵衛が声をかけると、小上がりの男が驚きの顔を向けてきた。

「あっしが孝之助ですけど、八丁堀の旦那がなにかご用ですかい」

官兵衛は孝之助の向かいに尻を預けた。

「鉦伝屋を知っているな」

「ええ。金貸しですね」

孝之助がしらっという。

官兵衛は凝視したが、孝之助の目が泳ぐようなことはなかった。

「殺されたのは知っているか」

さすがに細い目をみはった。

「ええっ、殺されたんですかい」

「ああ」

「誰にですかい。ああ、わからないからここにいらしたんですね。――いえ、あっしは殺っていないですよ」

すでに顔には喜色《きしょく》がある。

「昨日の明け方頃、どこにいた」

「昨日の明け方というと、雷と雨がすごかった頃ですかい」

「それより少し前だ」

ちらりと孝之助が厨房《ちゅうぼう》に目をやった。そこには女将がいて、素知らぬ顔でなにかった。肴《さかな》をつくっていた。だが、全身を緊張させて、きき耳を立てているのが気配でわかった。

「どうなんだ、さっさと答えな」

「あの、ここの女将と……」

言葉を切り、孝之助が女将のほうをうかがった。

女将がちらりと孝之助を見、それとわかる程度にうなずいた。

「一緒にいました。この二階です」

福之助に入口から動かないようにいってから、官兵衛は立ち、厨房に足を踏み入れた。魚を鍋で煮ており、もうもうとした湯気が霧のようにわきたっている。

女将は額に汗をかいている。厨房は蒸し風呂のような暑さに包まれていた。

「本当に孝之助と一緒にいたのか」

女将が鍋から顔をあげて、官兵衛を見る。

「はい」

「嘘はついておらぬな」

「はい」

それをきいて官兵衛は小上がりに戻った。

「鉦伝屋に借金のかたに持っていかれた壺はどうした」

孝之助が肩をすくめる。

「知りませんや。あの家にまだあるんじゃないんですかい」

「どんな壺だ」

「いい壺ですよ」

「特徴をいえ」

「八丁堀の旦那が取り返してくれるんですかい」

「さて、どうかな。あまり期待するな。はやくいえ」

「はい、わかりましたよ」

高さは五寸ばかりで、さほど大きくはない。緑色の釉薬《うわぐすり》がかかっており、重厚さのなかに渋さ、素朴さが感じられる。一見、徳利のようだが、肩がもっと張っており、徳利とはまったく異なる形をしている。

「とにかく景色がいいんですよ。眺めていると、幸せになれるというか」

酔いも手伝っているのか、孝之助は饒舌《じょうぜつ》だった。

いま官兵衛が思い返してみても、鉦伝屋の家のなかに、やはりそんな壺はなかった。

犯人が持ち去ったと考えるのが自然だろうか。

はっきりしているのは、孝之助に緊左衛門を殺せるだけの腕はないということだ。人を雇って殺させるという手はあるが、それはこれまで会ってきた者すべてにいえることだろう。

七

その後、鉦伝屋の名寄せに載っていた者すべてに当たったが、犯人らしい者を見つけることはできなかった。

官兵衛としては、探索の舵《かじ》を切る必要に迫られた。

そのことは福之助も感じているようで、孝之助におまさという煮売り酒屋で会った翌々日の朝、町奉行所の大門のそばで官兵衛にきいてきた。

「今日はどうするんですかい」

青空が広がっていたおととい、昨日とは異なり、今日は梅雨空で、今にも雨が落ちてきそうだ。福之助の顔はいつもと同じようにつやつやしていた。

「おまえはどうしたらいいと思う」

「さいですねえ」

うなり声をあげそうな顔で、福之助が腕組みをする。

「鉦伝屋が殺された朝、その場から逃げだしていった二人の侍がどうしても気にかかります」

「そうだな。俺もその二人の行方を追うことを考えていた。福之助、手立てはどうすればいいと思う」

さいですねえ、とまた口にして福之助が考えこむ。

「これが果たして手立てといえるのかどうか、鉦伝屋から二人の侍が消えた方角を徹底して調べるというのはいかがですかい」

官兵衛は深く顎を引いた。

「それでよかろう」

「まことですかい」

福之助が喜色をあらわにする。

「ああ」

官兵衛は、福之助とともにまず鉦伝屋まで行った。

緊左衛門が殺された日に、鉦伝屋から逃げだす二人の侍を塩売りの男が見ている。

塩売りは、二人は東へ向かったといっていた。

官兵衛は福之助の先導で、そちらに向かった。

町々の自身番に入っては、二人の侍についてきいていったが、手がかりはまったく得られなかった。

九つ目の自身番を出たところで、官兵衛は福之助にいった。

「戻るぞ、福之助」

「えっ、御番所に帰るんですかい」

じき午前は終わりだが、まだ午後がまるまる残っている。これからではないですかい、と福之助はいいたげにしている。

「ちがう。鉦伝屋にだ」

「はあ、わかりました」

戻ってどうするんですかい、とききたそうだったが、福之助はなにもいわなかった。

官兵衛たちは、いま来たばかりの道を戻りはじめた。

鉦伝屋の真ん前に戻ってきた。

「腹が空いたな。福之助、まずは腹ごしらえをするか」

「さいですね」

官兵衛たちは、鉦伝屋の近くにある一膳飯屋に入った。

昼をすぎて、店は空きはじめていた。官兵衛たちは小女《こおんな》にいわれるままに、十畳ほどある座敷にあがりこんだ。

官兵衛は鰺《あじ》の塩焼きに飯、味噌汁、漬物を頼んだ。福之助は鰺のたたきを注文した。

鰺は新鮮で身がぷりぷりしていた。官兵衛は満足だった。福之助もにこにこしている。

「おいしいものは、やはりいいな。人を幸せにする」

「はい、まったくで」

官兵衛は代を支払って、店を出た。福之助、と呼びかける。

「どうして戻ってきたのか、おめえ、ききたいんじゃねえのか」

「はい、それはもう」

「よし、話してやろう」

官兵衛は往来の邪魔にならないように、福之助をそばの路地に連れていった。名も知らない小さな花が咲き、白い蝶々がひらひらと舞っていた。官兵衛たちに驚いたように路地の奥に逃げていってしまった。

「悪いことをしちまったな」

見えなくなった蝶々を見送って、官兵衛はいった。福之助が待ち遠しそうな顔をしている。

官兵衛は額の汗を手の甲でぬぐった。

「鉦伝屋から逃げだしていった二人の侍は、緊左衛門を見張っていたと思える。これに異論はねえな」

「へい、ありません」

「このあたりで鉦伝屋を張っていたのなら、俺たちと同じように腹ごしらえをしたんじゃねえのか」

「なるほど、そいつは考えられますね。飯を食わせる店を調べようと、旦那は戻ってきたんですね」

「そういうことだ」

官兵衛は大きくうなずいた。

「よし、まずはそこからだな」

官兵衛は食べ終えたばかりの一膳飯屋の暖簾《のれん》を再び払った。

小女に、やせた侍とややでっぷりとした侍という組み合わせが、食べに来たことがないか、きいてみた。

だが、残念ながら、一発目で当たりくじを引くことはできなかった。

官兵衛は福之助とともに、界隈《かいわい》の食べ物屋を当たりはじめた。

二軒目の店で、あっさりと当たりくじを引けた。

鉦伝屋のはす向かいに位置する二軒目の蕎麦《そば》屋に、容貌がぴったりの二人の侍が何度か食べに来ていたのである。

蕎麦屋の小僧によると、二人はいつも座敷の窓際に座りこみ、鉦伝屋の様子をうかがっていた節があるとのことだった。

どこの国のものかわからないが、きき取りづらいなまりがあり、ときおり故郷のことをひそひそと話していたという。

どんななまりか、官兵衛はきいた。陸奥《みちのく》のほうであるのはまちがいないと思うのですけど、と小僧は自信なさそうにいった。

「故郷のことを話しているとき、二人の口から地名が出てこなかったか」

「どんな字を当てるのか知りませんけど、かみのやま、という言葉が出てきたことが何度かあって、故郷の蕎麦切りのほうがうまい、それから、また温泉に浸かりに行きたいというようなことを話していらっしゃいましたよ」

かみのやま、なら上山のことだろう。陸奥ではなく出羽《でわ》だ。いい温泉がわいているというのを官兵衛は耳にしたことがある。

しかし、上山というと、なにか耳にしたことがある。

官兵衛は心中で首をひねった。呼び起こせ、と自らを叱咤《しった》する。

胸のなかに垂らした釣針に、なにかが引っかかるような感触があった。
三、四年前、奉行所内で、脱走者のことで話が出たことはなかったか。確か、そうだ。まちがいあるまい。
そのことと今回の緊左衛門の一件は関係しているのか。

官兵衛は、よく思いだしてくれたな、と小僧に礼をいって蕎麦屋を出た。

「よし、福之助。番所に戻るぞ。案内してくれ」

承知いたしました、といって福之助が前に立って歩きだす。

「でも旦那、御番所に戻って、なにをするんですかい」

「人に会い、頼み事をするんだ」

「誰に会うんですかい」

「与力の新堂綾ノ介《しんどうあやのすけ》さまだ」

「与力、ですかい」

「そうだ。上山といえば、松平《まつだいら》家だ。松平家というと数え切れぬほどあるが、上山松平家の頼み付けをしているのは、与力の新堂さまなんだ」

頼み付けというのは、大名家の侍が江戸で事件を起こしたときなど、表沙汰にせずに始末できるよう懇意の与力や同心を確保しておくことをいう。

「この刻限に、御番所にいらっしゃいますかい」

「多分な。同心とちがって、実際に町を見まわることはほとんどない」

奉行所に戻ると、大門に福之助を待たせ、官兵衛は正面に見えている建物に入った。

まず与力の詰所の一室を訪ね、厳密には上司ではないが、一応、上司の役割を担っている新田貞蔵に会った。

貞蔵は分厚い書類と向き合っていた。官兵衛はこれまでの経緯をすべて話し、新堂綾ノ介に面会するための口利きを頼んだ。

「そうか、官兵衛、よく調べたな。――お安いご用だ」

気軽にいって立ちあがった貞蔵が、官兵衛についてくるようにいった。

貞蔵に導かれて、官兵衛は廊下を進んだ。

一対の襖の前で貞蔵が立ちどまる。

「新堂どの、いらっしゃるか」

なかに向かって声をかける。

「新田にござる」

「どうぞ、お入りになってくだされ」

失礼いたす、といって貞蔵が襖を横に滑らせる。

貞蔵に続いて官兵衛は部屋のなかに進み、正座した。

「今日はお願いがあってまいりました」

貞蔵が綾ノ介にいった。綾ノ介も書類仕事をこなしていた。鋭い目をあげた。

「お願いというと、なんでござろう」

「上山松平家に、お話を通していただきたいのでござる」

「ほう。どんな用件にござろうか」

綾ノ介が視線を動かし、官兵衛を見た。貞蔵が官兵衛に、ご説明申しあげろ、といった。

官兵衛はどういういきさつで、上山のことが出てきたか、これまでのいきさつをまじえ、すべてを語った。

「なるほど、それでその二人に会って話をききたいと申すのか」

「はっ」

「沢宮、おぬしはその二人が金貸しの鉦伝屋を殺したとは、思っておらぬのだな」

綾ノ介が確かめてきた。

「むろんお話をきいてから、その判断はくだすことになりましょうが、おそらく手をくだしてはおられぬだろうと考えております」

「そうか、わかった」

綾ノ介が貞蔵に目をやり、うなずいた。瞳には厚意の光がたたえられている。

「もう四年ばかり前になるから、覚えている者はほとんどおらぬでござろうが、国元からの脱走者の捜索を手伝ってほしい旨、上山松平家から依頼がきていたのでござるよ」

貞蔵がはたと膝を打つ。

「そういえば、そのようなことがありましたな」

「沢宮、おぬしはこたびの一件とその脱走者の一件、関わりがあると考えているのだな」

「はっ。脱走者が鉦伝屋緊左衛門と考えれば、辻褄《つじつま》が合い申す」

「よし、わかった。おぬしが会いたいというその二人は、きっと国元から差し向けられた者であろう。ならば話は早い」

綾ノ介の言葉通り、翌日の昼前に官兵衛は二人の侍に会えた。場所は上山松平家の上屋敷の客間である。

新堂綾ノ介は官兵衛と同道してきたが、二人の侍に引き合わせると、役目はすんだとばかりに町奉行所に引きあげていった。

二人は矢上宗右衛門《やがみそうえもん》と高門郷一郎《たかかどごういちろう》と名乗った。

宗右衛門がややでっぷりとし、郷一郎はかかしが着物を着ているようにやせていた。

二人ともなかなかの遣い手であるのが、物腰から知れた。この二人が一気にかかれば、緊左衛門を討つのはできぬことではないだろう。

官兵衛が鉦伝屋についてたずねると、緊左衛門の家を何度かうかがっていたことを二人は認めた。町中では頭巾を脱がぬ緊左衛門が国元を逃げだした者かどうか、確かめようとしていたという。

「あの日、緊左衛門が殺された日のことにござるが、我らは頭巾を脱いだ鉦伝屋の顔をはじめて見申した」

できるだけなまりを抑えて、高門郷一郎がいった。

「いかがでござった」

「鉦伝屋緊左衛門は、確かに我らが追っていた近沢祥左衛門《ちかざわしょうざえもん》にござった」

しかし二人は、緊左衛門を殺してはおらぬ、と強い口調でいった。鉦伝屋に行ったときには、緊左衛門はすでに殺害されていたとのことだ。

殺されているのが近沢祥左衛門であることを確かめた二人は、すぐに鉦伝屋をあとにしたという。

「しかし、お二人が町の者に見かけられているのは、明け方といっていい刻限にござる。どうして、あんな刻限に、お二人は鉦伝屋にいらしたのでござろう」

「あの日の明け方、ひどい雷雨だったことを存じておられるか」

矢上宗右衛門が官兵衛にきく。

「よく覚えており申す」

「国元にいた頃、どうしてか近沢祥左衛門は雷を見るのが大好きでござった。それはきっと今も変わらぬはずと、雷が鳴りはじめるのとほぼ同時に、我らはこの屋敷を飛びだしたのでござる」

「我らが鉦伝屋に着いた頃には、残念ながら雷は江戸の空を去ろうとしているところにござった。だが、ふだん閉まっているはずの鉦伝屋の扉があいており、これはどうしたことなのか、と我らは不思議に感じ申した。いろいろ考えるより入ってみようということになり、近沢祥左衛門の死骸を見つけたのでござる」

「なるほど、そういうことにござったか」

失礼いたします、といって官兵衛は目の前の湯飲みを取りあげ、茶で唇を湿《しめ》した。

「鉦伝屋、いや、近沢祥左衛門は国元でなにをして、逃げたのでござるか」

二人が顔を見合わせる。できれば伏せておきたい事柄なのか。

郷一郎が決意したようにうなずく。

「他言は一切無用にしていただくが、よろしいか」

「むろん」

郷一郎がじっと官兵衛を見てから続けた。

「横領にござるよ。近沢は勘定方の者でござった。近沢が横領したのは、二千両に及ばんとする額にござる」

それだけあれば、七百両の家をぽんと買うのもなんらむずかしくなかったはずだ。そして貯めこんだ金を元手に金貸しとなるのも、たやすかっただろう。

「我らは近沢を討ち果たし、奪われた金を取り返すことを使命としていた。しかし沢宮どの、我らは近沢を殺してなどおらぬ。殺すのなら町奉行所に届けをだし、堂々としてのけるつもりでござった」

郷一郎のこの言葉に嘘はなかろう。

「だがそれならば、どうしてお二人は近沢祥左衛門が死んでいることを、届け出なかったのでござるか」

また二人が顔を見合わせた。郷一郎が口をひらく。

「それがどうしてなのか、我らもわからないのでござる。四年に及んだ追跡があのような形で終わり、気が抜けたとしか思えぬ。二人とも呆然とした感じで、知らぬうちにここまで戻ってきてしもうた」

気が抜けたのは事実なのだろう。人というのはときとして、説明のできない振る舞いをする。

「わかり申した」

官兵衛は二人にはっきりと告げた。

「お二人が手をくだしていないのは、紛《まぎ》れもないことにございましょう」

「かたじけない」

二人が同時に頭を下げる。

「一つおききしたいのでござるが」

官兵衛がいうと、二人がすっと顔をあげた。

「お二人が鉦伝屋を張っておられるとき、なにか妙に感じるようなことはござらなんだか。あるいは、緊左衛門が妙にそわそわしているようなことは」

「妙なこととはちがうかもしれぬが」

宗右衛門が低い声で告げる。

「我らは胡散《うさん》臭げな年寄りを二度、見かけ申した。年の頃は六十前後でござろう。堅《かた》気《ぎ》のふりをしていたが、あの年寄りは堅気ではござらぬ」

その年寄りには妙な迫力があり、いったい何者なのか、と二人はかなり気になっていたという。

鉦伝屋に金を借りに来た者では、どうやらない。来客があったとき、宗右衛門たちは外できき耳を立てていたが、家のなかの二人がなにを話しているのか、まったく届いてこなかった。

「あの年寄り、元は武家かもしれぬ」

宗右衛門が目を光らせていった。

「しかもかなりの腕と見ましたぞ」

郷一郎が言葉を添える。

あるいは、その年寄りが緊左衛門を手にかけたのかもしれぬな。

二人の言葉から官兵衛は思った。

矢上宗右衛門と高門郷一郎の二人に丁重に礼をいって、上山松平家の上屋敷を辞した。

門の外で待っていた福之助に、鉦伝屋緊左衛門のもとで働いていた飯炊きのばあさんのところに連れていってくれるように頼む。

「ああ、おきんばあさんですね。お安いご用ですよ」

福之助が官兵衛の前に立ち、早足で歩きだした。

よほど退屈していたらしいな。それも無理もねえ。ただ俺の戻りを待っていただけなんだから。

官兵衛は、我慢強く待っていた福之助の頭を、いい子だ、となでてやりたくなった。

四半刻（三十分）のち、おきんが住む長屋の前に官兵衛はいた。

おきんは臥《ふ》せってはいなかった。元気に起きて、家事をしていた。

「なにしろ、しばらく掃除もしていませんでしたし、洗濯もできませんでしたからねえ」

掃除の手をとめたおきんは官兵衛たちをあげ、薄べり畳のさほどすり切れていないところに座らせた。

「すみませんねえ、貧乏暮らしで座布団もないものですから」

「かまわねえよ」

おきんは茶をいれて、官兵衛たちにだしてくれた。

「こりゃありがてえ。暑いなか歩いてきて、喉が渇いていたんだ」

官兵衛は茶を喫した。たいしてうまい茶ではなかったが、ぬるくいれてあり、福之助もにこにこして飲んでいる。

それでいい。

官兵衛は福之助にうなずきかけてから、おきんに問いを発した。

「鉦伝屋のもとに、堅気とは思えねえじいさんが来ていたらしいが、覚えているか」

おきんは少し考えたが、すぐに思いだしたようだ。

「ええ、来ていましたね。全部で三度ばかりでした」

「そのじいさんは何者だ」

「さあ、わかりません。どこの誰とも名乗りませんでしたからねえ」

「じゃあ、そのじいさんはどんな用件で鉦伝屋を訪れていたんだ」

「それもわかりません。鉦伝屋の旦那からも、きかされませんでした」

「二人が話しているところに茶を運んでいったことは」

「はい、それはもちろん」

「そのときなにか耳に入ったことはないか」

おきんばあさんはしばらく考えていた。

「ああ、そういえば、ときおり陣羽織という言葉が耳に飛びこんできましたねえ」

「陣羽織だと」

官兵衛は荒らされていた簞笥を思いだした。賊はその陣羽織を探していたのか。

おきんばあさんがぽんと手を打つ。

「この前八丁堀の旦那にお話しするのを忘れていましたけど、鉦伝屋の旦那は古ぼけた陣羽織を着ては、悦に入っていました。あたしは、あんな汚い陣羽織、捨てたいくらいでしたよ」

「そんな陣羽織を鉦伝屋は大事にしていたのか」

「はい、それはもう宝物のように扱っていましたよ」

「どうしてそんなに大事にしていたのかな」

「あたしもきいたんですけど、にやにやしているだけで、なにも教えてくれませんでしたねえ」

そうか、と官兵衛はいった。

「鉦伝屋とその堅気とは思えない年寄りは、仲がよかったか」

「いえ、そういうふうには見えませんでしたよ。むしろよそよそしい感じといったほうがいいと思いますねえ」

「その程度の仲なのに、その年寄りは三度も訪れたのか」

「はい、きっと厚顔という言葉がぴったりの人だったんでしょうね」

それだけしつこく訪れたということは、その年寄りは陣羽織を譲ってもらいに来ていたのか。

――ふむ、陣羽織か。

官兵衛には引っかかるものがあった。だが、それがなんなのか、わからないことが心を苛立たせる。

こういうとき八太がいれば、すぐに思いだしてくれるのに。

福之助に、その役目をまかせるのは今はまだ無理だ。

しかし、福之助は実に役に立ってくれている。

ここは、と官兵衛は思った。自分の力でなんとかしなければならねえ。

第四章　祈禱師《きとうし》

一

八太、いったいなんでそんな食べ方をしてるんだ。

官兵衛は、裏返りそうになる声で呼びかけた。

八太は茶碗飯にたっぷりと醬油をかけて、しきりに箸《はし》を動かしている。

醬油が少しだけついた飯は、けっこう美味だと官兵衛も思う。

だが、八太が食べているのは、茶碗から醬油があふれそうになっている代物《しろもの》だ。まるで醬油茶漬けだ。

ついに醬油は茶碗からあふれ出て、ぽたぽたと畳《たたみ》の上に落ちはじめた。いくつも濃いしみができている。

ああ、そんなにしちまって、掃除がたいへんだぞ。

八太は官兵衛の思いなどお構いなしに、どろどろの醬油飯を、うまそうに口に運んでいる。最後は茶碗を傾け、一気に流しこんでしまった。

官兵衛は顔をしかめた。口の奥から妙な唾《つば》がわいてくる。

八太、舌がどうかしちまったんじゃねえのか。

その声がきこえていない顔で、八太はにこにこしている。不意にこちらを向いた。

官兵衛の脇を指さす。

なんだと思って目をやると、かたわらにお櫃《ひつ》が置いてあった。

なぜこんなところに。

八太がぺこりと辞儀し、それをこっちに持ってきてくれるように、すまなそうな表情で告げる。

おかわりするのか。

きくと、八太が大きくうなずいた。

やめておいたほうがいい、と思ったが、八太の切なそうな顔を見ると、仕方ねえな、という気になった。

いま持ってってやる。待ってな。

官兵衛は腰を落とし、お櫃に手をかけた。ぎょっとした。意外な重さがある。満杯に入っているどころか、ぎちぎちに詰めてある感じだ。腰が痛くなりそうなのをこらえ、八太のそばに運んでいった。

ありがとうございます。

八太が何度も頭を下げる。

官兵衛は軽く肩を叩いた。

いいってことよ。俺とおめえの仲じゃねえか。

官兵衛は顔では笑ったが、八太がひどくやせていることに、衝撃を受けていた。痛々しいほどだ。

いったいどうしちまったんだろう。病じゃねえのか。あんな飯の食い方をしているんじゃ、体をおかしくするのも無理もねえ。医者に連れてゆくか。

八太がお櫃の蓋《ふた》を取り、しゃもじで茶碗に飯をよそう。

また醤油漬けの飯を食べるのか、とやりきれない思いでいたら、飯茶碗を膳に置き、手元にあった小さな樽《たる》をあけた。しゃもじを使って、その中身を飯になすりつけはじめる。味噌だった。

茶碗のなかで飯と味噌が半々くらいになったところで、八太はにんまりし、箸でかきこみはじめた。

八太、やめておけ。そいつもとんでもなくしょっぱいだろう。

だが、八太は黒蜜でもかかっているかのように、顔をほころばせて次から次へ口に運んでいる。

八太、どうしてそんな真似をするんだ。

飯と味噌を口に押しこみ終えて、八太が茶碗と箸を膳に戻す。ご馳走さま、と両手を合わせた。

おい、八太。

その声が届いたように、八太が官兵衛を見つめる。

旦那、じゃあ、あっしはこれで。

一礼して立ちあがる。背後に横たわる深い闇に向かって歩きだした。

八太、待て。

官兵衛は追おうとしたが、足が打ちつけられたように動かない。

闇の扉がひらいたように一条の明かりが漏れだし、八太を包みこむ。

八太の姿は、次の瞬間には消えていた。扉が閉まり、再び厚い闇の壁が官兵衛の前に立ちはだかった。

八太、戻ってこい。
声を限りに叫びかけたが、無駄でしかなかった。
はっとする。目をあけた。
官兵衛は見まわした。見慣れた天井や壁が目に映りこむ。
八太はなにをいいたかったのだろう。
官兵衛は心中で頭をひねった。
――醬油に味噌。
あと少しで手が届きそうなもどかしさ。
官兵衛は頭を抱えたくなった。
醬油と味噌といえばなんだ。
――そうか。
江久世屋だ。
三月《みつき》前、押しこみにやられた店である。あそこは味噌、醬油問屋だ。
八太は江久世屋のことをいいたかったのだろう。
ああ、そうだった。
官兵衛ははっきりと思いだした。江久世屋の押しこみの件を調べたとき、確かに陣羽織のことが出てきていた。

どうしてそんな大事なことを、こうもあっさりと忘れてしまうのか。官兵衛はおのれを殴《なぐ》りつけたい気分だ。

だが、陣羽織の話があったのは事実だが、どういう形で出てきたのかは、まったく覚えがない。

脳裏を指先でかきむしるようにしたが、爪のあいだに入りこむようなものすらない。

まいったな。どうせなら、八太もそこまで教えてくれればよかったのに。

とにかく調べなければならない。

官兵衛は起きあがり、身支度をした。最後に十手を懐にしまいこむ。

十数羽の雀《すずめ》が、みみずでもいるのか地面を盛んについばんでいる。それが急に吹き寄せた風に驚いて飛び立った。小竹を打ち合わせたような音が響き渡る。

ほう、すげえな。

官兵衛は目を丸くした。大門の下から、空をのぞく。雀たちは、奉行所の長屋門の屋根にとまったようだ。

雀でも数が集まると、あんな音がしやがんだな。

幼い頃は雀の羽音のことはよく知っていたはずだが、長じてからはほとんど耳に届かなくなったような気がする。

背丈が伸びて、地面とのあいだが離れたせいか。

また雀たちが舞いおりてきて、地面をつつきはじめた。だが、すぐに羽音をとどろかせて空に戻っていった。

福之助が走ってきた。大門の下にやってきて、すまなそうな顔で空を見あげる。

「ああ、雀に悪いこと、しちまいましたね」

「気にするな。俺たちがいなくなれば、すぐに戻ってくるさ」

福之助が思いだしたように朝の挨拶《あいさつ》をする。官兵衛も返した。

「でも旦那、ずいぶんと早いですね。それとも、あっしが遅かったんですかい」

「そんなことはねえよ。ちょっと早く出てきたんだ」

「なにかあったんですかい」

そうだ、といって官兵衛は夢の話をした。

「そういうことがあったんですかい。江久世屋さんですかい」

福之助が少し考えこむ。

「江久世屋さんはもう潰れてしまっているんですね」

「ああ。跡取りともども、皆殺しの目に遭ったからな」

家族七人、奉公人五人、合わせて十二人が殺された。そして、二千両もの大金が奪われている。

殺された家族のなかには、まだ幼い男の子が三人も含まれていた。九歳、八歳、二歳の兄弟である。

「残った財産はすべて御上のものになったそうだ。もっとも、二千両も奪われたあとだから、たいして残っていなかったそうだが」

「それはまた切ない話ですねえ」

福之助が力なく首を振る。

「江久世屋に押しこんだ者は、いまだにつかまっていないんですね」

「十二人もの人が殺された凶行だっただけに、俺たちは総出で探索に当たった。だが、結局はつかまらなかった。手がかりもろくになかった」

官兵衛は喉元に這いあがってきた悔しさを押し殺した。八太が江久世屋の押しこみの捕縛に執念を燃やしていたのを思い起こす。

「しかし福之助。この八太の教えが、あるいはとっかかりになるかもしれねえな。八太には感謝しなきゃいけねえ。――よし、福之助、行くぞ」

官兵衛は大門の下から足を踏みだした。途端に、朝の陽射しに身を打たれた。

うしろに福之助がつく。

「ねえ、旦那」

「なんだ」

「気を悪くしないできいてもらえますかい」

「そいつは、話の中身によるな。だが、いいたいことがあったら、いったほうがいい。そのほうが互いにさっぱりする」

「さいですよね」

福之助が元気づけられた声をだす。

「あっしは、旦那が教えてもらったわけじゃないと思うんですよ」

なんのことだ、と官兵衛は一瞬、考えた。

「八太のことか」

「ええ、さいです」

福之助は何度も顎《あご》を上下させている。

「どういうことだ」

「八太さんという人がどんな中間《ちゅうげん》だったのか、あっしは存じませんけど、きっとすばらしい人だったのは、旦那のこれまでの言からまちがいないと思うんですよ」

「うむ」

「でも、今回の江久世屋の件は、もともと旦那のなかで引っかかりがあっただけのことだと思いますよ。八太さんが教えてくれたという形を取ったに、すぎないんじゃないでしょうか」

「そうかな」

「旦那のなかで、いまだに八太さんを慕《した》う気持ちが強いために、そんなふうになった気がします」

「慕う気持ちが強いか。頼りにしていたのは、紛れもねえ事実だ」

「今でも、八太さんに頼りたいって気持ちがあるんですかね」

福之助の口調に寂しげな色がまじる。

官兵衛は振り向いた。

「今はもうねえよ。八太には悪いが、死んじまった者を当てにするほど、俺は愚《おろ》かじゃねえつもりだ。いま俺が頼りにしているのは、おめえだよ」

福之助の顔に喜色が差す。

「さいですかい」

「ああ。それに、陣羽織のことをつかんだとき、確かに俺には引っかかりがあった。そのとき福之助に頼らず、自分の力でなんとかしねえとならねえって、思ったんだ。だから、きっとおめえのいう通り、俺は自力で思いだしたにちげえねえ」

福之助がうっとりと官兵衛を見る。その表情は、惚《ほ》れた男を見つめる娘子《むすめご》のようだ。


官兵衛たちは江久世屋の取引先、親しい友人、親類たちを次々に当たっていった。

だが、なかなか陣羽織のことについて、話をきくことはできなかった。

いったいどこで陣羽織のことを耳にしたのか。

官兵衛としては江久世屋に関係した者に当たってゆけば、記憶を呼び覚ますものがあるはず、とにらんでいた。

だが、これまでに十人近い者に会ったが、なにも思いだすものがない。

「旦那、どうかしましたかい」

「いや、俺の頭のめぐりは、ひでえものだなって思っただけだ」

「陣羽織のことを、思いだせないからですかい」

「そうだ」

「旦那、気長にいったほうがいいと思いますよ。そのうちきっと思いだしますから」

しかし、どうして脳裏に浮かべられないのか、官兵衛は思い計ることができない。わけがわからなかった。

「しかし旦那、今日は先導しなくていいんですかい」

「今のところはな。今日はなんとなく、八太に先導してもらった道を覚えているんだ」

しばらく福之助は無言だった。

「それにしても旦那、暑いですね。いっても詮《せん》ないことですけど」

「まったくだな」

猛然と熱を放つ太陽が、容赦なく江戸の町を焼き払おうとしていた。汗がだらだらと流れ、頭が猛烈に熱い。水に浸した手ぬぐいをのせたら、どんなに気持ちいいだろう。

「これでまだ梅雨が明けていないんですから、明けたらどんな暑さになるか、気が滅《め》入《い》りますよ」

「暑いのはきらいか」

「ええ、まあ」

考えてみれば、江久世屋が押しこみにやられたのは、花見の時季だった。それがいつしかこんなふうに暑くなる。月日のめぐりは速い。

――待てよ。

なにかが脳裏の壁にこつんと当たった。

江久世屋が押しこみにやられたとき、春らしからぬ寒さが戻っていた。江戸の町を風花が舞ったほどだ。

俺はそのせいで風邪を引いた。ひどい熱をおして探索をした。

だからだ。熱にやられていたから、ろくに覚えがないのである。風邪を引いていたこと自体、忘れていた。人は、体が健《すこ》やかなときは、病にかかっていたことを、頭から忘れてしまう。

あのときはふらついて、八太に心配された。休んでもらってけっこうですぜ。事件のことより、旦那の体のほうが心配になっちまう。

それなのに、俺はこうして生きていて、八太のほうが逝《い》っちまった。

気持ちが湿ってきた。官兵衛は馬のように首を振った。

官兵衛は八太のことを心から押しだした。

あのとき何十人もの者に話をきいた。そのなかでたった一人、陣羽織のことを話した者がいたのだ。

誰だったか。思いだせないのが、じれったくてならない。

頭を殴りつけた。

「旦那、なにをしているんですかい」

これでは駄目だ。痛いことは痛いが、手加減してしまう。

官兵衛は勢いよく振り向いた。

「おい、福之助」

「びんたを頼む」

福之助がびくっと体を引く。

「なっ、なんですかい、いきなり」

「びんたをしてくれっていっているんだ」

「旦那をですかい」

「思いだすための手立てだ。思い切りやってくれ」

官兵衛は立ちどまり、顔を突きだした。目を閉じる。

「でも」

「早くやれ」

「しかし旦那」

「四の五のいわず、さっさとやれ」

ふう、と福之助が控えめなため息をつく。

「承知しました」

官兵衛は歯を食いしばった。だが、ぺちん、と情けない音がしただけだ。

「もっと強くやれ」

二発目は一発目よりはましになったが、まだまだだ。

「脳天に響くようにやんなきゃ駄目だ」

三発目は、顎が外れ、目玉が飛び出るのではないか、と思えるくらいの衝撃だった。官兵衛は膝から地面に崩れ落ちそうになったが、かろうじてこらえた。

「大丈夫ですかい」

福之助が支えようとする。

「ああ、平気だ」

官兵衛は福之助を見つめた。

「いかがですかい」

「うん、思いだした」

官兵衛は大きくうなずいた。

「おめえのおかげだ。意外に力がありやがんな」

「さいですかい。それで旦那、陣羽織のことを耳にしたのは、どこだったんですかい」

官兵衛はにこりとした。

「福之助、ついてこい」

きびすを返し、風を切って歩きだす。だが、すぐに立ちどまった。照れ隠しに鬢《びん》をかく。

「すまん、福之助。先導してくれ」

二

次に官兵衛が足をとめたのは、江久世屋から北に十町ばかり行った家だった。生垣がぐるりをめぐっている。

こぢんまりとした家だが、屋根瓦や庇《ひさし》の柱などに金がかかっているのが、枝折戸《しおりど》越しにもわかる。三月前とまったく変わらない佇《たたず》まいだ。

「こちらですかい」

「ああ、そうだ。まちがいねえ」

枝折戸をあけて、なかに入る。

濡縁が設けられた座敷の前に出た。生い茂った木々が自然の屋根をつくりあげ、陽射しをさえぎっている。

腰高障子があけ放たれていた。家財などなにも置いていない広々とした八畳間に、風が気持ちよさそうに吹きこんでいる。葉ずれの音が涼しさを呼んで、心地よい。汗が静かに引いてゆく。

ほう、と官兵衛は息をついた。福之助が懐《ふところ》からいつもの高価そうな手ぬぐいを取りだし、汗をふいている。

「ほっとしますねえ」

「まったくだ」

官兵衛は訪《おとな》いを入れた。

奥からあらわれたのは、ふくよかな顔と体つきをした女だった。

「塁之助《るいのすけ》さんはいるかい」

女は塁之助の女房だ。名はおきつだったか。おきちだったかもしれない。

「ちょっとまた話をきいてえんだ」

「はい、少々お待ちください」

女房は官兵衛を覚えているようで、ていねいに挨拶してから、奥に戻っていった。

しばらくして、やや背筋が曲がり、顎が突きだしている男を連れてきた。

まちがいない。官兵衛は心中でうなずいた。前に陣羽織の話をきいた男だ。記憶がはっきりとよみがえってきている。

官兵衛たちは座敷にあがり、塁之助と対座した。塁之助は福之助に目をやり、おや、という表情をかすかにした。

女房は香り高い茶をだしてから、奥に引っこんだ。

「どうぞ、お召しあがりください」

「では、遠慮なく」

官兵衛は斜めうしろに控えている福之助にも、いただくようにいった。

渇いた喉にやさしい味だ。官兵衛は、うまい、といった。

「ほんとにいいお茶ですねえ」

福之助は感嘆を隠さない。

「それはようございました。おだしした甲斐《かい》がございました」

いい茶葉なのも当たり前だろう。ちょこんと正座し、目を細めて茶を喫《きっ》している塁之助は、油問屋の大店井出《いで》屋の先代のあるじだった男だ。今は隠居の身である。

官兵衛は茶を飲み干し、湯飲みを茶托に戻した。それを見て、塁之助も湯飲みを置いた。

「江久世屋のあるじの輝蔵《てるぞう》とは碁敵《ごがたき》だったたな」

「はい、さようです」

塁之助が目を輝かせ、身を乗りだす。

「江久世屋さんの一件について、なにか動きがあるのですか」

「そいつはまだいえねえ。塁之助さん、おまえさん次第かもな」

塁之助が目をみはる。

「では、とても大事なことをおききに見えたということでございますね」

「そうだ」

官兵衛はさっそく本題に入った。

「輝蔵が大事にしていた陣羽織があると、前に俺が来たとき、話してくれたな」

「ああ、はい。なんでもいいから、輝蔵さんのことで知っていることがあれば、ということでお話しいたしました」

熱にやられていたといっても、そのあたりのことは脳裏にとどめている。

「あの陣羽織のことを、もう一度、話してもらえぬか」

「はい、お安いご用にございます」

気軽にいって塁之助が背を伸ばす。といっても、あまり伸びたとはいいがたかった。

「とにかく古い陣羽織で、陣羽織には珍しく緋色《ひいろ》の袖がついており、紺色のラシャで仕立てられたものにございます。裏地は菊唐草《からくさ》文様の緞子《どんす》でございました」

「陣羽織というからには、名のある武将のものか」

「はい、かの上杉謙信《うえすぎけんしん》公のものだったらしいと、輝蔵さんは申しておりました」

「上杉謙信公か」

甲斐の武田信玄《たけだしんげん》の好敵手だった越後《えちご》の武将である。甲斐の虎に対し、越後の龍といわれた。無類の戦上手だったが、領土欲はほとんどなく、高潔な武将として知られている。

「そんな陣羽織を、輝蔵はどうやって手に入れたんだ」

「なんでも、輝蔵さんの先々代の主人が入手したと。輝蔵さんの祖父に当たるお方にございますが、大枚をはたいて手に入れたようです。先々代の影響を受けてか、輝蔵さんも軍記物が好きで、その陣羽織は大事にしていました」

「ほかの者から陣羽織のことはきけなかったのだが、どうしておまえさんに輝蔵は話したのかな」

「輝蔵さんがほかのお方にお話ししなかったとは考えにくいのでございますが、手前が陣羽織のことをよく覚えているのは、一度、着たことがあるからにございます」

「着たのか。だから、裏地などにも詳しかったのだな」

「はい、さようにございます。ここに輝蔵さんが持ってきてくれたのでございます」

「ほう。どうして持ってきた」

「実を申しますと、手前も軍記物が大好きにございまして、そのなかでも上杉謙信公が最もお気に入りなのでございます」

「そういうことか。だったら、感動しただろう」

「はい。二百五十年ばかりのときを経て、上杉謙信公が着用なされた陣羽織に袖を通したときは、体が打ち震えるほどにございました」

塁之助の気持ちはよくわかる。軍記物は官兵衛も好きだ。上杉謙信の陣羽織なら、自分も着てみたい。

「上杉謙信公の陣羽織は高価なのか」

「おそらく。でも、値はつけられないのではないかと存じます」

「無理につけたら、どうだ」

「さようにございますね。三百両はくだらないのではないか、と」

「やはりそんなにするものなのか」

官兵衛はちらりと福之助に目を向けた。案の定、なにが高いんだろう、といいたげにしていた。

しかし、それだけ高価なら、陣羽織を狙いに押しこんだ、という推測も成り立つ。奪われた金が二千両とあまりに多く、陣羽織のことなど見向きもしなかったのが、これまで事件を解決に導けなかった理由か。

塁之助の女房がやってきて、お茶のおかわりはいかがですか、といった。官兵衛たちはその言葉に甘えた。

熱い茶を喫してから、官兵衛は塁之助に顔を向けた。塁之助は、女房に新たな茶を注いでもらっている。

「上杉謙信公の陣羽織だが、ほしがっていた者はいないか。輝蔵に、譲渡を依頼していたような者はいなかったか」

湯飲みを両手で包みこんで、塁之助が首をひねる。

「いえ、手前は存じません」

「そうか」

女房が顔をあげ、官兵衛に控えめな視線を当ててきた。

「あの、私はきいたことがあります」

「本当かい」

びっくりして塁之助がたずねる。

「ええ、本当です」

「それは輝蔵からきいたのか」

官兵衛は膝を進めた。

「はい」

「いつのことだ」

「うちの人に上杉謙信公の陣羽織を持ってきてくださったときです。うちの人が厠《かわや》に立ったとき、輝蔵さん、陣羽織を指さして、これをほしがっている人がいるんだよ、ちょっとしつこいんだ、とぼやくようにおっしゃったんです」

「しつこくいい寄られていたのかな」

「はい、そううかがいました」

このことは、官兵衛は初耳だ。江久世屋の件で塁之助に事情をきいたが、女房とは会っただけで話をしていない。名をろくに知らないのがその証《あかし》だろう。

「いい寄ってきていたのは誰だろう」

「誰かまでは、輝蔵さんは話しておりません。ただ、私どもと同じくらいの年寄りであるのは、口ぶりからわかりました」

また年寄りが出てきた。

金貸しの鉦伝屋緊左衛門のもとに、三度ばかりやってきていたという胡散《うさん》臭げな年寄りと、同じ人物ではないだろうか。元武家ではないか、と上山松平家の二人の家臣はいっていた。六十前後とも口にしていたが、そのくらいの歳の頃なら確かに塁之助夫婦と似たようなものだ。

その年寄りは緊左衛門にも陣羽織を譲るようにいっていたのか。

江久世屋から奪われた陣羽織が緊左衛門のもとにあったのか。

それはどうしてか。緊左衛門が江久世屋に押しこんだのか。

それとも、その年寄りが江久世屋に押しこんで奪った上杉謙信の陣羽織が、なぜか緊左衛門の手に渡ったのか。

官兵衛には、こらちのほうが真相を衝《つ》いているような気がした。

よくよく礼をいって塁之助たちの家を離れた官兵衛は福之助とともに、近くの茶店の長床几に腰をおろした。

冷たい茶があるというので、二人ともそれにした。

「仮に、その胡散臭げな年寄りが江久世屋を襲った犯人だとする。どうして江久世屋から奪ったはずの陣羽織が、金貸しの鉦伝屋緊左衛門のところにあり、また奪い返す羽目になったのか」

「鉦伝屋に盗まれたんですかね」

「いや、鉦伝屋緊左衛門が元はれっきとした家中の侍というのはまちがいねえ。鉦伝屋は剣の腕は立ったが、盗みをはたらけるまでの盗人の技があったとは、ちと考えにくい」

「鉦伝屋緊左衛門が、江久世屋に押しこんだ一人だったんですかね」

「それも考えにくいな。鉦伝屋は金に困っていなかった。三百両の陣羽織といっても、奪い取るほどではないだろう。それに、鉦伝屋は追われる身だった。そういう身の上で、新たに俺たち町方にも追われる理由をこしらえるとは思えねえ」

「でも飯炊きのおきんばあさんは、鉦伝屋が古い陣羽織を着て悦に入っていたといっていましたよ」

「たまたま手に入ったものを、着ていたんじゃねえかって思える」

「たまたまですかい」

「鉦伝屋のもとに陣羽織が転がりこんできたのは、まずまちがいねえだろう」

福之助がはっとする。

「鉦伝屋は金貸しですね。最も考えやすいのは、借金のかたに取りあげたというものですね」

「そういうことだ」

福之助が、運ばれてきた冷たい茶を口に含む。

「その年寄りが何者なのかというのは、今は置いておくんですね。――その年寄りは金目当てではなく、実は陣羽織ほしさに江久世屋に押しこんだ。だが、その年寄りのところに陣羽織の価値をよく知っている別の盗賊が忍び入り、盗まれた」

福之助が茶で唇と喉を湿らせる。

「それが、めぐりめぐって鉦伝屋のもとにやってきた。そのことを知ったその年寄りは返してくれるように鉦伝屋に交渉した。だが、陣羽織を気に入っていた鉦伝屋は相手にしなかった。どうしても陣羽織を取り戻したかった年寄りは、鉦伝屋を殺して奪った。こういう筋書きですかね」

官兵衛は腕を伸ばして、福之助の頭をやわらかくなでた。

「いい子だ」

福之助の月代《さかやき》には暑熱が残っており、手のひらに伝わってきた。福之助が、うまくお使いができた幼子のように得意げにする。

「でも、めぐりめぐったといっても、どうして陣羽織が鉦伝屋のもとにいってしまったんでしょう。そのことをどうやってその年寄りは知ったんでしょう」

官兵衛は茶を飲んだ。冷たさが体にしみこんでゆく。

「そいつはまだよくわからねえ」

官兵衛は大ぶりの湯飲みを長床几の上に置いた。

「一つ疑問がある」

なんですかい、と福之助はきいてこなかった。同じ疑問を抱いていたようだ。即座に声を放った。

「その年寄りが、上杉謙信公の陣羽織をどうしてそこまでほしがったか、ということですね。確かに、金のためとは考えにくいですものね。押しこみですでに二千両を手に入れているはずですから」

「江久世屋に押しこんだのは、足跡から六、七人というのがわかっている。一人頭で割ればおよそ三百両ということになって、同じ価値のある陣羽織がほしくなるっていうのはわからねえでもねえんだが、陣羽織のために鉦伝屋を殺すなど、執念を感じる」

「上杉謙信公の陣羽織には、なにかいわれがあるんでしょうか」

「いわれか。たとえば」

「着ていると女にもてるとか、いい縁談がととのうとか、夢がかなうとか、健やかになれるとか、とにかくいいことばかり起きる仕組みになっているんじゃありませんか」

「そいつはいいな。俺もほしくなってきた」

官兵衛は茶の残りをがぶりとやった。とん、と音をさせて湯飲みを置く。

「大金が入ってくるとか、富くじが当たるとか、仕事がうまくいって金持ちになれるとか、ふつうならそんなのが一番最初にくるはずなんだが、おめえの場合、一切そんなのは出てきやしねえな。——とにかくだ、福之助のいう通り、上杉謙信公の陣羽織には、なにやらいわれがあるのはまちがいなさそうだな」

調べてみるか、といって官兵衛は立ちあがった。茶の代を払う。ごちそうさまでした、と福之助が辞儀をする。

「茶の一杯やそこらで、かしこまることはねえよ」

ただ、いきなり上杉謙信公の陣羽織のいわれ、といったところで、すぐにつかめるものではなかった。実際に、上杉家の居城がある出羽の米沢《よねざわ》には謙信の陣羽織がいくつも残っているのがわかったにすぎない。

わかったのはそれだけで、一日が終わりを告げた。

「あっしはもう少し調べてみますよ」

「じき夜だが、やれるのか」

「やれると思います」

金に飽かしてやるつもりなのだろうな、と思ったが、官兵衛は口にだしはしなかった。

「無理は決してするなよ」

福之助の華奢《きやしや》な肩に手を置いて、それだけをいった。

福之助の肩の感触が、今朝の明け方の夢に出てきた八太にそっくりだったので、驚きが背筋を走った。

あの夢にあらわれたのは八太ではなく、福之助だったということか。福之助が示唆をくれたということか。

「どうかしたんですかい」

福之助が不思議そうに見あげている。

官兵衛はにっこりした。

「福之助、期待しているぞ」

飼い主にほめられた犬のように、福之助が小躍りする。

「はい、まかせておいてください」

翌朝、奉行所の大門のところで朝日を浴びて立っていると、昨日と同じように福之助が息を切らしてやってきた。

「おはようございます」

ぜいぜいと苦しげに挨拶する。

「おはよう。大丈夫か」

「へい、へっちゃらですよ」

福之助はしばらくあえいでいた。

「どうしてそんなに急いだんだ」

「そりゃ、調べた成果を、一刻も早く旦那に知らせたかったからですよ。あっしは、旦那にほめられるのが大好きなんですよ」

「そ、そうか」

昨夜、福之助は上杉謙信の陣羽織について学者や古老、怪しげな山伏、いくつかの神社の宮司や神主などにききまわったという。

「それで一つ、これは、という伝説が見つかったんですよ」

「どんなものだ」

福之助が、紅を引いたように赤い唇をそっとなめる。

「上杉謙信公の陣羽織を着ていると、不老不死がうつつのものになり、病が治るという伝説があるそうなんですよ」

「ほう、そいつはすごいな」

「謙信公は戦場に出れば常に先頭にいたそうですが、決して矢玉は当たらなかったそうです」

官兵衛は福之助をじっと見た。

「だが、実際に謙信公は病で死んでいるぞ。厠で倒れたときいた。忍びの者に闇討ちされたという話も耳にしたことがある。いずれにしても、陣羽織のおかげで不老不死を得たことはない」

「伝説なんてそんなものっていうのは、あっしもわかっているんですよ。でも、幾多《いくた》の戦場に立った謙信公に矢玉がかすりもせず、向こうのほうからよけていったという言い伝えのほうが、独り歩きするってことはよくあるんじゃありませんか」

「うむ、そうだな」

官兵衛はうなずき、同意を示した。

「それで旦那、謙信公の陣羽織のことをききこんでいくうちに、一人、怪しげな祈禱《きとう》師《し》のことが耳に入ってきたんですよ」

「怪しげな祈禱師だと」

官兵衛は興味を惹かれ、福之助に顔を近づけた。

「どんな男だ。名は」

「どんな男かというのは、あっしにもまだわかりません。名は喜楽斎《きらくさい》といいます」

いかにも胡散臭げな名だ。

「この喜楽斎という祈禱師は、上杉謙信公の陣羽織について執心だったそうなんです。昨夜、あっしがきいた人たちにいろいろとたずねまわっていました」

三

官兵衛は鼻の下を指先でかいた。

「喜楽斎の住みかを、これから調べなきゃいけねえってことだな」

それならわかっていますよ、と福之助があっさりといった。

「正直いいますと、昨夜、行ってみたんですよ」

官兵衛は若い中間《ちゅうげん》を見つめた。

「それで」

「やつはいませんでした」

「何刻頃に行ったんだ」

「かれこれ五つ半（午後九時頃）はすぎていたと」

朝の早い江戸の町人たちは、ほとんどがぐっすりと眠っている刻限だ。

「そんな刻限にいなかったのか」

「ええ、昨日の昼すぎに眠そうな顔をして出ていったのを、隣の住人が見ています」

「昼すぎにな」

「あっしは藪蚊《やぶか》に刺されながら、半刻ばかり待ったんですけど、結局、喜楽斎は帰ってきませんでした」

仕方なく福之助は引きあげたという。

「まったくおめえってやつは」

官兵衛は福之助のつややかな月代をごしごしとやった。福之助はされるがままになっている。

「あれほど無理をするなって、いっただろうが」

「すみません」

官兵衛はにらみつけた。

「おめえ、これっぽっちもすみませんなんて、思っちゃいねえな」

「そんなこと、ありませんよ」

本音をいい当てられたか、福之助があわてて手を振る。

官兵衛は微笑した。

「まあ、そういうことにしておくか。蚊にはだいぶやられたのか」

「ええ、ひどいもんですよ。あっしは小さい頃から、よく蚊に食われていたんです。昨日も十ヶ所以上、やられましたよ。もう治りましたけどね」

「福之助、さっそく喜楽斎のところに案内してくれ」

「合点承知」

福之助が前に立ち、早足に歩きはじめた。

「福之助、走ってもいいんだぜ」

官兵衛が声をかけると、福之助が振り返り、にっとした。

「旦那、大丈夫ですかい」

なにが、とききかけて官兵衛はすぐさま覚った。

「おめえの足に、ついてこられるかっていいてえのか」

「まあ、そういうこってす」

「短えうちに、おめえもいうようになったものだなあ」

これも成長なのだろう。

「遅れずについていってやるから、遠慮なく走りな」

「承知しやした」

うなずきざま福之助が地面を蹴った。

四半刻ばかり駆け続けた。途中、何度か福之助が振り返った。

「心配すんな、ここにいるよ」

そのたびに官兵衛はいったが、福之助はまじめな顔を崩さなかった。

「こちらですよ」

足をとめた福之助が指し示したのは、裏通りに面している一軒家だった。

狭い家で、裏店に毛が生えたような造りでしかないが、まわりを低い木塀が囲っている。あまり風が入れられていないのか、家の板壁はくすんだような色をにじませ、ところどころ反り返っていた。

一丁前に格子戸がついており、錠がおりていた。

『病　仕事　供養等　悩み事ならなんでも　格安祈禱』

こんな看板が格子戸の横に大きく掲げられていた。

「なんとも胡散《うさん》臭げな看板だな。こんなのでやってくる人がいるのか」

「近所の人によると、そこそこ繁盛しているそうですよ」

「ふーん、世間というのは、いくつになってもわからねえもんだ」

「旦那は二十五でしたね。あっしから見ればだいぶ上ですけど、まだまだ若いってことじゃありやせんか」

「ああ、これからも学ばなければならねえことだらけだ」

官兵衛は格子戸からなかをのぞきこんだ。

手入れのまったくされていない木々が絡み合うように茂り、庭にはほとんど日が射しこまない。夜明け間際のような薄暗さが霧のように漂い、生臭さのようなものが鼻先をかすめてゆく。右手に立つ灯籠の下側に、苔《こけ》がまだらにしがみついていた。

「いるかな」

「訪《とな》いを入れますかい」

「いや、やめたほうがいい」

不思議そうにしたが、福之助は素直にうしろに下がった。

「訪いを入れた瞬間、逃げだしそうな気がするんだ」

官兵衛は家の気配を嗅《か》いだ。剣の腕はろくに立たないが、やはり幼い頃から剣術の修行はしてきただけのことはあって、人がいるかいないか、そのくらいのことはなんとなくわかるようになっている。

「いるな。どうやら寝ているようだ」

官兵衛は首を曲げ、木塀に視線を当てた。

「乗り越えられそうだな」

別段、忍び返しも設けられていない。

「忍びこむんですかい」

福之助が目をみはってきく。

「勘にすぎねえが、そうしたほうがよさそうな気がしてならねえ」

わかりやした、と福之助がいった。

「ならば、さっそく」

塀の上に手をかけ、よじのぼろうとした。だが、足が滑《すべ》り、うまくいかない。

見かねて官兵衛は、小さな尻を押してやった。女のようにやわらかな感触が手のひらに伝わる。

「ほれ、しっかりしろ。まったく世話の焼ける野郎だ」

「すみません」

福之助が庭に飛びおりる。官兵衛はすばやい身ごなしで、塀を越えた。

福之助があっけに取られたように目を見ひらいている。

「旦那、元はなんだったんですかい」

「どういう意味だ。忍びの末裔《まつえい》とでもいいたいのか」

まさか、と福之助の口が動きかける。

「ははあ、盗人《ぬすっと》だったのではないか、といいたいんだな」

「と、とんでもない」

福之助が口ごもっていい、泡を食ったように敷石の上を歩きだした。

「福之助、気をつけろよ」

「えっ、どうしてですかい」

きき返した途端、福之助が足を滑らせた。官兵衛は手を伸ばし、福之助の腕をがっちりとつかんだ。

「あ、ありがとうございます」

「おめえが足を乗せた石はすり切れている上に、苔が生えているんだ」

不意に、腕にかゆみを覚えた。見ると、藪蚊がとまっていた。ぴしりとやる。たっぷりと血を吸っていた。

官兵衛は、死骸をつまんで捨てた。

直後、福之助の頬を張った。びしっ、と小気味いい音がした。

「い、いきなりなにをするんですかい」

「これだよ」

官兵衛は手のひらを見せた。一匹の蚊が潰れていた。

「お互い、蚊に好かれるたちのようだな」

引きはがした死骸をふっと吹いて、官兵衛は戸口に立った。うしろに福之助が頬をさすりながら控える。

官兵衛はもういちど心を研ぎ澄まし、どこからいびきがきこえてくるか、確かめた。

戸口の奥からだ。

「行くぞ」

官兵衛は腰高障子に手をかけた。心張り棒が噛《か》まされているようで、わずかに動いたにすぎない。

官兵衛はかまわず蹴破った。滅多にここまですることはないが、喜楽斎という祈禱師だけは逃してはならないという予感が強く働いている。

木が折れ、紙が破れる音が狭い土間に響き渡った。

土間に入りこんだ官兵衛は、腰高障子を踏み潰して上がり框《がまち》を飛び越し、渋皮のような色をした畳を走った。蔬菜《そさい》がすえたようなにおいと、魚が腐ったようなにおいが家のなかに充満している。

においを嗅いだせいなのか、ひどく体が重くなった。

目の前に襖《ふすま》がある。すでにいびきは消え、あわてて体を起こしたらしい物音が、重苦しいにおいを切り裂いて耳に届く。

逃がすか。

官兵衛は襖も蹴り倒した。襖のまんなかに大穴があいた。

そこは六畳間だった。こちらの畳は醬油で煮染めたような色になっている。右手の床の間に三方《さんぼう》が置かれている。正面には神棚が祀《まつ》られていた。

寝乱れた布団が敷かれている。

官兵衛は左側の濡縁のほうに、動く影を見た。

「待ちやがれっ」

だん、と畳を蹴った。埃《ほこり》が舞いあがり、わずかに射しこんでいる日の光を浴びて、ゆらゆらと陽炎のように揺れた。

官兵衛は濡縁に出た。影は庭に降り立ち、丈の低い木々のあいだを縫うように走りはじめている。

官兵衛は駆けた。福之助が遅れずについてきている。息の乱れは感じられない。

「喜楽斎、待てっていってんだ。待ちやがらねえか。御用だ」

しくじったか、と思った。起こさず忍びこめばよかったか。

だが、今さらそんなことをいっても詮ないことだ。

喜楽斎は茂みを一気に駆け抜け、塀に手をかけた。官兵衛は、野郎っ、と心で怒声を発し、さらに駆けた。

喜楽斎は先ほどの福之助のように、塀をあがれずもたもたしている。しわだらけの水干《すいかん》によれよれの袴、くたびれた烏帽子《えぼし》という格好だが、烏帽子がよほど大事なのか、一所懸命に手で押さえている。

捕らえられる。

官兵衛は手を伸ばした。着物をつかんだはずだったが、手のひらは空を握り締めただけだ。

喜楽斎は塀を乗り越えた。どすん、と腰から落ちたような音がした。

道をよたよたと走りだしたのが、知れた。

口から知らず舌打ちが出た。

官兵衛は塀に飛びついた。塀に貼りつく苔で足が滑り、膝を塀で強打した。

また舌打ちが出た。

官兵衛はよじのぼろうとした。不意に尻が軽くなった。

「大丈夫ですかい」

福之助が尻を押してくれている。

「すまねえ」

官兵衛は塀を飛びおりた。細い道が走っている。深い木々に覆われ、まるで緑の洞窟のようだ。

左手に男の影が見えた。腰は打っていなかったのか、ずいぶんと足が速い。すでに十間以上の隔てができている。

官兵衛は再び地を蹴った。うしろに福之助がさっとつく。

官兵衛は必死に走った。だが、喜楽斎との差はなかなか縮まらない。どころか、見えている背は徐々に小さくなってゆく。

あの野郎、どうしてあんなに足が速いんだ。

このままでは、逃げ切られてしまうかもしれない。

焦《あせ》りの汗がじっとりとわいてきて、背中を粘っこく濡らす。

それにしても、どうして逃げるんだ。なにか悪さをしているからか。それとも、いきなり戸を蹴り破られて仰天しただけか。やはり素直に訪いを入れるべきだったか。

喜楽斎が角を左に折れようとした。あの先は確か、町屋が建てこんでいる場所だ。行きかう人も多いはずだ。あそこに入りこまれたら、見失ってしまうかもしれない。

自分の見こみちがいであることを、官兵衛は強く願った。だが、だいたいこういうときは、願いはかなえられないものだ。

喜楽斎が角を曲がりきった。

竹筒の水を飲み干すくらいのときを置いて、官兵衛たちも角までやってきた。

案の定、両側に商家や露店などが並び、肩が触れ合うほどのおびただしい人が行き来していた。

喜楽斎は雑踏に紛《まぎ》れこみ、姿を目でとらえることはできなかった。

だが、今は前に進むしかなかった。

ほんの五間も行かなかった。いきなり山のような男が官兵衛の前途をふさいだ。斜めに射しこむ日を浴びて、顔は影になってしまっている。

なんだ、と思って見ると、烏帽子をかぶった男が前によろよろと出てきた。

喜楽斎が、賭場で一晩をすごしたような、しょぼしょぼした目で官兵衛を見る。肩を山のような男にがっちりとつかまれ、身動きができずにいる。

「沢宮どの、だいぶ手こずられましたのう」

太陽が雲に隠れ、にこにこしている福々しい顔が視野に映りこんだ。

「これは、神来どの」

官兵衛は目を輝かせて呼びかけた。

「捕らえてくれたか、ありがたい」

「これしきのこと、なんの造作もありませぬよ。のう」

喜楽斎を官兵衛の目の前に突き出してきた。官兵衛は福之助に命じ、縄を打たせた。

「どうして縛《しば》られなきゃ、いけないんです」

喜楽斎が身もだえして抗議する。

「逃げられぬようにするためだ」

「逃げませんよ」

「どうだかな」

なにごとが起きたのか、といいたげに野次馬たちがまわりを取り囲んでいる。

ここがなんという町か、官兵衛にはわかりようがなかったが、とりあえず近くの自身番に連れてゆくことにした。

福之助が喜楽斎を引っ立てる。

「お若いの、もう少していねいに扱ってくれるかい」

福之助は無視する。そのあたりはだいぶ堂に入ってきた。

「それにしても神来どの、いいところにいてくれた」

「まあ、あのくらいは朝飯前ですのう」

大蔵が鼻をうごめかす。

「実際のところ、朝飯はまだ食っておらんですがのぅ」

「ほう、さようにござるか。道場では食べさせてもらえぬのでござるか」

その前に、この午前の刻限なら、たいてい稽古に励んでいるのではあるまいか。

官兵衛はそのことをただした。

「まあ、ちょっとありましてなあ」

お払い箱になったのかもしれぬな。

官兵衛はちらりとそんなことを思った。だが、それにしても本当にいいところにあらわれてくれたものだ。

自身番の建物が視野に入る。喜楽斎を捕らえたところから、一町も歩いていない。

「すまねえな、ちと貸してくれ」

なかに詰めていた町役人に断り、官兵衛は喜楽斎を土間に座らせた。

一緒についてきた大蔵には、申しわけないがこれからこの男を取り調べなきゃいけねえんで外にいてくれるか、といった。言外に、外できく分にはきいてもかまわないという意味をこめた。

その意が伝わったかどうか、よろしゅうござるよ、とあっけなくいって大蔵は土間を出ていった。

「おい、どうして逃げた」

官兵衛はすぐに喜楽斎にただした。

「あんな入り方をされれば、誰だって逃げますよ」

細い両目はつりあがり、黒さの薄い瞳は狡猾《こうかつ》そうな色を見せている。鳶《とび》のくちばしのような形をした鼻は大きいが、その下についている口は、しじみでも貼りつけたように小さい。頬はなにかの虫に刺されたように赤く、腫《は》れたような丸みを帯びていた。

背丈は低いが、こうして座っているとそれはあまりわからず、意外に堂々とした風《ふう》采《さい》に見える。

このあたりは祈禱師という商売に合っているのかもしれないが、喜楽斎というよりは、きなくさい、というほうがふさわしい男だ。

「それだけじゃあるまい」

官兵衛は決めつけた。

「あの逃げ方は、たいていの者がすることじゃねえ。おめえ、叩けば埃が出る体なんだろう。ちっと調べれば、すぐにわかるんだぜ。吐いちまいな」

「旦那はどうして手前のところに来たんですかい」

「ちときてえことがあったからだ」

「どんなことですかい」

「それはあとだ」

官兵衛はにらみつけた。

「もしおめえが、俺の役に立てれば、悪さに関しては目こぼししてやってもいい」

町役人たちにもこの場を遠慮してもらっているが、すぐそばにいるからこの会話は筒抜けだ。だが、密告や告げ口と引き替えに罪を消したり、減じたりすることはよくあることにすぎないから、一人として顔色を変えるようなことはあるまい。

「そいつはまことですか」

喜楽斎が確かめてくる。

「ああ、嘘はつかねえ」

喜楽斎は思案の顔を見せたが、これはふりでしかなかろう。

「旦那、約束ですよ」

「ああ、安心しろ」

喜楽斎がうつむき、小さな声でそっと話しだした。

「手前は祈禱師ということで、いろいろと詐欺《さぎ》めいたことをしているんですよ。客に追いかけまわされることもあるんです」

依頼は病や先祖供養に関することが多く、祈禱で法外な金を取ったり、なんでつくられているか知らない二束三文の茶を高値で売りつけたり、その茶の代金を金貸しから借りさせたりした。客の女房をいただいたこともあり、それを亭主に知られたこともある。

つまりこの男は、押し入られることに慣れているのだ。自然、逃げ足も速くなったにちがいない。

「それにしても、よくこれまで無事でいられたな」

「手前は運がいいものですから」

本気で信じているのが、顔色から知れた。

「人々をだましたことについて、これから心を入れ替えるというのなら、不問にしてやる。いいか、心を入れ替えて真っ当な職につくんだぞ」

「はい、そいつは大丈夫です」

しらっとした顔でいう。

「上杉謙信の陣羽織のことをききたい」

「ああ、あれですか」

「よし、話せ」

「はい、よろしゅうございますよ」

喜楽斎は代田屋という菓子屋に出入りしているのだが、ここのあるじの台右衛門《だいえもん》という男に上杉謙信の陣羽織のことを吹きこんだ。台右衛門は二十年来の持病持ちだという。腰がひどく悪いのだそうだ。

「台右衛門さんからは、さっそく探しだすようにいわれたんですけど、他にも手づるがあったみたいで台右衛門さんはどうやら自ら探しだしたようですねえ。手前はお払い箱ですよ」

「台右衛門という男は悪党なんだな」

「どうしてわかるんですかい」

喜楽斎が意外そうにきく。

「おめえが悪党だから、台右衛門が悪党であるのはにおいでわかるんじゃねえかって思っただけだ。おめえ、台右衛門のところには繁く出入りしているんだろう」

「はい、おっしゃる通りで」

「台右衛門というのは菓子屋といったが、裏ではなにをしているんだ」

喜楽斎がかぶりを振る。

「台右衛門さんが裏でなにをしているのか、手前は知らないんですよ。一度、祈禱で呼ばれてからのつき合いなんですけど」

そこまできいて、官兵衛は顎をなでさすった。

「代田屋という菓子屋はどこにあるんだ」

「旦那、知らないんですかい」

こういったのは福之助だ。

「おめえ、知っているのか」

「ええ、もちろんですよ」

福之助が当たり前でしょう、という顔で答える。

「高級な菓子ばかり扱っている店で、相当うまいですよ。前にも話しましたけど、白《しら》雪《ゆき》と名づけられたふんわりとした饅頭《まんじゆう》は絶品ですよ。茶道などの場によく使われていますねえ」

その通りだという顔で、喜楽斎がうなずく。

官兵衛は幼い顔をしている中間を凝視した。

「茶道だって。……おめえ、いってえ何者なんだ」

四

「いいか、これで解き放ってやるが……」

官兵衛は、目の前の胡散臭げな祈禱師をじっと見た。

「さっきもいった通り、悪さは二度とするんじゃねえぞ」

「はい、わかっております」

喜楽斎がぺこぺこと頭を下げる。

「本日ただいまから、心を入れ替えましたから」

「心を入れ替えてなにをするつもりだ」

喜楽斎が首をかしげる。鳶鼻が傾き、愛嬌のある顔つきになった。

「今は頭に浮かびませんが、これからときをかけて考えてみます」

官兵衛は町役人たちに礼をいって自身番を離れた。

うしろに福之助がつく。

「旦那、あの男、心を入れ替えてなどいませんぜ」

「そいつは俺にもわかっているさ」

振り返ることなく、官兵衛はいった。

「今の商売を続ける気でいるんだろう。楽に金を稼げる手立てをたやすく捨てるなんて、喜楽斎に限らずなかなかできねえ」

「そいつはそうかもしれませんが、あのままでいいんですかい」

福之助が悔《くや》しそうにいう。

「いいのさ。つけを払うのはやつだ」

「どういうことですかい」

「あの男、自分のことを運がいいと思っている。これまではそうだったかもしれねえが、果たしていつまでその運が続くか、知れたものじゃねえ。もうとっくにつかい果たしてしまったかもしれねえ」

「旦那は、あの男が近いうち害されると」

「そう考えておいたほうがいいかもしれねえ。これまでは、追われるたびにきっと逃げ切っていたんだろう。だが、今回はそうじゃなかった。神来どのがいてくれたとはいえ、つかまったのは紛れもない事実だ」

自分の名が出たことを合図にして、うしろにつきしたがっていた大蔵が寄ってきた。

「神来どの、腹が空いておるのだろう。飯屋に入ろうかな」

「まことか」

大蔵が目を輝かせる。そのさまは無垢《むく》な幼子でしかない。

陽射しを浴びて穏やかに揺れている一膳飯屋の暖簾《のれん》を払った。奥の八畳間に三人で落ち着いた。

まだ小腹が空いた程度の官兵衛と福之助は握り飯があるというので、とりあえず二つずつ頼んだ。

腹を空かしきっているらしい大蔵は、鯵《あじ》の塩焼きを注文した。

「飯は大盛りでな、のう」

小女に頼む。

「こんなにしてくれてかまわんからの」

大蔵は西瓜《すいか》ほどの大きさを手でつくった。

「はい、わかりました」

小女が去ってゆく。

「それにしても神来どの、助かった。この通りだ」

官兵衛は頭を下げた。

「いや、あれは当然のことにござるよ」

「しかし、どうしてあのような場所に。用事でも」

「用事といえば用事にござるがの。それがし、師範代としてつとめていた石垣道場は、せがれどのの病が治ってお払い箱になり申した。暇《ひま》ができたので、沢宮どのたちのあとをつけており申した」

「つけていた……」

気づかなかった。はっとし、官兵衛は福之助をにらみつけた。福之助が心持ち、体をかたくする。

「おめえの差金《さしがね》か」

「すみません」

喜楽斎の家に向かう最中、何度となく振り返っていたが、あれは官兵衛を気遣うためなどではなかった。ちゃんと大蔵がついてきているか、確かめていたのだ。

「おめえ、俺についてこられるかってきいたが、あれも策のうちだったんだな。ああいっておけば、うしろを振り向いても不自然に思われねえからな」

その通りです、というように福之助が顎を引く。

「どうして神来どのについてきてくれるように頼んだんだ」

福之助がうつむく。

「だって旦那は剣の腕が心許《こころもと》ないし……」

さすがにむっとした。

「この男がすごすぎるんだ」

握り飯が先にやってきた。

皿にのせられた小ぶりな飯のかたまりを見つめて、大蔵がごくりと喉を鳴らした。

「召しあがるか」

「よろしいのでござるか」

「どうぞ」

官兵衛は笑って皿を押しやった。福之助も同じことをしようとするので、おめえはいい、といった。

「おめえは若いんだから、腹が空いているだろう。俺に遠慮せず、食べな。なんなら、おかわりももらってやる」

ありがとうございますといって福之助がかぶりつく。大蔵はすでに一個目を胃の腑におさめていた。

「ああ、うまいのう」

心の底からいっている。

「この世にこんなにうまいものがあるなんて、天に感謝しなければならぬのう」

「そのうち、また鰻《うなぎ》もご馳走いたそう」

「まことにござるか」

官兵衛はにっこりとした。

「嘘を申してもはじまらぬ」

「ありがたし」

すぐに鰺の塩焼きもやってきた。山盛りの飯は丼からあふれんばかりになっていた。しかも一つではなかった。丼は二つあった。

店主の厚意だろう。

「や、ありがたし」

大蔵は箸を手に、飯をかきこみはじめた。

そのさまは、見ていて気持ちが爽快になるほどだった。

店主らしい親父も厨房《ちゆうぼう》から首を伸ばし、目を細めて大蔵の様子を眺めていた。

代田屋を調べるのは、たいして手間はかからなかった。

あるじは、喜楽斎もいっていたように台右衛門という男で、歳は六十をいくつか超えているようだ。正しい歳を知る者は、一人もいなかった。

代田屋という店は、いつはじまったのか。これは福之助が知っていた。

「もう二十年くらいになると思いますよ。あっしが生まれるより前にできていたと、耳にしていますから」

茶店の縁台に座り、茶をひとすすりしていった。

「じゃあ、とんでもねえ昔にできたわけではねえんだな」

それまできっとうしろ暗い真似をしていたのではないか。貯めた金で代田屋という菓子屋をはじめたのだろう。

それにしても、どうして菓子屋なのか。悪党にはそぐわない。

それだな、と官兵衛は一瞬にして覚った。

そのそぐわない感じが、むしろいい、と台右衛門は思ったにちがいない。菓子屋には善良そうな姿を誰もが思い浮かべる。悪事《こと》を糊塗するには、最も適していると考えたのではないか。

代田屋には二十人ほどの奉公人がいる。半分以上が菓子職人だ。まちがいなく腕利きをかき集めたのだろう。うまい店という評判を取ったほうが、昔の色を消せるのは紛れもない。

奉公人の一人として、台右衛門というしわ深い小柄な年寄りが昔、うしろ暗いことをしていたとは知らないはずだ。

そのなかで唯一、昔からの仲間ではないかと思える男がいる。名は須賀蔵《すがぞう》。この須賀蔵も謎の年寄りだが、台右衛門より若干若いようだ。顔は似ていないが、なんとなく兄弟のような感じを受ける。

身なりはそこそこ立派だが、どこか崩れた雰囲気を持ち、官兵衛の目についたのだ。しかも目が鋭く、剣が遣えそうな物腰でもあった。

どうやら、須賀蔵が鉦伝屋緊左衛門に陣羽織を譲ってほしいと交渉した年寄りのようだ。

ほかにわかったのは、ほんの半月ほど前に台右衛門が住んでいる別邸が火事になっていたことだ。

「旦那、あの殺された女の手」

福之助にいわれるまでもなく、官兵衛の脳裏には、こっぴどく殴られて殺された女の顔がある。あの女の手には、そんなに古くはない火傷《やけど》の跡があった。

あれは、責められてできたものではなく、火事で負ったものではないか。

実際、台右衛門は別邸に妾《めかけ》を住まわせていた。それは何人かの近所の者から話をきいてはっきりしている。

めかけはおみきというが、その火事があって以降、一人として姿を見ていない。台右衛門にきけば、暇をだしたというにちがいないが、顔形もわからないように叩きのめし、殺したのだろう。

すでに別邸の近所の者に、殴り殺されて死んだ男の人相書を見てもらっている。

確かに、栗吉らしい男が出入りしていたのが、三人の若い女房の言からはっきりした。栗吉は優男で、若い女房たちはその姿を見るたびに、心ときめかせていたようだ。

やはり、と官兵衛は思った。栗吉と妾のおみきは密通しており、それが露見して台右衛門に殺された。

そう考えていいのか。

ふむ、と官兵衛は小さく声をあげた。

「旦那、なにをうなっているんですかい」

官兵衛は福之助を見た。

「わからねえか」

福之助がにっとして、首を軽く振る。

「わかりやすよ」

「ほう。いってみな」

へい、と福之助が唇を湿らす。

「なぶり殺しに遭った二人の男女の身元がはっきりしたのは、これでまちがいないと思うんです。二人の死に、上杉謙信公の陣羽織がどう関わってくるのか。これで旦那は頭を悩ませているんじゃないですかい」

官兵衛は福之助の月代をごしごしやった。

「いい子だ」

すでに冷めてしまっている茶をごくりと一息で飲み干した。

「まあ、しかし、それもすぐにわかるさ」

湯飲みを茶托に戻して、官兵衛は力強く立ちあがった。頬に当たる風が、今の時季にしてはさわやかだ。

「あがりは、もう目の前に迫ってきているからな」

五

今朝は梅雨どきとは思えないほど、風が涼しい。

梅雨寒というには、あまりに大気が冷涼すぎる。

空には、びっしりと雲が寄り集まり、まるで押し合いへし合いしているかのように、厚い盛りあがりを見せていた。

太陽はとうに昇っているのだろうが、姿は見えない。ただ、陽射しがさえぎられているだけで、雨になりそうな雰囲気はない。風は湿気をはらんでおらず、むしろ秋のように乾いている。

妙な天気だな。

官兵衛は大門の下から空を見あげた。これだけ涼しいと、袷《あわせ》がほしいくらいだ。しかし、江戸っ子たる者、一度、衣《ころも》替えをした以上、やせ我慢をしても、このまま夏用の着物ですごすのが当然のことだ。

天候がおかしいと、秋の実りにも影響するからな。これが不作や飢饉《ききん》の前触れじゃなきゃいいんだが。

しかつめらしい顔で顎《あご》をなでていると、福之助が小走りにやってきた。朝の挨拶《あいさつ》をかわす前に官兵衛にきいてくる。

「どうかしたんですかい」

官兵衛は理由を述べた。

福之助が上空を仰ぎ見る。

「心配ですねえ。ほんと、今朝は寒いくらいですからね」

金持ちで甘やかされて育ったようだから、上になにか着こんでくるかと思ったが、福之助も江戸っ子らしく、夏物だけを着用している。

「天気がいつものように戻るのを祈ることしか、俺たちにできることはねえな」

さいですねえ、といってから気づいたようにおはようございます、と頭を下げた。

官兵衛は明るく返した。

「それで、旦那、今日はこれからどうするんですかい」

それなんだが、と官兵衛はいった。

「これまでいろいろあったが、犯人は菓子屋の代田屋であるという目星はついた。だが、まだ証拠がまったくねえ」

はい、と福之助がうなずく。

「その証拠をつかむためにどうするか。俺は、金貸しの鉦伝屋緊左衛門の手にどうやって、上杉謙信公の陣羽織が渡ったか、それを明かすことでなにか出てくるんじゃねえかって気がしている」

福之助が顔を輝かせる。

「実はあっしも昨夜、寝る前にあれこれ考えたんですよ」

「それで」

福之助が鬢《びん》をかく。

「残念ながら、いい考えが浮かぶ前に眠っちまいました」

「おめえは若いから、そのくらいでちょうどいいんだ。——福之助、異論はねえな。鉦伝屋のことをあらためて調べてみることにするぜ」

官兵衛は福之助に案内させて、鉦伝屋緊左衛門が店を構えていた町にやってきた。

「うむ、ここだったな」

官兵衛は店の前に立った。

戸が閉められている。涼しい風に吹かれていることもあって、店はどこかうつろな感じがした。

「人が住まなくなると、どうして建物っていうのは、こんなに生気がなくなっちまうんですかねえ」

福之助が首をひねりひねりいう。

「まったくだな。風を入れなくなるから湿《しめ》っぽくなって、という人もいるが、どうもそれだけじゃねえような気がするな。人が暮らすことで世の中に役立っている、そのことを建物はわかっているんじゃねえのかな。だから人がいなくなると、いっぺんにしぼんじまう」

「そうかもしれないですねえ。やっぱり役に立つというのは、やり甲斐《がい》のあることですからねえ」

実感のこもった声だ。これは、特に官兵衛の道案内をつとめていることからくるものなのだろう。

官兵衛たちは、鉦伝屋で飯炊きばあさんをつとめていたおきんの家に足を運んだ。おきんは元気でいた。まだ新しい奉公先は決まっていないが、すぐに見つかりますよ、と意気盛んだった。

「おまえさんはいつも生き生きとしているからな。そういう者にはお天道さまが明るく道筋を照らしてくれるものだ」

「さようですかね」

おきんが若やいだ笑みを見せる。

「八丁堀の旦那のようないい男に、そんなことをおっしゃっていただけると、本当にうれしいですよう」

官兵衛たちは店のなかにあげられた。おきんがだしてくれた白湯《さゆ》を喫《きっ》する。

「すみません、茶を切らしてしまったものですから」

茶は高価だ。こういう長屋の住人がそうそう口にできるものではない。

「鉦伝屋の旦那を手にかけた者、見つかりましたか」

おきんがきいてきた。

「すまねえ。まだ探索の最中だ。それで、おめえさんにききてえことがあって、またやってきたんだ」

「なんですか」

おきんが興味津々の顔を突きだす。

「前にきき忘れちまったんだが、鉦伝屋が気に入ってよく着ていたという陣羽織、あれはどうやって手に入れたんだ」

おきんが首をひねる。

「あれは、借金のかただと思いますよ」

「元は誰のものだったんだ」

おきんが考えに沈む。

「確か、あれは……」

すぐそこに面影が浮かんでいるのに、名が出てこないといった風情だ。

ここで急《せ》かしてもはじまらない。官兵衛はじっと待った。福之助も静かにおきんを見守っている。

「あれは、確か……」

おきんが、しわ深い喉をごくりと上下させた。

「古物商の人だったような気がします。名は確か――」

そこでまた考えにふけりかけた。

「孝之助か」

官兵衛は助け船をだした。

「ああ、はい、孝之助さんです」

おきんが大きくうなずく。

官兵衛は腕組みをした。

そうか、あの怪しげな男が鉦伝屋に。

怪しげといえども古物商の看板を掲げている以上、孝之助も誰かから陣羽織を買い取るなりして、手に入れたのではないか。

「孝之助は陣羽織の入手先をいっていたか」

おきんがかぶりを振る。

「商売のことなので、そこまであたしはきいていません」

おきんにきけるのはここまでのようだ。礼をいって官兵衛は立ちあがった。福之助も続く。

「鉦伝屋の旦那を殺した犯人、つかまりそうですか」

「ああ、もうじきだ」

官兵衛が力強くいうと、おきんがほっとしたように頬をゆるめた。

「いい知らせをきっと持ってくる」

ありがとうございます、とおきんがすり切れた薄べり畳に両手をそろえる。

官兵衛は薄い肩を叩いた。

「じゃあ、俺たちは行くぜ」

官兵衛たちはおきんの見送りを受けて、どぶくさい路地を歩きだした。長屋の木戸で振り返ると、おきんが障子戸を背に立っていた。

官兵衛は手を振った。笑みを浮かべたおきんが遠慮がちに振り返してきた。にこにこして福之助が腰を折る。

木戸を出てからは、福之助が官兵衛の前を進んだ。

すぐに、孝之助が暮らす宇之吉長屋に着いた。だが、孝之助はまたもいなかった。

「なじみの飲み屋ですかね。確か、おまさという店でしたけど」

「行ってみよう」

福之助が先導する。

さして歩かなかった。宇之吉長屋の裏手におまさはあった。

店はまだやっていない。明かりの灯《とも》されていない提灯《ちょうちん》がわびしげに、涼しい風に揺れている。

入口の戸があいていた。官兵衛は、ごめんよ、となかに声をかけた。小上がりが二つあり、四つの長床几《しょうぎ》がせまい土間に置いてある。

目尻のしわが濃い女将《おかみ》が厨房《ちゅうぼう》にいて、なにか仕込みをしていた。官兵衛を見て、目をみはる。しわが少しだけ伸びた。

「孝之助はいるか」

女将の目が泳ぐ。

「あの人、なにかしたんですか」

「なに、話をききたいだけだ」

女将は迷ったようだが、それも瞬時にすぎなかった。かさかさに荒れている人さし指を上に向けた。

官兵衛たちは階段をのぼった。

二階は四畳半があるにすぎない。薄い布団の上に男がうつぶせになって寝ていた。酒がひどくにおう。

官兵衛は、道に面している側の腰高障子を横に滑らせた。冷涼さが入りこみ、酒のにおいが一瞬で薄まった。

官兵衛は孝之助の体を揺すぶった。

「もう飲めねえよ」

孝之助が寝返りを打つ。

「寝ぼけるな。とっとと起きろ」

官兵衛が鋭くいうと、なんだあ、とつぶやいて孝之助が薄目をあけた。

「うん、八丁堀の旦那……。俺は夢を見ているのか」

「正夢だ。とっとと起きろ」

官兵衛は、孝之助の頬を軽く張った。

孝之助がびっくりし、目を大きく見ひらいた。体をのろのろと動かし、布団の上にあぐらをかく。

「あの、申しわけねえんですけど、水をいただけませんか」

官兵衛は福之助に目で合図した。福之助が階段をおりてゆく。

「だいぶ飲んだのか」

孝之助ががりがりと頭のうしろをかく。

「ええ、昔の友垣と」

「ここでか」

官兵衛は階下を指さした。

「いえ、別の店ですよ。その友垣は羽振りがよくて、おごってもらったんです」

「その友垣は、お日さまをまともに見られる商売をしているのか」

孝之助がどやされたように背筋を伸ばした。

「ええ、もちろんですよ。小間物売りの行商から身を起こして店をはじめたんです。あっしとは手習所で机を並べた仲ですよ」

こいつにも、手習所に通ったときがあったのか。

官兵衛は意外な思いにとらわれたが、考えてみれば、江戸者で読み書きができない者はほとんどいない。この男にも二親《ふたおや》がいて、ちゃんと手習所に通わせてくれたのだ。

両親はどうしているときこうとしたとき、階段をあがってくる足音がした。官兵衛は言葉を飲みこんだ。

敷居をまたいだ福之助が、大ぶりの湯飲みを孝之助に手渡す。孝之助が受け取り、喉《のど》を鳴らして一気に飲み干した。

「ああ、うめえ。あの、もう一杯いただけませんか」

「甘えるな」

官兵衛は孝之助の頭をこつんとやった。痛え、と孝之助が大仰にいい、両手で頭を抱える。

「孝之助、おめえ、殺された鉦伝屋に上杉謙信公の陣羽織を、借金のかたに持っていかれたそうだな」

孝之助が頭から手をどけた。

「そうでしたっけ」

「とぼけるな」

官兵衛は孝之助を見据えた。孝之助が泡を食ったように目をそらす。

「陣羽織はどこで手に入れたんだ」

「あれは、持ちこんできた者がいたんですよ」

「誰が持ちこんだ」

「おみきという女の人ですよ」

――おみき。この名は最近、耳にしたばかりだ。

「代田屋台右衛門の妾《めかけ》か」

「はい、よくご存じで」

孝之助が眉を曇らせる。

「おみきさんの家が火事になって、それ以降、おみきさん、姿を見ないんですよね。焼け死んだ人が出たともききませんから、どこかにいるんでしょうけど」

「死んだよ」

官兵衛は告げた。

孝之助が瞠目《どうもく》する。心から驚いているのが伝わってきた。

どういう死に方だったか、伝えた。

孝之助が呆然《ぼうぜん》と口をあける。色の悪い舌が見えた。

「顔形もわからないように叩きのめされて殺された……」

「そうだ。おみきは旦那の代田屋にやられたのではないか、と俺はにらんでいる」

「代田屋さんに……」

「おみきはどこから陣羽織を持ってきた」

「さあ、わかりません。でも多分、代田屋さんからじゃないかと思うんですが」

「どうしてそう思う」

「あっしのところから帰るとき、これでくたばってくれるはずなんだけど、とつぶやいていたんです。くたばるのが誰か、考えるまでもありませんよね」

「おみきは代田屋を憎んでいたのか」

「だと思いますよ」

「陣羽織はいくらで引き取った」

「二束三文ですよ。おみきさん、それでいいというんで」

代田屋台右衛門がようやくにして手に入れた陣羽織を、おみきは売り飛ばした。台右衛門は必死に探した。おそらく、すぐにおみきの仕業と判明したのだろう。

「代田屋はおめえのもとに来たのか」

「台右衛門さんではなくて、須賀蔵さんという人です。あの人は番頭になるんですかね」

どこか崩《くず》れた雰囲気の、目が鋭い年寄り。剣が遣えそうでもあった。

「須賀蔵に、鉦伝屋に持っていかれたといったのか」

「はい。あの人は怖いですから、嘘なんざ、つけません」

それで須賀蔵は鉦伝屋に乗りこみ、緊左衛門と交渉した。だが、上杉謙信の陣羽織を気に入っていた鉦伝屋緊左衛門は頑として首を縦に振らなかった。

官兵衛は孝之助に目を据えた。

「おい、今日、俺たちがきたことは誰にもしゃべるなよ。しゃべったのが知れたら、引っ立てるぞ。いいか、こいつは脅しじゃねえぞ。俺たち町方がやるといったら、必ずやるんだ。そのあたり、おめえも江戸っ子なら、よくわかっているだろう」

「は、はい」

がくがくとうなずく孝之助を横目に、官兵衛は福之助をうながし、立ちあがった。階段をおり、女将に邪魔をした、といって外に出た。

妾のおみきと栗吉殺し、金貸しの鉦伝屋緊左衛門殺し、三月前の江久世屋の押しこみ。

これらは、一つの輪でつながっている。その中心に代田屋台右衛門と須賀蔵がいる。

江戸の空に居座っていた雲が少し動いたようで、晴れ間がのぞいていた。まっすぐ下に伸びた幾条もの光の筋が、箸のように大地に突き立っている。風にもぬくもりが感じられるようになっていた。

官兵衛は自らの頭をこづいた。

「どうしたんですかい」

福之助がびっくりする。

「見こみがちがったからだ」

「ああ、鉦伝屋にどうやって、上杉謙信公の陣羽織が手に渡ったか、それを明かすことでなにか出てくるんじゃねえかって、いってましたねえ」

「なにも出てこなかったな」

「でも、裏づけが取れたことで、すべては代田屋の仕業ということがわかったじゃないですか」

官兵衛は福之助の頭をさすった。福之助が喉をなでられた犬のように、気持ちよさそうにする。

「励ましてくれるのか」

「いえ、そんな大層なことは思ってはいやしませんよ」

「だが、力づけられたよ」

その後は代田屋のことを調べた。

だが、これといった収穫はなかった。

「なかなかうまくいかねえものだな。ここまできて、なにも得られねえなんて」

夕暮れの色に深々と染まってゆく江戸の町を眺めて、官兵衛はいった。

「旦那がほしがっているのは、証拠ですよね」

道の脇に立ったまま福之助が思案をはじめる。いつものように思慮深い顔つきになっていた。

「おみきさんと栗吉の二人は、荷車にのせられて捨てられたんですね」

「そうだ」

「運んだ者は誰なんですかね」

いわれてみれば、と官兵衛は思った。三人の男が二人の死骸を捨てていったのだ。代田屋の菓子職人がそんな真似をするはずがない。だとすると、台右衛門に依頼された者がいる。

いや、台右衛門ではない。その手の汚れ仕事は須賀蔵だろう。

そうか、と今さらながら官兵衛は気づいた。

上杉謙信の陣羽織目当てに江久世屋に押しこんだのも須賀蔵だ。だが、一人でやったはずがない。

ともにしてのけた仲間がいたはずだ。つまり、須賀蔵たちは、今も昔の仲間とつながりがあるということだろう。

須賀蔵を徹底して調べれば、きっとなにか出てくるにちがいない。

「今からやりますかい」

福之助がきいてきた。薄暗さのなかに、つやつやした顔がじんわりとにじみだしている。いつの間にか夜がやってこようとしている。

今日は夜の訪れがやけに早いな。こんなところも秋みてえだ。

さてどうするかな、といって官兵衛は考えた。

「またあっしが調べてみましょうか」

「駄目だ」

官兵衛は厳しい顔でかぶりを振った。

「まだおめえに無茶をさせるときじゃねえ」

暗くなりつつある空に視線を当てた。

「今日はしっかりと休んで、明日からはじめようじゃねえか」

翌朝は、梅雨明けしたのかと思わせるほど鮮やかに晴れあがった。まるできれいに洗いあげたかのような、雲一つない蒼穹《そうきゅう》が広がっている。陽射しも強烈で、朝から大気には熱がこもっていた。

官兵衛が町奉行所の大門に出てゆくと、すでに福之助の姿があった。

「早いじゃねえか」

官兵衛は声をかけた。

「張り切っているな」

「それはもう」

福之助がにっこりとする。笑顔だけ見ていると、まだ幼子のようだが、心の芯は感じていた以上にしっかりしている。

「よし、福之助、行くぞ」

官兵衛は先導を頼んだ。

「行く先は代田屋だ」

「合点承知」

福之助が元気よくいって、官兵衛の前に立つ。

代田屋の近所で、須賀蔵について徹底してききこみを行った。

　須賀蔵について知る者は少なかったが、ときおりその姿を同じところで見かけるという者がいた。浪人だった。ずいぶんと日に焼けており、やせて、特に肩は竹串を刺したかのようにとんがっている。

「見かけるというと、どこで」

官兵衛は、長屋の上がり框に腰かけてたずねた。

「口入屋だ」

浪人が答える。

「わしはふだんは日傭取《ひようと》りなどで糊口《ここう》をしのいでいるが、以前、その口入屋でいい仕事にありつけてな。また同じ仕事がないものかと、繁く足を運んでいるんだ。その仕事に再びありついたことはないが、代田屋のあの男とは何度かそこで会ったことがある」

口入屋は、ここから半里ほど離れた多鹿之《たがの》屋という店だそうだ。須賀蔵は、多鹿之屋になにをしにいっているのか。

単純に考えれば、人を求めにいっているということだろう。だが、代田屋を調べたとき、ここ最近、人を入れたという事実はなかった。

それに、人を求めるにしても、半里というのは遠すぎないか。近所にも、いくらでも口入屋はある。

「おぬしはどうしてそんなに遠い口入屋を利用しているんだ」

官兵衛は浪人にきいた。

「前に多鹿之屋の近くで道の普請《ふしん》があった。そのときそこそこ繁盛している様子がうかがえたので、一度、行ってみようと考えていた。行ったところ、実際にいい仕事が見つかったからな」

多鹿之屋と須賀蔵は知己《ちき》ということではないか。昔、悪いことをした仲間にちがいない。

「多鹿之屋には奉公人はいるのか」

「ああ、あるじを入れて全部で四人か。だが、最近は店を閉じていることが多いな。どうしたのかな」

そんなのは決まっている。江久世屋に押し入り、二千両を手に入れたからだ。山分けしたのだろう。それだけの大金を手に入れ、表の稼業など馬鹿らしくてやっていられなくなったに決まっている。

浪人に礼をいって、官兵衛たちは多鹿之屋に向かった。

多鹿之屋の戸は閉まっていた。建物の横に看板が張りだすように掲げられているが、すっかり薄くなってしまっている『多鹿之屋』の文字が、陽射しをわずかに弾いているのみだ。人の住まない家はやはりうつろだった。

二度と店はあけられることがない。それははっきりしていた。

町名主のもとを訪れ、人別帳を見せてもらった。

「おや」

官兵衛は多鹿之屋の奉公人に一つの名を見つけた。

「弥助というと、こいつは確か……」

「ええ、殴り殺された栗吉と同郷で、下駄屋で働いていたのが弥助という名でしたね」

福之助にうなずきかけてから、官兵衛はそばにちんまりと腰をおろしている名主に目を向けた。

「人別送りがされた形跡がねえが、弥助は今も町内に住んでいるのか」

「ええ、さようにございますよ」

近くの長屋に住んでいるという。官兵衛たちはさっそく向かった。

「どうして弥助が多鹿之屋にいたんでしょうかね」

いいながら福之助が首をひねる。

「引きこまれたんですかね」

「もともと悪党で、自ら望んで仲間になったか」

長屋にやってきた。路地の入口の木戸には、杢兵衛《もくべえ》店と看板が打ちつけられている。六軒ずつが路地をはさんで向き合っていた。右側の一番手前の店に、弥助は住んでいるとのことだ。

障子戸の前に立った。戸にはなにも書かれていない。

福之助が軽く叩いて、訪いを入れた。だが、応えはない。

官兵衛たちの背後を、この長屋の女房らしい女が通りかかる。口をあけてぐっすりと眠っている赤子を背負っていた。

「弥助さんなら、昼前に出かけましたよ」

「どこへ行った」

女房が官兵衛を見て、はっとする。襟元をそっと整えた。

「近くの矢場じゃありませんかね。なじみの女がいるらしいんで」

福之助が矢場への道筋をきく。どうして中間《ちゅうげん》がしゃしゃり出てくるのといいたげな顔で、女房が伝える。

矢場は、この杢兵衛店からほんの二町ほどしか離れていない。

官兵衛たちは路地を歩きだした。

「弥助さん、なにかしたんですか」

背にかかった声に官兵衛は振り向いた。女房がうれしげにする。

「ちと話をききたいだけだ」

「そうですか。弥助さん、最近、羽振りがいいみたいなんですよ。この長屋も近々越すそうですから」

「越すのは一軒家か」

女房が目をみはる。

「どうしてわかるんですか」

「羽振りがいいなら、一軒家だろうと思ったまでさ」

赤子が泣きはじめた。女房があわててあやす。それを潮に、官兵衛たちは長屋の木戸をくぐり抜けた。

矢場はすぐに見つかった。すだれと板でつくられた簡易な建物だ。的が五つばかり並んでいる。

客も女も一人ずつしかおらず、閑散としていた。客は若い男で、矢などろくに目もくれず、派手な小袖をしどけなく着た女の肩にしなだれかかるようにして、しきりになにかを話していた。

女が官兵衛たちに気づく。男が顔を傾けて、女の視線を追った。目を見ひらく。官兵衛たちに向かって女を押しだし、だっときびすを返した。すだれに自分の体をぶつける。

すだれが音を立てて向こう側に倒れてゆく。

「待ちやがれ」

福之助が怒鳴るようにいい放って、駆けだした。

官兵衛はそのあとに続いた。俺としたことが福之助の後塵を拝するとは。

すだれを乗り越えた弥助とおぼしき男は、狭い路地を走り抜け、人通りが多い道を右に曲がった。

それがいきなりなにかにはね返されるように、官兵衛の視野に戻ってきた。弥助が背中から地面に倒れこむ。

――なにがあった。

弥助はあわてて立ちあがろうとしたが、のっそりと姿をあらわした巨漢に襟首《えりくび》をひょいとつかまれた。それで、弥助は身動きができなくなった。右手を懐に入れて匕首《あいくち》を取りだし、引き抜こうとしたが、赤子がおしゃぶりを取られるようにあっさりと匕首は取りあげられた。

福之助が道に飛びだし、腰の捕縄に手をやった。

官兵衛が弥助のもとに行き着いたのは、福之助がいつでもぐるぐる巻きにできる体勢を取ったときだった。縄を打つのは官兵衛の命《めい》がない限り、してはならないことは、福之助は重々承知している。

「神来どの、ありがとう、助かった」

官兵衛は礼をいった。大蔵が頭のうしろに手をやる。

「沢宮どのには、いろいろとおごってもらっていますからのう」

官兵衛は福之助に目を向けた。

「また頼んだのか」

「はい、旦那の剣の腕は心許ないですからねえ」

「だから、この男の腕がすごすぎるんだ」

視線を道に座りこんでいる男に転じた。まわりは野次馬が一杯だ。

「弥助だな」

官兵衛は一応、確かめた。

弥助らしい男はそっぽを向いている。

「ふむ、いう気はねえか。――よし、自身番に連れてゆこう」

官兵衛は自身番の板の間で尋問した。

もっとしぶといかと思ったが、弥助はあっさりと吐いた。

栗吉とおみきを大八車にのせて、他の二人の男とともに、投げ込み寺に連れてゆこうとしたところ、うめき声がきこえた。

「それで、急に怖くなっちまって、その場に二人を捨てて逃げだしたんです」

うつむいた弥助が弱々しい声でいった。

「誰に頼まれた」

顔をあげ、弥助はしばらく官兵衛を見つめていた。決断したように深くうなずいた。

「代田屋という菓子屋のあるじです」

「台右衛門だな」

「さようです」

がくりとうなだれた。

「栗吉があんなことになっちまって、あっしはずっと夢見が悪かった。いつかこんな日がくるのは、はなからわかっていたんだ」

よくよく見てみれば、あまりよく眠っていないのか、目の下にくまがくっきりとある。明らかに憔悴《しょうすい》していた。

「しかし、矢場では楽しそうだったじゃねえか」

「女でも相手にしていないとどうにもやりきれなくて。今の長屋を越そうとしているんですけど、それも気分を変えたいからなんですよ」

官兵衛は腕組みをした。

「すべて話せ。話せば、酌量《しゃくりょう》の余地もあろう」

承知いたしました、と弥助がぽつりという。

「あっしも全部わかっているというわけじゃないんですよ。多分、こういうことではなかったか、ということでよろしいですかい」

官兵衛に否やはなかった。

「妾のおみきさんは、上杉謙信のものと伝わる陣羽織を手に入れて以来、日に日に元気になってゆく台右衛門が憎くてならなかったようなんですよ」

この男がいつまでも元気では、栗吉と一緒になれない。それで、陣羽織を盗み、故買をしている古物商の孝之助に売った。

陣羽織がなくなった台右衛門は、ひどく狼狽《ろうばい》した。しかし、陣羽織を探しだすという執念がとにかくすごく、このままでは持病が悪くなって死ぬことなど、夢物語でしかなかった。

それならあたしが殺してやる。決意したおみきは、台右衛門が寝ているところに鉈を振りおろそうとした。しかし、その一瞬前に、台右衛門の片腕の須賀蔵にとらえられた。

はらはらとおみきのやることを見守っていた栗吉が屋敷に火をつけ、さすがの須賀蔵も周章したその隙に、おみきを逃がした。だが、両人ともにすぐにつかまってしまった。

「それで陣羽織のことを吐かされ、二人はなぶり殺しに遭ったというわけか」

「はい、そういうことです」

「今の話を、吟味方の者の前でもいえるな」

「はい」

よし、と官兵衛は思った。

これで、台右衛門を捕縛するお膳立てはととのった。

六

総勢で三十人の捕り手が勢ぞろいした。店の背後に十三人が割かれる。

官兵衛は福之助を見た。捕物はむろん初めてで、緊張を隠せずにいる。

「俺から離れるな」

はい、と福之助がうなずく。しきりに唾をのんでいる。

与力の新田貞蔵が馬上にいる。いつ采配《さいはい》を振ってもおかしくない。明け方のことで、代田屋はあいていない。だが、すでに菓子職人たちは起きだしているようで、人の発する物音が耳に届く。

東の空は白んでいた。靄《もや》が風に揺れて、ゆっくりと横に動いてゆく。大気は冷涼で、背中にじっとり浮いた汗を冷やしてくれる。

捕物は久しぶりで、官兵衛自身、少しかたくなっていた。

官兵衛は冷静になれ、とおのれにいいきかせた。

しかし、これまでずっと調べてきて、ついに終幕を迎えるということに、胸の昂ぶりを隠せない。

そうだ、これは気持ちが昂ぶっているだけだ。緊張などではない。

官兵衛は昨夜、わざわざ八丁堀の屋敷まで来てくれた男のことを思いだした。やってきたのは、塁之助だ。油問屋の大店井出屋の先代のあるじだった男で、江久世屋のあるじ輝蔵と親しかった。輝蔵が大事にしていた陣羽織のことを官兵衛に話してくれたのも、塁之助である。

もし昨夜の塁之助の話が事実なら、仮に台右衛門が犯行をいくら否定しても否定しきれない証拠といっていい。

その証拠は上杉謙信の陣羽織にある。官兵衛自身、一刻も早く目にしたくてならない。

機が満ちた。ふと、そんな感じが心のうちを走った。

官兵衛は貞蔵に目をやった。ちょうどこちらを見ていた。貞蔵が采を振った。

「かかれっ」

練達の与力の野太い声が、夜明けのしじまを突き破る。

「行くぞ」

官兵衛は福之助に声をかけ、代田屋の前に立った。

建物は意外にこぢんまりとしている。ただ、鰻の寝床も同様で、奥が深い造りになっていた。

中間や小者たちが手にしている丸太が、戸板にぶつけられた。数度、繰り返されただけで、戸板に大穴があいた。官兵衛は蹴破った。

土間に入りこむ。菓子職人らしい男たちが、びっくりして見に来ていた。

「御用だ。用があるのは台右衛門と須賀蔵だけだ。あとの者は邪魔になるだけだ、そこでおとなしくしていろ」

官兵衛は土間の隅を指さした。菓子職人たちがうなずき合って、素直に壁際に寄り集まる。

官兵衛は廊下をずんずんと奥に向かって進んだ。甘い香りが鼻をくすぐる。いい材料を惜しむことなくつかっている。

いい店じゃねえか。潰すのが惜しいぜ。

廊下が切れ、渡り廊下があらわれた。その向こうに一際立派な建物がある。

――あそこか。

台右衛門という男にはこれまで一度も会ったことはないが、いかにもこの店のあるじが好みそうな建物だ。右側に十坪ほどの広さの中庭があり、雪見型と呼ばれる灯籠《とうろう》が立っていた。灯されておらず、どこかわびしさが漂っている。

官兵衛は渡り廊下を歩きはじめた。

うしろを福之助がついてくる。足取りはしっかりしていた。腹が据わった表情をしている。

建物の入口は、格子戸になっていた。

まるで寺だな。

官兵衛は格子戸の手前で立ちどまり、なかの気配を嗅いだ。向こう側には誰もいないようだ。

官兵衛は格子戸に手をかけ、手前に引こうとした。

だが、その前に横合いから剣気を感じた。

なにっ。

目に入ったのは、鋭く迫ってくる一筋の光だった。

まずい、よけられねえ。

官兵衛は身がすくんだ。できたのは目を閉じることだけだった。

がきん、と鉄の鳴る激しい音がした。それだけで、いつまでも顔面を割る痛みはやってこなかった。

官兵衛はおそるおそる目をあけた。

中庭で、二人の男が刀を向け合っていた。一人は須賀蔵。もう一人は巨漢だ。

「神来どの」

大蔵がにっとする。余裕の笑みだ。

「沢宮どの、少しは肝を冷やされたかのう」

「少しではござらぬ」

「さようにござろうのう」

大蔵が思いだしたような笑いを見せる。

「正直申せば、それがしもちと遅れたか、と思いましてな」

官兵衛は、腋《わき》の下を一筋の汗が流れてゆくのを感じた。

うなり声をあげて須賀蔵が大蔵に斬りかかってゆく。間合いに入って、刀を振りおろす。すさまじい刃先の速さだ。やはりとんでもない遣い手だ。これなら鉦伝屋がひとたまりもなくやられたのも納得だ。

威圧されたように大蔵はまったく動こうとしない。両眼だけがすぼめられていた。

――斬られる。

官兵衛が覚悟した瞬間、大蔵がほんのわずか顔を傾けた。

大蔵の顔を刀がすり抜けたように見えた。直後、須賀蔵が腰を折った。苦しげなうめきが官兵衛の耳を打つ。こらえきれなくなったか、須賀蔵がうつぶせになった。刀を放りだし、体を折り曲げてもだえている。

大蔵が感心したように須賀蔵を見つめている。

「おぬし、実に精妙な剣をつかうのう。元は侍であろうのう。剣の速さだけ取っても、この江戸でもそうはおらんだろうのう」

それだけの男が、どうして押しこみに身を落としたのか。台右衛門とはどういうつながりなのか。ただ、金の力に誘われただけかもしれない。

大蔵が言葉を続ける。

「しかし、まだまだ修行が足らんのう。がんばりなされや」

官兵衛は驚愕した。大蔵から見れば、鉦伝屋緊左衛門を殺した腕を持つ須賀蔵も赤子も同然なのだ。

ほかの捕り手が台右衛門をつかまえ、縄を打った。

「神来どの」

それを見届けて、官兵衛は声をかけた。

「この男はどうやって倒した」

ようやく息が落ち着き、須賀蔵は地面にあぐらをかいている。

「これを突きだしただけにござるよ」

大蔵が刀の柄頭をいたわるように叩く。

柄頭を腹に入れただけなのだ。須賀蔵ほどの腕の男を前にしても、刀を抜く必要がなかったということになる。この神来大蔵という男こそ、いったい何者なのか。

「なにを証拠にこんなことをする」

台右衛門が、貞蔵を相手に声を荒らげている。細い目がひどく濁っている。顎が垂れ、心底の卑しさを醸《かも》しだしていた。

「これよ」

貞蔵が、上杉謙信の陣羽織を手にしていった。

「これには、動かぬ証拠がある」

台右衛門が陣羽織にじっと目を当てている。

「きさまは気づかなかったのだろうが、その細い目をかっぽじってここをよく見ろ」

貞蔵が、裏地の襟元を台右衛門に見せつけた。

「見えるか」

「うっ」

台右衛門がうめく。

「『江』『久』『世』と刺繍《ししゅう》されているな。それぞれの文字の裏には、摩利支天《まりしてん》の絵が描かれている。これは、江久世屋のあるじ輝蔵が、店が無事に続くようにとの願いをこめたものだ」

台右衛門ががくりとうなだれた。

これは昨夜、塁之助が官兵衛に伝えてくれた事柄だ。

しかし、と官兵衛は思った。それだけのことをしても摩利支天の加護はなく、江久世屋は押しこみにやられた。

上杉謙信の陣羽織には、もともと霊力など宿っていなかったのだ。

台右衛門と須賀蔵は獄門になった。押しこみの配下だった多鹿之屋の者たちも同様だった。

一人、弥助だけが獄門をまぬがれ、遠島になった。

代田屋は潰れた。菓子職人たちはばらばらに散った。

「ああ、白雪《しらゆき》が食べたいなあ。何個も何個も口に押しこみたいですよ」

福之助がぼやきにぼやく。

「あんなにおいしい菓子を食べられなくなるなんて、ほんと悲しいですねえ」

「案ずるな」

官兵衛は福之助の肩を叩いた。少しがっしりしてきている。

「菓子職人たちに累が及ぶことはなかったんだ。いずれ誰かがつくりはじめるだろうよ」

「さいですよね」

福之助が舌なめずりをする。

「今はそれを期待して、満足すべきなんでしょうね」

「そういうことだ」

「あっ」

声を発して福之助がうれしそうに指さす。

「神来さんがいますよ」

大蔵が、新たに見つけた長屋の前で手を振っている。巨体が揺れていた。

「旦那、懐のほうは大丈夫ですかい」

「当たり前だ」

官兵衛は胸を叩いた。

「神来どのが十杯の鰻を食べようと大丈夫だ」

「旦那、そんなこといっていると、本当に神来さん、食べますよ」

「食べるならそれでいいさ。俺はむしろ見てみてえ」

実際、鰻丼が十杯くらいでは返しきれないほどの恩がある。

待ちきれないらしく、大蔵が地面を蹴った。

官兵衛はほほえましい思いで、よたよたと寄ってくる大蔵を見つめた。

（この作品『闇の陣羽織』は「小説NON」誌に、平成二十年七月号から平成二十一年九月号まで連載されたものを著者が大幅に加筆修正したものです）

闇の陣羽織

一〇〇字書評

切り取り線

購買動機（新聞、雑誌名を記入するか、あるいは○をつけてください）	
□（　　　　　　　　　　）の広告を見て	
□（　　　　　　　　　　）の書評を見て	
□ 知人のすすめで	□ タイトルに惹かれて
□ カバーがよかったから	□ 内容が面白そうだから
□ 好きな作家だから	□ 好きな分野の本だから

●最近、最も感銘を受けた作品名をお書きください

●あなたのお好きな作家名をお書きください

●その他、ご要望がありましたらお書きください

住所	〒				
氏名		職業		年齢	
Eメール	※携帯には配信できません	新刊情報等のメール配信を 希望する・しない			

あなたにお願い

この本の感想を、編集部までお寄せいただけたらありがたく存じます。今後の企画の参考にさせていただきます。Eメールでも結構です。

いただいた「一〇〇字書評」は、新聞・雑誌等に紹介させていただくことがあります。その場合はお礼として特製図書カードを差し上げます。

前ページの原稿用紙に書評をお書きの上、切り取り、左記までお送り下さい。宛先の住所は不要です。

なお、ご記入いただいたお名前、ご住所等は、書評紹介の事前了解、謝礼のお届けのためだけに利用し、そのほかの目的のために利用することはありません。

〒一〇一-八七〇一
祥伝社文庫編集長　加藤　淳
☎〇三（三二六五）二〇八〇
bunko@shodensha.co.jp

祥伝社ホームページの「ブックレビュー」からも、書き込めます。
http://www.shodensha.co.jp/bookreview/

祥伝社文庫

上質のエンターテインメントを！　珠玉のエスプリを！

祥伝社文庫は創刊15周年を迎える2000年を機に、ここに新たな宣言をいたします。いつの世にも変わらない価値観、つまり「豊かな心」「深い知恵」「大きな楽しみ」に満ちた作品を厳選し、次代を拓く書下ろし作品を大胆に起用し、読者の皆様の心に響く文庫を目指します。どうぞご意見、ご希望を編集部までお寄せくださるよう、お願いいたします。

2000年1月1日　　　祥伝社文庫編集部

闇《やみ》の陣羽織《じんばおり》　長編時代小説

平成22年4月20日　初版第1刷発行

著者　鈴《すず》木《き》英《えい》治《じ》

発行者　竹内和芳

発行所　祥《しょう》伝《でん》社《しゃ》

東京都千代田区神田神保町3-6-5
九段尚学ビル　〒101-8701
☎ 03(3265)2081(販売部)
☎ 03(3265)2080(編集部)
☎ 03(3265)3622(業務部)

印刷所　図書印刷

製本所　図書印刷

ISBN978-4-396-33572-4　C0193

祥伝社のホームページ・http://www.shodensha.co.jp/

祥伝社文庫

藤井邦夫
蔵法師 素浪人稼業
蔵番の用心棒になった矢吹平八郎。雇い主は十歳の娘。だが、父娘が無残にも殺され、平八郎が立つ！

藤原緋沙子
恋椿 橋廻り同心・平七郎控
橋上に芽生える愛、終わる命…橋廻り同心平七郎と瓦版屋女主人おこうの人情味溢れる江戸橋づくし物語。

藤原緋沙子
火の華《はな》 橋廻り同心・平七郎控
橋上に情けあり。生き別れ、死に別れ、そして出会い。情をもって剣をふるう、橋づくし物語第二弾。

藤原緋沙子
雪舞い 橋廻り同心・平七郎控
一度はあきらめた恋の再燃。逢えぬ娘を近くで見守る父。――橋上に交差する人生模様。橋づくし物語第三弾。

藤原緋沙子
夕立《ゆだ》ち 橋廻り同心・平七郎控
雨の中、橋に佇む女の姿。橋を預かる、北町奉行所橋廻り同心・平七郎の人情裁き。好評シリーズ第四弾。

藤原緋沙子
冬萌え 橋廻り同心・平七郎控
泥棒捕縛に手柄の娘の秘密。高利貸しの優しい顔――橋の上での人生の悲喜こもごも。人気シリーズ第五弾。